Nach meinen Regeln

Tomke Bekker

AF235557

1. Auflage, 2021
© Alle Rechte vorbehalten.

Herstellung und Verlag: BoD – Books on Demand, Norderstedt

ISBN: 978-3-7534-6039-0

autorin@tomke-bekker.de
www.tomke-bekker.de

Buchsatz: Annette Juretzki, annette-juretzki.de

Covergestaltung: Constanze Kramer,
www.coverboutique.de

Bildnachweise:

©XtravaganT, ©kieferpix, ©MAKOVSKY ART –
stock.adobe.com
©lenaer, ©Yoko Design – shutterstock.com
©Apostrophe – depositphotos.com

MIX
Papier aus verantwortungsvollen Quellen
Paper from responsible sources
FSC® C105338
FSC
www.fsc.org

Dieses Buch enthält Content Notes auf der letzten Seite gegenüber der Deckel-Innenseite.

NACH MEINEN REGELN

Tomke Bekker

Kapitel Eins

Leon

M it einem lauten Plopp schoss der Korken aus der Flasche. Der Champagner perlte in die Gläser und ich konnte mir das breite Grinsen nicht länger verkneifen. Vier Jahre hatte ich auf diesen Moment hingearbeitet. Vier lange Jahre. Es fühlte sich surreal an, dass das Projekt jetzt in trockenen Tüchern war.

Katharina hob ihr Glas und strahlte in die Runde. »Auf eine erfolgreiche Zukunft für *BioLogic limited* und auf Leon Stelzer, der sich jetzt auf der Zielgeraden zum Partnerstatus befindet.«

»Ach, hör auf.« Ich grinste verlegen und stieß mit den Kolleginnen und Kollegen an. »Das war Teamwork. Und Greifrath war schließlich –«

»Ach was, vergiss Greifrath.« Katharina winkte ab. »Wir wissen alle, dass du die treibende Kraft hinter dem Projekt warst.« Sie nippte an ihrem Champagner und wippte grinsend auf den Fußballen auf und ab. Kathi war immer in Bewegung. Sie lief beim Diktieren durchs Zimmer, dehnte bei Meetings ihre Füße unter dem Tisch oder ließ bei Unterhaltungen spontan ihren Kopf kreisen. Das war gewöhnungsbedürftig, aber mittlerweile kannte und mochte ich ihre kleinen Marotten. Die hatten wir schließlich alle hier. »Ohne Scheiß«, warf sie ein, »ich würde gerne mal für einen Tag in deinem Kopf stecken und wissen, wie sich so ein IQ von hundertfünfzig anfühlt.«

Hitze schoss mir ins Gesicht und ich bediente mich stumm an den kalten Häppchen, die ein Cateringservice für den Anlass geliefert hatte. Komplimente waren in diesen Büroräumen ein rares Gut und so richtig hatte ich noch nicht gelernt, damit umzugehen. Hier galt vielmehr das umgekehrte Prinzip: Wer Fehler machte, zu langsam arbeitete oder unaufmerksam war, verließ die Sozietät meist schon im ersten Jahr.

Greifrath & Löw war keine der ganz großen Wirtschaftskanzleien, aber renommiert genug, um von den Global Players zumindest wahrgenommen zu werden. Zwar jonglierten wir nicht mit denselben Zahlen wie internationale Großkanzleien, doch das letzte Projekt, dessen Abschluss wir heute feierten, war trotzdem ein Milliardendeal gewesen. Und der erste Fall, den ich maßgeblich koordiniert hatte.

»Ohne ein gutes Team nützt auch der hellste Kopf nichts«, erwiderte ich schließlich. »Also, auf euch.«

»So bescheiden.« Jürgen lächelte gönnerhaft. Er war um die vierzig und damit schon deutlich länger in der Kanzlei beschäftigt als ich mit meinen zweiunddreißig Jahren. Trotzdem war er über den Status des Associates, eines angestellten Anwalts, nie hinausgekommen. Ein Los, das viele hier teilten.

Frühestens nach sechs Jahren wurde entschieden, ob ein Associate zum vollwertigen Partner aufsteigen durfte und damit Firmenanteile erhielt, anstelle eines Festgehalts. Dieses Privileg bekamen nur wenige – und vor allem nur diejenigen, die der Kanzlei im Laufe ihrer Karriere genug Geld einbrachten. Wer kein Partner wurde, musste die Sozietät irgendwann verlassen oder in eine Beratertätigkeit wechseln. Das wusste auch Jürgen. In seinen kleinen, wachsamen Augen lag keinerlei Wärme, als er fortfuhr: »Zurückhaltung ist eine Tugend, zweifellos. Aber ein paar Ellbogen wirst du brauchen, wenn du hier Partner werden willst.«

Ich bemühte mich um ein höfliches Lächeln und versteckte mich hinter dem Champagnerglas. Es war kein großes Geheimnis, dass Jürgen neidisch auf meinen schnellen Aufstieg war. Ich konnte ihm dafür nicht einmal böse sein – unser Business war knallhart und jeder musste sehen, wo er blieb. Für die meisten Mitarbeiter hier war ich der Underdog, der Junge vom Land, der gar nicht wirklich wusste, wie es war, mit viel Geld zu hantieren und harten Verhandlungspartnern die Stirn zu bieten. Ich hatte keine Privatuni besucht, besaß keine nennenswerten Kontakte zu Politik oder Wirtschaft und hatte mich mit Bafög und einem Kellnerjob durchs Studium gekämpft. Dass ich trotzdem als Associate in dieser renommierten Kanzlei eingestiegen war, verdankte ich vor allem meinen guten Noten, meiner schnellen Auffassungsgabe und der Tatsache, dass mir das Jonglieren mit Verträgen,

Zahlen und Vorschriften immer schon riesigen Spaß gemacht hatte.

Ja, die Arbeit in der Kanzlei war hart. Es kam nicht selten vor, dass ich sechzig oder achtzig Stunden in der Woche im Büro saß, manchmal sogar am Wochenende oder bis spät in die Nacht hinein. Dabei scherte es niemanden, ob die gesetzlichen Ruhezeiten eingehalten wurden, die Arbeit musste erledigt werden. Für die meisten klang das nach einem Alptraum, aber der Job war hochspannend, abwechslungsreich und anspruchsvoll. Einen besonders komplexen Schritt erfolgreich zu absolvieren, erfüllte mich mit absoluter Befriedigung. So wie das *BioLogic*-Projekt, das uns an vielen Stellen Kopfzerbrechen bereitet hatte, am Ende jedoch zu einem idealen Abschluss gekommen war.

»Habt ihr Greifrath eigentlich nicht eingeladen?«, fragte Tatjana, eine meiner jüngeren Kolleginnen, die erst vor zwei Jahren in der Kanzlei angefangen hatte. »Immerhin war das offiziell sein Projekt.«

»Doch, hab ich«, antwortete ich. »Er meinte, er hätte zu tun.«

»Jetzt noch?« Tatjana schielte auf die Uhr. Es war kurz nach neun. »Die *Vibrant*-Sache?«

»Denk schon.« *Vibrant* war eines der anderen wichtigen Großprojekte, an dem ich federführend mitarbeitete. Ein amerikanischer Elektronik-Konzern, der in Deutschland die Gründung einer Joint-Venture-Gesellschaft plante. »Ich hab nicht nachgefragt, ist seine Sache.«

»Unhöflich von ihm«, brummte Tatjana und leerte ihr Champagnerglas. »Klar, Job geht vor, aber das war dein Kernprojekt und immerhin ist er dein Mentor.«

Ich zuckte mit den Schultern und schenkte mir Champagner nach. Adrian war ein Workaholic. Das musste man sein, wenn man es in dieser Branche zu etwas bringen wollte, aber er trieb es auf die Spitze. Manchmal fragte ich mich, ob er überhaupt Zeit außerhalb des Büros verbrachte oder direkt hier übernachtete. Adrian war als Partner vor allem für Firmenfusionen und -übernahmen zuständig und hatte mich von Anfang an unter seine Fittiche genommen. Dafür war ich ihm unverhohlen dankbar, als Mentor war er streng und fordernd, aber er motivierte mich immer wieder zu Bestleistungen.

Grundsätzlich hatten alle Associates einen Partner als Mentor, faktisch arbeiteten wir aber überall da mit, wo gerade Not am Mann war. Meistens nach dem Prinzip: Solange du nicht am Rande eines Nervenzusammenbruchs stehst, geht noch was. Als Associate schnupperte man in alle Themenbereiche innerhalb der Kanzlei hinein. Auch ein Auslandsaufenthalt in einer der Partnerkanzleien war Pflicht.

Mittlerweile hatte ich die gesamte Ausbildung durchlaufen und stand damit vor der alles entscheidenden Frage: Partner oder raus. Beim Gedanken daran schlug mir das Herz in der Kehle. Die Verhandlungen würden wohl noch vor Jahresende stattfinden. Ehrlich gesagt, hatte ich keine Ahnung, wie gut meine Chancen standen, Teilhaber oder wenigstens Junior Partner zu werden. Ich war einer der jüngeren Anwärter, andere, wie Jürgen, hatten deutlich mehr Erfahrung. Andererseits hatte der Bereich *Merger & Acquisition*, in dem ich primär tätig war, in den letzten Jahren viel Geld eingenommen – auch dank mir. Adrian würde gewiss ein gutes Wort für mich einlegen, er war allerdings nur eine Stimme von vielen.

»He.« Kathi stupste mich von der Seite an. »Hör auf zu grübeln. Das ist deine Party. Feierst du am Wochenende ein bisschen? Mit Koks und Nutten?«

Ich musste lachen. »Nein, eher nicht. Mein Freund ist da, vielleicht gehen wir ins Kino und davor schick essen oder so.«

»Wie spießig.« Kathi lachte. »Dieses neue Thai-Fusion-Lokal in der Kaiserstraße soll ziemlich gut sein. Aber da könntet ihr schon zu spät dran sein, die sind echt immer voll.«

»Ich merk's mir, danke. Und du, was hast du so vor?«

Während wir im Small Talk versanken, nahm sich Jürgen ein weiteres Glas Champagner und nickte uns zu. »Ich bring Greifrath ein Glas hoch ins Büro. Wenn er schon nicht mitfeiert, kann er sich wenigstens einen Schluck gönnen.«

Ich legte die Stirn in Falten. »Das ist nett von dir, Jürgen, aber er wollte wirklich nicht gestört werden.«

»Iwo, ich bring ihm nur ein Glas vorbei. Bin sofort zurück.«

»Lass ihn«, murmelte Kathi und legte mir eine Hand auf den Arm, als ich protestieren wollte. »Der wird schon sehen, was er davon hat.«

12

Ein Klopfen an der Tür riss mich aus der Konzentration. Fluchend wandte ich mich vom Bildschirm ab, über den zahlreiche Kalkulationstabellen flimmerten. Ich lehnte mich im Stuhl zurück und dehnte meinen schmerzenden Rücken. Zu wenig Training in letzter Zeit.

»Ja?«

Die Tür ging auf und Jürgen Haller betrat mit einem verhaltenen Lächeln das Zimmer. Ich verdrehte die Augen. Der Kerl war so ein widerlicher Arschkriecher. Mit seinem schleimigen Grinsen und dem in den Nacken gestrichenen blonden Haar sah er immer aus wie ein Staubsaugervertreter, den man am liebsten mit ein paar Tritten von der Veranda gejagt hätte. Das konnte auch der Zweitausend-Euro-Anzug nicht retten. Außerdem umgab ihn stets eine penetrante Parfümwolke, in der man beinahe erstickte.

»Hab ich nicht gesagt, ich möchte nicht gestört werden?«

»Entschuldige.« Jürgen hielt mir verlegen ein Glas Schaumwein entgegen. »Ich wollte dir nur ein Schlückchen vorbeibringen, da du ja nicht zur Party kommen konntest.«

»Danke.« Ich wandte mich demonstrativ von ihm ab und wieder dem Bildschirm zu. »Stell es hin.«

Er tat, wie ihm geheißen, blieb aber mitten im Raum stehen und sah aus dem Fenster auf die hell-

13

erleuchtete Münchener Skyline. Es war windig draußen und regnerisch, ein typischer Novemberabend. »Dein Büro hat wirklich den besten Ausblick von allen. Ich meine, mit dem Blick auf –«

»Jürgen.« Ich fixierte ihn genervt und griff nach dem Champagnerglas. »Was willst du?«

Er wischte sich verlegen mit dem Hemdärmel über die Stirn, es gelang ihm nicht einmal, Blickkontakt mit mir herzustellen. Als Anwalt mochte er ein Händchen für Finanzen haben, aber es mangelte ihm an Raffinesse und Durchhaltevermögen. Wurde Zeit, dass er ging und anderen Platz machte. »Um ehrlich zu sein, ich dachte, wir könnten noch einmal reden, wegen der Partnersache.«

»Ich hab dir gesagt, wie es aussieht«, erwiderte ich brüsk. »Der Partnerstatus kommt derzeit nicht in Frage. Du kannst als Berater einsteigen, das ist das beste Angebot, das wir dir machen können.«

Jürgens Unterlippe zitterte. Er straffte die Schultern, um etwas größer zu wirken, erweckte aber nur den Eindruck eines Kaninchens, das sich auf die Hinterläufe stellte. »Ich bin seit über zehn Jahren in dieser Kanzlei, ich leiste gute Arbeit und ich –«

»Mein Gott, Jürgen, hör auf zu jammern. Alle hier machen gute Arbeit, sonst würden wir sie postwendend rausschmeißen. Du bist ein solider Anwalt, aber mit den Besten hier kannst du eben nicht mithalten. Die Zeiten ändern sich.«

»Ich habe eine hervorragende Promotion und –«

»Du hast nicht einmal einen Master of Laws.« Genervt nippte ich am Champagnerglas. Er war schlecht gekühlt und fast lauwarm. Ekelhaft. »Die Entscheidung ist fix. Nimm's und ertrag es.«

Jürgen durchmaß das Büro, stützte die Hände auf meinem Schreibtisch ab und fixierte mich mit grimmigem Blick. »Du hast überhaupt kein Recht, mir blöd zu kommen, verstanden? Du bist jünger als ich – und du sitzt nur in diesem Büro, weil dein Papi diese Kanzlei gegründet hat. Wir wissen beide, dass du mit Leistung allein nie Partner geworden wärst.«

»Aha.« Ich verschränkte die Arme vor der Brust und lächelte süffisant. »Wenn das so ist, ist es schon peinlich, dass du mir trotz allem nicht das Wasser reichen konntest. Obwohl ich nur Papis Liebling war.«

Jürgen fluchte. »Du bist so ein selbstgefälliges Arschloch.«

»Red nur weiter. Wird deine Karriere sicher beflügeln, wenn du mich noch länger beleidigst.«

Ein Knurren drang aus Jürgens Kehle und er machte einen Schritt zurück. »Weißt du was, ich scheiß auf meine Karriere hier. Wenn Qualität so wenig zählt, bin ich gerne raus. Wen macht ihr denn stattdessen zum Teilhaber, hm? Dieses Milchgesicht aus deiner Abteilung?«

»Gut möglich. Stelzer hat mehr Grips als dein ganzes Team zusammen.«

»Der Kerl ist zehn Jahre jünger als ich!«

»Und zehnmal so gut. Der steckt euch alle in die Tasche, glaub mir.«

Jürgen verzog das Gesicht, dann huschte ein gehässiges Grinsen über seine Lippen. »Vögelst du ihn? Ist es das?«

Ich stieß ein Lachen aus. »Wow, jetzt ziehst du aber alle Register, was? Verschwinde endlich und verschon mich mit deinem peinlichen Gejammer. Ich hab in zehn Minuten einen Telefontermin mit New York.«

Jürgen gab mir keine Antwort. Mit grimmiger Miene drehte er sich um und rauschte aus dem Büro. Ich musste mir ein Lachen verkneifen. Der Kerl war eine Witzfigur – als würde mich sein eifersüchtiges Gehabe auch nur ansatzweise interessieren. Die dummen Sprüche über meinen Vater hatte ich schon hundertmal gehört und mittlerweile prallten sie an mir ab, meistens jedenfalls. Der Alte war jetzt seit sechs Jahren tot – und alles, was ich seither erreicht hatte, war mein Verdienst. Außerdem hatte mich der Mistkerl schon zu Lebzeiten gehasst, und ich trauerte ihm keine Träne nach. Davon hatte Jürgen natürlich keine Ahnung. Sollte er mich ruhig für ein Papasöhnchen halten, den Neid meiner Kollegen war ich gewohnt. Ich genoss ihn sogar ein bisschen.

Zögerlich nippte ich noch einmal am Champagner, schüttete den Inhalt aber schließlich angewidert in den Topf der Zimmerpalme. Ein Signalton kündigte den Videoanruf aus New York an, ich zupfte meinen Anzug zurecht, richtete die Krawatte und nahm an. Der Abend würde lang werden – so wie immer.

Es war schon nach elf, als ich die Tür meiner Wohnung hinter mir ins Schloss warf. Nicht untypisch – meistens war ich nach acht zuhause, oft wurde es sogar noch später.

An den meisten Tagen hätte es genügt, wenn meine Wohnung aus einem Bett, einer Kaffeemaschine und einem Kleiderschrank bestanden hätte, denn ich kam selten dazu, mehr von ihr zu benutzen. Eigentlich absurd, wenn ich daran dachte, wie ich mir im Studium mit Mühe und Not ein winziges WG-Zimmer hatte leisten können. München war so irrsinnig teuer. Für meine gemütlichen sechzig Quadratmeter zahlte ich fast eintausendachthundert Euro im Monat. Sicher, das hübsche, großzügig renovierte Jugendstilhaus lag mitten in der Maxvorstadt, nur ein paar Straßen vom Siegestor und dem Chinesischen Garten entfernt, der Preis war trotzdem aberwitzig.

Noch aberwitziger fand ich allerdings die Tatsache, dass die fast zweitausend Euro verglichen mit meinem Gehalt nichts als Peanuts waren. Aber ganz im Ernst – wieso sollte ich einen Haufen Geld für eine Wohnung ausgeben, die ich nicht brauchte? Ich hatte hier alles, was ich wollte: zwei schön eingerichtete Zimmer, einen gemütlichen Balkon, der auf einen Hinterhof hinausführte, eine schnelle Anbindung an die Arbeit und die U-Bahn, Bars, Restaurants und eine Jogging-Strecke im alten Nordfriedhof. Was wollte ich mehr?

In der Küche fand ich einen hastig hingekritzelten Zettel von Manuela: *Hemden hängen im Schrank. Bis nächste Woche.*

Das war der einzige Luxus, den ich mir gönnte, und selbst dafür hatte ich lange mit mir gehadert. Blödsinnig, eigentlich. Ich wollte die wenige Freizeit, die ich hatte, so gut es ging genießen und sie nicht mit Hemdenbügeln und Staubwischen verbringen müssen. Also kam Manuela ein- bis zweimal die Woche vorbei. Sie studierte Tiermedizin an der LMU und verdiente sich ein bisschen was nebenbei dazu. Sie putzte für mich die Wohnung und das Bad, brachte die Anzüge in die Reinigung und holte meine Lebensmittelbestellungen ab. Eine Win-Win-Situation. Manuela verdiente gut damit und ich hatte mehr Lebensqualität. Hin und wieder trafen wir uns abends auf ein Bier und plauderten ein wenig, das minderte das seltsame Gefühl von einem Chef-Angestellten-Verhältnis.

Ich hängte meinen Anzug auf einen Bügel, warf das getragene Hemd in die Wäsche und kroch nach dem Zähneputzen direkt mit meinem Handy ins Bett. Ein letztes Mal scrollte ich durch den Feed. Eine neue Mail von Adrian. Das Telefonat mit *Vibrant* war gut verlaufen und er hatte mir direkt eine To-do-Liste für die nächsten Tage angehängt. Ich überlegte kurz, ob er wohl immer noch im Büro war, entschied mich aber, erst morgen früh zu antworten. Die wenigen Minuten Freizeit waren mir heilig.

WhatsApp zeigte vier neue Nachrichten an – alle von meiner Mutter. Sie hatte vor einigen Wochen zwei

Babykatzen adoptiert und schickte mir seitdem täglich süße Katzenfotos und kurze Videoclips, in denen die beiden auf dem Sofa balgten oder miteinander kuschelten. Purer Zucker. Gestern hatte sie auf Youtube ein Video gefunden, in dem eine gehörlose Dame ihren Katzen beibrachte, auf Gebärden zu reagieren, und hatte nun beschlossen, das auch bei ihren zu versuchen. Die Erfolge sahen bislang aber eher kläglich aus. Ich schrieb ihr eine kurze Antwort zurück und versprach, am Wochenende mit ihr zu skypen.

Noch während ich die Nachricht abschickte, kündigte ein Pfeifton schon die nächste an.

Hey Schatz, ich geh jetzt schlafen. Falls du schon daheim bist und quatschen willst – letzte Chance. ;)

Statt zurückzuschreiben, rief ich Tobi direkt per Videoanruf an und wenige Augenblicke später erschien sein Gesicht auf dem Display. Mit der schwarz umrandeten eckigen Brille, dem kahl rasierten Kopf und dem blonden Kinnbart sah er aus wie der Prototyp eines Nerds. Leider hatte er das Pech unglücklicher Gene. Schon mit dreißig hatten sich bei ihm die Geheimratsecken und die kahle Stelle am Hinterkopf getroffen, damit war die Entscheidung, alles abzurasieren, nahegelegen. Das stand ihm ziemlich gut, obwohl er ständig jammerte, die Glatze würde seine abstehenden Ohren betonen.

»He«, begrüßte ich ihn lächelnd. »Um die Zeit noch wach?«

»Hab mich an einer Serie festgefressen.« Er lachte. »Wie war deine Party? Du siehst gar nicht so besoffen aus, wie du solltest.«

19

»Es ist Dienstag, Schatz. Ich muss morgen raus und hab keine Lust, mit einem Kater im Büro zu sitzen.«

»Na gut, verständlich. Dann feiern wir am Wochenende. Hast du schon Pläne?«

»Was hältst du von Therme?«

»O ja.« Tobi nickte eifrig. »Unbedingt. Das haben wir lange nicht mehr gemacht. Und meine verspannten Schultern brauchen dringend eine Massage.«

»Dachte ich mir. Und danach könnten wir irgendwo nett essen gehen? Eine Kollegin hat mir so ein Thai-Fusion-Lokal empfohlen …«

Tobi verdrehte die Augen. »Aha, für den Herrn Star-Anwalt ist ein normales Restaurant jetzt nicht mehr gut genug, es muss Thai-Fusion-Küche sein.«

»Hör auf.« Ich verzog pikiert das Gesicht. »War nur ein Vorschlag.«

Tobi lächelte warmherzig und hauchte einen Kuss durch die Kamera. »Es ist deine Party. Du suchst aus.«

»Na dann wird es wohl die fancy Thai-Küche, ob du willst oder nicht. Ich zahle auch.«

»Musst du nicht. Als Beamter kann ich mir schon mal Münchener Restaurantpreise leisten. Muss ich halt danach eine Woche hungern, aber sonst …«

»Das verträgst du schon.«

Er runzelte demonstrativ die Stirn. »Was soll das denn heißen?«

»Nichts.« Ich grinste breit. »Wie läuft's sonst so? Wie war das Gespräch mit den Eltern?«

»Grauenvoll.« Tobi seufzte und rieb sich die Nasenwurzel. »Komplett uneinsichtig, alle beide. Ihr süßer Liebling würde niemals andere Kinder schlagen, müssen ihn sicher provoziert haben, er ist ja so sensibel, blablabla. Ich glaube, wenn ihr kleiner Rowdy das nächste Mal ausflippt, filme ich es mit dem Handy. Aber in dem Fall petzen sie bestimmt bei der Schulleitung und verklagen mich direkt wegen illegaler Bildaufnahmen oder so. Wobei, dafür hab ich ja dich.«

»Vergiss es.« Ich lachte. »Ich bin Wirtschafts-rechtler, unter einem Streitwert von zehn Millio-nen mach ich keinen Finger krumm.«

»Sehr lieb von dir, Schatz. Ohne Scheiß, das ist die Art von Eltern, die mich komplett auf die Palme bringen. Dauernd Ansprüche, dauernd Beschwer-den, aber null Einsicht. Ich weiß echt nicht, wie wir den Burschen in den Griff kriegen sollen, der reibt mir die ganze Klasse auf. Na ja, vielleicht muss doch mal ein Direktoratsverweis her, damit die Eltern merken, dass es ernst ist.« Er seufzte. »Der Junge tut mir ja auch irgendwie leid. Der bräuchte therapeu-tische Hilfe, wenn du mich fragst. Diese krassen Wutausbrüche, das ist nicht normal.«

»Habt ihr keine Schulpsychologin oder so?«

»Doch, aber die ist eine Pfeife. Ich rede morgen mal mit unserer Sozialarbeiterin, die macht einen kompetenten Eindruck. O Mann, jetzt quatschen wir die ganze Zeit über mich. Sag schon: Wie war die Party?«

»Nett.« Ich zuckte mit den Schultern. »Nichts Besonderes, wir müssen ja alle morgen wieder raus. Aber es kursiert das Gerücht, dass ich auf der Part-nerliste weit oben stehe.«

»Echt? Das ist ja der Hammer. Wann erfährst du, ob sie dich nehmen?«

»Wenn ich Glück habe noch vor Silvester. Aber ich mach mir da keinen Stress. Entweder klappt es oder nicht.«

»Die wären schön blöd, wenn sie dich nicht behalten würden.«

»Na ja, wenn nicht, könnte ich zu dir nach Kaufbeuren ziehen.«

»Klar.« Tobi lachte. »Du als Wald-und-Wiesen-Anwalt. Wer's glaubt.«

»Wär trotzdem schön, wenn keine hundert Kilometer zwischen uns lägen.«

»Ich weiß.« Tobi seufzte. »Die Versetzung ist beantragt, aber na ja, nach München wollen viele. Und wer will stattdessen schon ins Allgäu?«

»Ach, ist doch hübsch da, wenn man Berge mag. Und die Lehrer sollen sehr attraktiv sein, hab ich gehört.«

»Du Schmeichler.« Er warf einen Blick zur Seite und meinte: »Ich fürchte, ich muss Schluss machen. Hab morgen Frühaufsicht und erste Stunde.« Er streckte demonstrativ die Zunge raus.

»Versteh ich. Wir sehen uns Freitag? Wann kommst du?«

»Ich bin vermutlich vor dir da und warte nackt auf deinem Sofa.«

»Klingt gut.« Ich schenkte ihm noch einen Kuss durch die Kamera. »Liebe dich, schlaf gut.«

»Ich dich auch. Bis Freitag.«

Die Verbindung wurde getrennt und ich legte das Handy beiseite. Tobi und ich waren seit der Schulzeit ein Paar und hatten während des Studiums zusammen hier in München gewohnt, in einer kleinen, etwas versifften Vierer-WG in Obergiesing. Nach dem Abschluss hatte Tobi in Kaufbeuren eine Festanstellung als Gymnasiallehrer für Englisch und Erdkunde bekommen und ich hatte bei *Greifrath & Löw* angefangen. Da wir beide nicht auf unsere Jobs verzichten wollten, war nur eine Wochenendbeziehung in Frage gekommen, und wir meisterten die Situation ziemlich gut. Wir telefonierten regelmäßig, besuchten einander am Wochenende – sofern es ging – und in den Schulferien verbrachte Tobi viel Zeit bei mir in München. Trotzdem, seine Nähe fehlte mir oft. Es fehlte mir, mit ihm aufzuwachen, stumm nebeneinander die erste Tasse Kaffee zu schlürfen oder gemeinsam beim Abendessen über die Arbeit zu lästern. Wir plauderten zwar, so oft es möglich war, aber allzu oft ging ich ins Bett, ohne zuvor Tobis Stimme gehört zu haben. Und ja, auch der Sex mit ihm fehlte mir.

Seufzend löschte ich das Licht, schmiegte mich in die Decke und schaltete mein Einschlafhörbuch ein. Es war ein belangloser Regionalkrimi, von dem ich sicher die Hälfte verpasst hatte, denn die angenehme Stimme des Sprechers lullte mich zuverlässig in den Schlaf. Und mehr wollte ich ja auch gar nicht.

ADRIAN

Ich war noch vor Mitternacht zuhause – das war in letzter Zeit selten vorgekommen. Die Wohnung war wie üblich picobello aufgeräumt, sauber und duftete nach einem zarten Zitrusaroma. Die Agentur, die ich für die Reinigung engagierte, leistete gute Arbeit. Ich bekam nie eine der Mitarbeiterinnen zu sehen, dafür war die Wohnung stets in einem Top-Zustand, meine Hemden gebügelt und meine Anzüge gereinigt. Mit ein paar Klicks konfigurierte ich das Smart-Home-System, das tagsüber im Ruhezustand war, ließ die Jalousien herunter und aktivierte die Beleuchtung.

Wie so oft führte mich der erste Weg zur Bar im Wohnzimmer, wo ich mir ein Glas eiskalten Gin eingoss. Ein *Monkey 47* aus dem Schwarzwald mit dem Aroma von Cranberrys, Früchten und Moos. Ein Schlummertrunk, um zumindest vier oder fünf Stunden Ruhe zu finden. Man gewöhnte sich echt an alles.

Mit dem Glas in der Hand trat ich an die Fensterfront und blickte hinaus. Im Penthouse zu wohnen barg zweifellos den Vorteil einer guten Aussicht über die hell erleuchtete Münchener Skyline. Sonst war die Wohnung in erster Linie eins: teuer. Und minimalistisch. Genauso, wie ich es mochte. Sie war ein Statusobjekt, nicht mehr. Ich hatte hier meine Ruhe, wurde nicht von lästigen Nachbarn gestört und konnte meinen Maserati in der Tiefgarage parken. Gut, die U-Bahn war auch nur einen Steinwurf entfernt, aber wer wollte sich schon morgens in völlig überfüllte Wagen quetschen?

Gedankenverloren warf ich einen Blick auf mein Handy. Zwei weitere Mails, keine von Leon.

Ich verspürte den Anflug eines schlechten Gewissens beim Gedanken daran, seine Party verpasst zu haben, vertrieb ihn aber schnell. Der Junge brauchte meine Anwesenheit nicht und ich hasste erzwungene Fröhlichkeit unter Kollegen, die hinter dem Rücken sowieso nur über mich lästerten. Über den Emporkömmling, der nur Partner geworden war, weil er sich die Hälfte seiner DNA mit dem Kanzleigründer teilte. Fuck, ich sollte einen Scheiß auf Jürgens dummes Gequatsche geben, aber seine blöden Sprüche pulsierten immer noch hinter meinen Schläfen. Wie viele Jahre musste ich mir noch den Arsch für die Kanzlei aufreißen, damit das endlich aufhörte? Meinetwegen sollten sie mich beneiden, für mein ausgezeichnetes Gespür bei Verhandlungen, für meine Connections oder für mein gutes Aussehen, aber ständig mit meinem Vater konfrontiert zu werden, war wie ein Tritt in die Eier.

Mit einem Sprachbefehl aktivierte ich die Entspannungsplaylist und nahm einen weiteren Schluck Gin. Nicht, dass mich das Gesäusel von Harfen und Flöten wirklich entspannt hätte, aber es überdeckte die bleierne Stille, die meinen Gedanken die Chance gab, hohl zu drehen. Nun ja, letztlich war ich nur zwei Klicks von etwas Gesellschaft entfernt, falls die Einsamkeit mich zu erdrücken drohte.

Ich ließ mich in den Designersessel sinken und checkte die Benachrichtigungen auf dem Handy. Gott, Vincent nervte schon wieder wegen unseres Beitrags zu Nadines Hochzeit. Er wollte unbedingt am Wochenende eine Videokonferenz schalten, um das Ganze zu planen. Der Kerl war eine Plage. Ich hatte keine Lust auf irgendwelche peinlichen Hochzeitsspiele, im Grunde hatte ich auf die gesamte Party keine Lust. Ja, Nadine war meine Schwester und ich konnte mich schlecht davor drücken, aber solche Familienfeiern waren immer die Hölle. Mein Vater war zwar nicht mehr da, um mir gegenüber seinen *Schande der Familie*-Blick aufzusetzen, doch der Rest meiner Sippschaft war kaum besser.

Tatsächlich war mir Nadine von allen noch die Liebste, auch ihr Mann war ein netter Kerl. Standesamtlich hatten die beiden schon vor ein paar Monaten geheiratet, in zwei Wochen stand die kirchliche Trauung mit großer Party an. Sie hatten dafür extra einige Chalets in den österreichischen Alpen gemietet und sämtliche Freunde und Familienmitglieder eingeladen. Eigentlich klang das gar nicht so schlecht: verschneite Berge, ein Chalet mit Sauna und Whirlpool, gutes Essen ... Aber leider war meine unangenehme Sippschaft dabei, die ich ein ganzes Wochenende permanent ertragen müsste. Und das stand nicht dafür.

Ich trank den Gin aus, ließ das Glas stehen und schlurfte ins Bad, um mich zu duschen. Wer auch immer diese Bude entworfen hatte, musste ein gnadenloser Narzisst gewesen sein – oder hatte zumindest vermutet, dass der Besitzer des Apartments einer sein würde. Das gesamte Bad war mit bodentiefen Spiegeln ausgekleidet, selbst die Duschkabine. Zwar gehörte die Wohnung mir, aber bislang hatte ich noch nicht die Muße gefunden, etwas daran zu ändern.

Es war nicht so, als hätte ich mich nicht gerne betrachtet. Mir gefiel meine Kinnpartie und ich war stolz auf den Sixpack, der sich nach Monaten konzentriertem Training endlich abzeichnete. Die Dellen in den Oberschenkeln waren dagegen weniger sexy, daran musste ich noch arbeiten. Der Hintern konnte auch straffer sein. Nun ja, das Fitnessstudio war sowieso mein zweites Zuhause – neben dem Büro.

Ich drehte die Dusche auf, so heiß wie möglich, und putzte mir die Zähne, während die Spiegel allmählich beschlugen. Irgendwie war es doch befremdlich, die ganze Zeit von der eigenen unzufriedenen Visage angestarrt zu werden. Erst danach drehte ich die Temperatur etwas herunter und stieg in die Dusche. Der Massagestrahl lockerte meine verspannten Schultern und die Hitze brannte angenehm auf der Haut. Ich zog mein komplettes Programm durch: Duschöl, Shampoo, Conditioner, Gesichtspeeling, Feuchtigkeitscreme. Noch hatte ich Glück und mein Gesicht war glatt wie ein Babypopo, aber in anderthalb Jahren wurde ich vierzig und mein Vater hatte in dem Alter schon ausgesehen wie ein zerknautschtes Sofakissen. Nicht mit mir. Ich war endlich in einem Stadium angekommen, in dem ich mit meinem Körper zufrieden war, meistens jedenfalls. Das würde ich mir jetzt nicht von Alterserscheinungen kaputtmachen lassen. Ernsthaft, mittlerweile hatte ich Verständnis für Leute, die sich dafür unters Messer legten oder regelmäßig Botox-Injektionen bezahlten. Es war nicht fair, dass die Natur jahrelange Arbeit mit einem Handstreich zunichtemachte.

Ich föhnte mir die Haare, band sie zu einem Pferdeschwanz zusammen und schenkte mir im Wohnzimmer noch ein zweites Glas Gin ein. Die wohlige Wärme von Wacholder und Früchten prickelte angenehm in meiner Kehle. Manchmal kam mir der Gedanke, ob ich es mit dem Trinken übertrieb, aber dann dachte ich an all die Bauarbeiter und Handwerker, die bis zur Mittagspause schon den ersten Kasten Bier vernichtet hatten, und fühlte mich schlagartig besser. Wenn ich aufhörte, den Drink zu genießen, würde ich mir Sorgen machen. Vorher nicht.

Aus dem begehbaren Kleiderschrank holte ich einen neuen Anzug, Hemd, Krawatte und passende Manschettenknöpfe und hängte alles an die Tür. Morgens musste es schnell gehen, da hatte ich keinen Nerv, lange über meine Garderobe nachzudenken. Das Styling allein brauchte schon seine Zeit.

Nackt warf ich mich der Länge nach aufs Bett und genoss das Gefühl des weichen, kühlen Satins an meiner Haut.

Eine Weile lag ich stumm da und starrte an die Decke. Angeblich gab es ja Menschen, die abends mit dem positiven Gefühl ins Bett gingen, etwas erreicht zu haben. Die mit sich zufrieden die Augen schlossen und ins Reich der Träume glitten, um am nächsten Tag motiviert aufzustehen. Absurd. Ich war froh, wenn ich überhaupt einschlafen konnte und das Gedankenkarussell irgendwann stoppte.

Eine Weile hatte ich es mit Yoga versucht, aber die grinsenden Visagen mit ihrem esoterischen Unsinn gingen mir zu sehr auf die Nerven.

Erde dich, lächle dir zu, nimm Verbindung zu deinem Körper auf.

Am Arsch. Für die Verbindung zu meinem Körper gab es zuverlässigere Methoden. Ich griff nach der Fernbedienung und schaltete den Fernseher ein, der gegenüber an der Wand hing. Kabelfernsehen hatte ich schon lange abbestellt, der Internetzugang genügte. Gemächlich scrollte ich durch die Auswahl an Pornos. Wonach war mir heute? Egal. Nichts Besonderes, Hauptsache schnell und dreckig, ohne bescheuerte Pseudohandlung. Manche Typen aus meinem Bekanntenkreis stilisierten ihren Pornokonsum zur Kunstform, indem sie zu Fans bestimmter Darsteller avancierten oder Regisseure abfeierten. Mir war egal, welcher Kerl, von wem in den Arsch gefickt wurde, ich wollte einfach nur geil werden und zum Höhepunkt kommen. Meistens schaltete ich den Ton sogar aus, weil mir das repetitive Gestöhne auf die Nerven ging.

Am Ende entschied ich mich für einen blonden Twink und seinen kräftig gebauten Mitbewohner. Ein paar belanglose Pornodialoge, aber schon nach wenigen Minuten kniete der Twink am Boden und zog dem anderen Kerl die Shorts in die Knie, um intensiv an dessen hartem Schwanz zu saugen. Ich massierte mir die Eier mit einer Hand, mit der anderen fuhr ich meinen Schaft entlang, erst langsam, dann schneller. Fuck, das war echt nötig.

Der Top im Video stieß jetzt fordernd in den Mund des Twinks, die Hand in sein Haar gegraben. Aus dem Blowjob wurde ein schneller, heftiger

Handjob. Auch ich intensivierte meine Bewegungen, pumpte fester. Erneuter Szenenwechsel im Video, der Twink beugte sich jetzt tief über den Tisch. Sein Partner leckte ihm exzessiv die Rosette, ehe er seinen Schwanz hineinschob.

Die Kamera nahm die Perspektive des Tops ein – ideal. Der schmale, sehnige Rücken des Twink, seine festen Arschbacken und darin eingegraben die großen Hände des Tops, der ihn mit schnellen, harten Stößen penetrierte. Ich zog die Knie an, hielt mit dem Handjob inne, kurz vor dem Höhepunkt. Tief durchatmen. Den Anblick des schwitzenden Twinks und seine aufgerissenen Augen genießen. Kurz vergessen, dass das alles nur Schauspiel war. Sich vorstellen, dass er gerade wirklich den Fick seines Lebens verpasst bekam. Wieder Hand anlegen, Erfüllung versprechen, nicht einhalten. *Kontrolle.*

Szenenwechsel. Der Twink lag jetzt rücklings auf dem Tisch, mit weit gespreizten Beinen und steifem Schwanz. Ich stellte mir vor, wie er bettelte, den Top anflehte, sich einen runterholen zu dürfen. Wieder hielt ich inne, kam zu Atem. Noch zweimal. *Kontrolle, Adrian. Kontrolle.*

Der Twink massierte sich jetzt mit schnellen Bewegungen den Schwanz, während ihn der Top weiter fickte, mit langsamen, tiefen Stößen. Die Kamera hielt direkt drauf, ich konnte zusehen, wie er hinein und wieder hinaus glitt, wie der Twink vor Lust schrie.

Fuck. Fuck. Es ging nicht mehr. Ich gab nach – und der Orgasmus war die reinste Erlösung. Atemlos blieb ich für einige Augenblicke auf dem Bett liegen, genoss die tosende Energie in meinen Adern und das angenehme Gefühl der Erschöpfung. Erst dann griff ich nach den Taschentüchern auf dem Nachttisch. Ein paar Minuten sah ich den beiden Kerlen noch beim Ficken zu, ehe ich den Fernseher ausmachte.

Wieder starrte ich an die Decke. Besser als zuvor. Nicht ideal, aber besser. Verflucht, nicht einmal beim Masturbieren konnte ich mein Scheißgehirn ausschalten. Egal. Ich würde versuchen, zu schlafen. Vielleicht hatte ich Glück.

Kapitel Zwei

LEON

Pünktlich um acht betrat ich am nächsten Morgen die Lobby der Kanzlei und schüttelte meinen Regenschirm aus. Mistwetter. Im Sommer fuhr ich gerne mit dem Rad zur Arbeit, aber im Herbst und Winter war die Gefahr zu groß, völlig durchnässt im Büro anzukommen oder auf den schlecht geräumten Wegen wegzurutschen. Also stieg ich doch lieber in die U-Bahn und lief den Rest zu Fuß.

Mit einem möglichst charmanten Lächeln trat ich an den Empfangstresen und nickte den Damen freundlich zu. »Guten Morgen, Eva. Könntest du mir einen klitzekleinen Gefallen tun?«

Eva war eine adrette Dame in den Fünfzigern mit einer blonden Haarmähne und perfekt gestylten, roten Fingernägeln. Sie hatte die Kanzlei von Anfang an begleitet und mitaufgebaut, damit gehörte sie zum Personal der ersten Stunde. Da sie aber keine Spitzenanwältin war, sondern »nur« Rechtsanwaltsfachangestellte, zollte ihr das Unternehmen viel zu wenig Respekt für ihre Leistung. Eine Schande. Ohne Leute wie Eva würde in diesem Gebäude überhaupt nichts funktionieren. Zu meinem Glück hatte ich mich recht früh, schon im Referendariat, mit ihr angefreundet, deswegen waren wir auch bis heute per Du.

»Womit kann ich dir denn helfen?«, fragte sie und schenkte mir ein Lächeln.

»Könntest du versuchen, am Samstag um halb acht einen Tisch für mich im *Zen Garden* zu reservieren? Für zwei Personen?«

»Aber sicher. Machst du dir einen schönen Abend mit deinem Liebsten?«

»Das ist der Plan. Falls die nichts mehr frei haben, sag Bescheid. Gibt ja noch andere nette Thai-Lokale in der Umgebung.«

»Das kriegen wir schon hin. Lass das meine Sorge sein.«

»Danke, du bist die Beste. Post für mich?«

»Liegt in deinem Büro.«

»Alles klar. Wir sollten mal wieder mittagessen gehen, was meinst du?«

»Unbedingt.« Sie strahlte. »Im Moment stecke ich bis zum Hals in Arbeit, aber was hältst du von nächstem Montag?«

»Klingt gut, ich trag's mir ein. Hab noch einen schönen Tag.«

Ich winkte ihr zu und fuhr mit dem Aufzug nach oben in die vierte Etage, in der mein Büro lag. Um zehn war unser Teammeeting, bis dahin hatte ich Zeit, meine E-Mails zu beantworten und Adrians To-do-Liste für den *Vibrant*-Fall durchzuarbeiten.

Vor jedem Deal prüften wir das Unternehmen für unseren Mandanten, den potenziellen Käufer, auf

Herz und Nieren. Dafür forderten wir verschiedene Informationen und Unterlagen an: über die Unternehmensstruktur, die Mitarbeiterzahlen, die Umsätze und vieles mehr. All das analysierten wir auf rechtliche Risiken und erstellten daraus ein Gutachten. Die Koordination dieses Prozesses fiel im *Vibrant*-Fall primär in meine Zuständigkeit. Da das Gutachten verschiedene Rechtsgebiete involvierte, von Gesellschaftsrecht über Immobilienrecht bis hin zu Marken- oder Steuerrecht, musste ich dafür rund ein Dutzend Mitarbeiter koordinieren und ein Auge darauf haben, dass nichts übersehen wurde. Das war anspruchsvoll, aber spannend und ungeheuer lehrreich.

Ich hatte mich kaum hingesetzt, den PC hochgefahren und mein E-Mail-Programm geöffnet, da klingelte schon das Telefon. Adrian. Der Kerl hatte ein erstaunlich gutes Gespür dafür, wann ich ins Büro kam. Oder er stalkte mich, auch das würde ich ihm zutrauen. Gruselige Vorstellung.

»Morgen, Boss.«

»Sehr witzig. Meine Mail ist angekommen? Ein paar Punkte sollten vor dem Wochenende erledigt werden, damit wir –«

»Ich weiß, kein Problem, ich bin dran. Ich hab noch die eine oder andere Fristsache auf dem Tisch, aber danach kümmere ich mich um *Vibrant*.«

»Gut«, kam es knapp zurück. Adrian war nicht gerade der gesprächige Typ, selbst beim gemeinsamen Mittagessen musste ich ihm alles aus der Nase ziehen, vor allem, wenn es um Privates ging. Man gewöhnte sich daran.

Ich zögerte kurz. »Das Meeting heute Abend steht noch?«

»Von mir aus schon.«

»Okay, sehr gut. Dann sehen wir uns gleich um zehn bei der Teambesprechung.«

»Genau. Ach und … Glückwunsch. Zum *BioLogic*-Abschluss.« Er räusperte sich. »Tut mir leid, dass ich nicht mehr vorbeigeschaut habe. Das Telefonat gestern ging noch ewig, also …«

»Gar kein Problem. Die Häppchen waren lecker, ein paar sind noch im Kühlschrank in der Küche, falls …?«

»Mal sehen«, unterbrach er mich. »Danke. Bis zum Meeting.«

»Ja. Bis dann.«

<hr>

Mittags gönnte ich mir eine Stunde Pause und ging zusammen mit Saskia, einer Kollegin aus der Abteilung für Steuerrecht, und zwei Associates aus meinem Team in das afghanische Restaurant zwei Straßen weiter. So stressig die Arbeit oft war, die Mittagspause war mir heilig. Ich musste zwischendurch mal raus, frische Luft schnappen, mit den Kollegen plaudern und eine Kleinigkeit essen, sonst kam es vor, dass ich bis elf Uhr abends nichts mehr zwischen die Zähne bekam. Hatte ich mich einmal an einem Projekt festgebissen, fiel es mir schwer, an so basale Bedürfnisse wie essen oder trinken zu denken.

Zwischen sechs und sieben Uhr verließen die meisten Kollegen das Büro und auf den Fluren wurde es still. Kurz vor neun fuhr ich mit dem Aufzug hinauf in den sechsten Stock und klopfte, wie vereinbart, an Adrians Bürotür.

»Ja?«

Ich trat ein und schloss die Tür hinter mir. Adrians Büro war eines der größeren Eckzimmer, dessen hohe Fenster einen beeindruckenden Blick über die hellerleuchteten Gebäude der Innenstadt boten. Im Zentrum des Zimmers stand ein großer, eigenwillig geformter Designerschreibtisch und in die Wand waren vier Digitaluhren eingelassen, die die aktuelle Zeit in München, London, New York und Tokyo zeigten. Gegenüber des Schreibtischs standen zwei Ledersessel und ein kleiner Kühlschrank, der an die Minibar eines Hotels erinnerte. Zwei Topfpflanzen verliehen dem Raum einen Hauch von Grün, der Rest bestand aus silbernen Regalen und Aktenschränken.

Adrian musterte mich kühl, als ich eintrat. In seiner Gegenwart kam ich mir immer underdressed vor – insbesondere in diesem Moment. Meine Anzugjacke hatte ich im Büro gelassen und die Krawatte war auch nicht mehr akkurat gebunden. Ich konnte mich noch gut erinnern, wie ich für mein Vorstellungsgespräch bei *Greifrath & Löw* mühsam meine letzten Kröten zusammengekramt und meine Mutter um Geld angebettelt hatte, damit ich mir für vierhundert Euro im Outlet einen Anzug kaufen konnte. Adrian hatte mich zwar in sein Team geholt, mir danach aber erst einmal ein halbes Dutzend Herrenboutiquen empfohlen, um etwas Ordentliches zu kaufen.

Mittlerweile hatte ich ein Auge dafür, welche Stücke zusammenpassten und welche Schnitte mir standen, aber so stilsicher wie Adrian war ich noch lange nicht. Außerdem bezweifelte ich, dass ich in Nadelstreifen auch nur ansatzweise so gut aussah. Er besaß die perfekte Kombination aus schmaler Taille, schlankem Hals und trainiertem Oberkörper – ich war dagegen nur ein Lauch. Sein Gesicht war glatt rasiert und das schwarze Haar hatte er zu einem strengen Pferdeschwanz gebunden. Eine Silbersträhne hätte ihm gut gestanden, aber das sagte ich lieber nicht laut. Adrian war empfindlich, was sein Alter anging.

Ich sammelte mich kurz, genoss das angenehme Flattern in meiner Brust und sprach schließlich die magischen vier Worte. »Sie wollten mich sprechen?«

Adrian nickte knapp, ohne den Blick von mir abzuwenden. Er stand auf, ging an mir vorbei und verschloss sorgfältig die Bürotür. Das Kribbeln in meiner Brust wurde stärker. Ich blieb, wo ich war: verloren mitten im Raum. Unvermittelt spürte ich Adrians Atem im Nacken. Er stand direkt hinter mir. Seine Fingerspitzen glitten über meinen Kragen, hin zum Krawattenknoten, und ich hielt vollkommen still. »Du bist schlampig angezogen, Kleiner.«

»Tut mir leid, Boss«, murmelte ich. »Kommt nicht wieder vor.«

»Das ist jetzt schon die zweite Ermahnung.« Er ergriff mich am Kinn und drehte meinen Kopf zu sich, um mich anzusehen. Sein Blick brannte regelrecht auf meiner Haut. »Manchmal habe ich das Gefühl, du blamierst mich mit Absicht.«

Ich schüttelte hastig den Kopf. »Niemals. Das käme mir nie in den Sinn.«

»Also bist du einfach nur unbelehrbar?« Er stand jetzt vor mir, seine Fingerspitzen wanderten von der Krawatte über die Knopfreihe abwärts. Ich hielt den Atem an, glaubte, er müsste mein heftig pochendes Herz durch das Hemd hindurch spüren.

»Es ... tut mir wirklich leid. Normalerweise lerne ich schneller. Ehrlich.«

»So?« Er trat einen Schritt auf mich zu, ich machte einen zurück, bis ich fast mit dem Rücken an die Wand stieß. Ein Lächeln huschte über seine Lippen. »Beweis es mir.«

Ich wollte noch antworten, da schob Adrian mich bereits gegen die Wand und küsste mich heftig. Zufrieden erwiderte ich seinen Kuss, öffnete zaghaft, fast verschüchtert meine Lippen unter seinen.

Er schob die Zunge gierig in meinen Mund, biss mir fast die Lippe ab. Seine Hände fuhren meine Brust hinunter und hinterließen eine Spur aus Hitze, die mir fast den Atem raubte. Gemächlich öffnete er einen Hemdknopf nach dem anderen, ohne mich loszulassen.

»Boss«, flüsterte ich rau, »ich glaube, das ist keine gute –«

»Halt den Mund.« Seine Finger glitten tiefer, streiften meinen Schritt. Er drückte leicht zu und entlockte mir ein sehnsüchtiges Keuchen. »Du willst es doch zu was bringen, oder nicht? Also. Ab auf die Knie.«

»Boss, ich –«

»Auf die Knie.«

Ich gehorchte, kniete mich auf den Teppich. Mein Hemd war halb geöffnet, die Krawatte hing lose herunter. Adrian betrachtete mich von oben herab, leckte sich über die Lippen. Es war so leicht, ihn heißzumachen, und ich genoss es. Breitbeinig blieb er vor mir stehen. Er streifte das Sakko ab, warf es beiseite und öffnete demonstrativ seinen Gürtel.

»Du weißt, was jetzt kommt«, flüsterte er. Aus seiner Hosentasche fischte er ein Kondom und drückte es mir in die Hand. »Lutsch meinen Schwanz.«

Ich blinzelte unschlüssig zu ihm hinauf und zog den Kopf zwischen die Schultern. »Hören Sie, ich gelobe Besserung, wirklich. Wir müssen nicht –«

Er unterbrach mich, grub die Finger in mein Haar und zerrte meinen Kopf in den Nacken. »Ich sagte: Lutsch. Meinen. Schwanz.«

Ich nickte hastig und riss das Päckchen auf. Adrian griff sich in den Schritt und zog die Shorts ein Stück nach unten. Ich umfasste seinen harten Schaft, rollte das Kondom darüber und half mit Zunge und Lippen nach. Ein heißes Prickeln kroch meine Wirbelsäule hinunter, zog sich bis in meinen Unterleib. Die Tür war abgeschlossen, aber wenn doch jemand hereinkam? Eine Putzkraft vielleicht? Der Gedanke ließ meinen Puls vor Aufregung flirren.

Adrian stöhnte auf. »Ja. Ja, genauso.«

Ich sog an seiner Eichel, presste die Lippen fester zusammen und half mit der zweiten Hand nach. Sein Stöhnen wurde lauter, auch meine Hosen spannten schon unangenehm im Schritt und ich spürte die Hitze in meinen Wangen. Ich nahm Adrians Schwanz noch tiefer in den Mund, bis fast in den Rachen, und griff in seine Shorts, um seine Eier zu massieren.

Er keuchte genüsslich und fuhr mit der Hand durch mein Haar. »Scheiße, du weißt genau, was ich will. Machst du das öfter, he?«

Ich sah auf, gab mir Mühe, meinen Blick so unschuldig wie möglich wirken zu lassen. »Nein, ich bin normalerweise nicht so. Ehrlich.«

»So *was*?«

»So leicht zu haben.«

Seine Lippen verzogen sich zu einem wölfischen Grinsen. »Das werden wir ja sehen.« Er beugte sich zu mir, packte mich am Kragen und zog mich auf die Beine, um mich zu küssen. Er drängte mich zum Schreibtisch, fegte die Unterlagen mit einer Handbewegung beiseite und drückte mich rücklings dagegen. Ohne Mühe riss er die letzten Knöpfe meines Hemds auf und öffnete meine Gürtelschnalle. »Runter damit. Und wehe, du wagst es noch einmal, mir zu widersprechen.«

Ich gehorchte und zog mir Hose samt Shorts in die Knie. Adrian Finger glitten über meinen bloßen Oberkörper bis in meinen Schritt, streiften meinen Schwanz und meine Hoden. »Mir gefällt, dass du dich da unten rasierst«, raunte er. Sein Griff wurde intensiver, fordernder. »Fühlt sich gut an.«

Ich antwortete nicht, sondern schloss die Augen und konzentrierte mich ganz auf seine Berührungen.

Ich fühlte seinen Atem auf meinem Gesicht, seine Lippen an meinem Hals. Langsam, quälend langsam, rieb er meinen Schwanz zwischen den Fingern, heizte mich an. Ich keuchte leise.

»Gefällt dir das, hm?«

Ich nickte wortlos, die Augen noch immer geschlossen.

»Wusste ich doch. Machst einen auf prüde, aber in Wahrheit willst du nur, dass es dir jemand so richtig besorgt. Stimmt's?«

Ich gab keine Antwort, fuhr stattdessen mit der Hand unter Adrians Hemd. Wie auf Kommando spannte er seine Muskeln an und verstärkte seinen Griff um meine Hoden.

»Ich hab dich was gefragt, Kleiner.«

»Ja«, stieß ich hervor. »Ja, unbedingt.«

Einen Moment lang sah Adrian mir tief in die Augen, dann drehte er mich herum und drückte meinen Oberkörper auf die verglaste Schreibtischplatte. Fuck, das Ding war eiskalt.

Adrians Hände fuhren über meinen Hintern und meinen unteren Rücken, schoben das Hemd ein Stück nach oben. »Du wirst dich schön zusammenreißen, verstanden?«, flüsterte er, während seine Fingerspitzen meine Wirbelsäule nachzeichneten und einen Schauer über meinen Rücken jagten. »Wir wollen doch nicht, dass uns jemand hört.«

»Klar. Ich mach keinen Mucks.«

»Brav.« Er knetete meine Pobacken, befeuchtete seine Finger und schob zwei davon in mich. Ich presste die Lippen zusammen, damit nur ein dumpfes Stöhnen zu hören war. Fuck, war ich geladen. Die ersten Male hatten wir es immer mit Gleitgel getrieben, aber ehrlich gesagt fand ich es geiler so. Ein bisschen Spucke genügte.

Adrian fuhr noch einmal meine Flanke entlang, befeuchtete meinen Eingang und seinen Schwanz und drang dann langsam in mich ein. Er nahm sich Zeit, streichelte die Innenseite meiner Oberschenkel und meinen Damm. Ich bot mich ihm an, schloss die Augen, ließ mich fallen – doch so richtig wollte es nicht funktionieren. Die ersten Stöße waren rau und unangenehm. Ich veränderte meine Position, stützte mich auf die Unterarme. Ja, das war besser – und vor allem weniger kalt.

Adrian knetete meine Hoden, umfasste meinen Schwanz und ich stöhnte genüsslich. »Ja. Bitte. Weiter.«

»Bettelst du schon?« Er variierte die Geschwindigkeit, rieb ihn schnell und hart, dann wieder quälend langsam, um mich weiter zappeln zu lassen. Seine Stöße wurden fordernder. »Dein Arsch gehört mir, Kleiner. Ich bestimme, was du kriegst.«

»Ja, Boss.« Ich presste die Lippen zusammen, um ein Stöhnen zu unterdrücken. Ja, langsam wurde es besser. Der anfängliche Schmerz wich einer Welle aus Hitze und Begierde. Ich wollte mehr. Unbedingt.

Adrians Finger gruben sich fordernd in meine Flanke. »Wie war das? Du bist nicht leicht zu haben? Ich hab den Eindruck, dein Arsch wäre einiges gewohnt.«

»Ich schwöre, Boss, ich mach das sonst nicht, ich –«

»Sei still« Er nahm mich fester, beugte sich über mich, packte mich im Genick. »Ich wette, das macht dich geil, hm?«

Ich antwortete ihm mit einem lustvollen Seufzen und ließ ihn noch tiefer in mich eindringen. Er nahm die Einladung an, meinen Schaft immer noch fest im Griff. Mit dem Daumen rieb er gekonnt über meine Eichel und verschaffte mir damit einen weiteren heftigen Kick. Sein Keuchen wurde lauter, ungehemmter, seine Stöße tiefer, fester, und seine Fingernägel gruben sich in meine Schultern, als er kam.

»Fuck.« Mit sanftem Druck strich er über meine Flanke und gab mir einen anzüglichen Klaps auf den Arsch. »Du warst brav, Kleiner. Dafür hast du dir eine Belohnung verdient. Dreh dich um.«

Ich gehorchte. Meine Knie fühlten sich weich an und mein Arm war eingeschlafen, aber die brodelnde Hitze in meinem Unterleib staute sich noch immer.

Adrian zog das Kondom ab, knotete es zu und legte es beiseite. Seine Wangen waren tiefrot und aus seinem strengen Pferdeschwanz hatte sich eine einzige verwegene Strähne gelöst. Er zog mich an sich, schob seine Zunge in meinen Mund und ging dann vor mir auf die Knie. Ein Anblick für Götter. Der Kerl in dem sündhaft teuren Armani-Hemd, Partner und Spitzenanwalt, kniete vor mir auf dem Teppich, um mir einen zu blasen. Er rieb meinen Schwanz ein paar Mal zwischen den Händen, dann nahm er ihn tief in den Mund. Ohne Scheiß, seine

Blowjobs waren der Hammer. Er streichelte meine Hoden, verwöhnte meine Eichel mit der Zunge, presste die Lippen zusammen und ich war so geladen, dass ich mich nur wenige Augenblicke später mit einem tiefen Stöhnen in seinen Mund ergoss. Ohne mit der Wimper zu zucken schluckte er mein Sperma, leckte sich demonstrativ über die Lippen und stand auf.

Jetzt zitterten mir wirklich die Knie und ich war froh um den Schreibtisch, an dem ich mich anlehnen konnte. Adrian musterte mich mit einem süffisanten Lächeln. »Du kannst jetzt gehen.«

Das war der Schlussakkord. Unser Spiel hatte klare Regeln. Es gab einen festen Beginn und ein festes Ende. Keine privaten Treffen, nur unverbindlichen Sex. Strikte Diskretion gegenüber den Kollegen. Und, die wichtigste Regel: Es war nur ein Spiel. Es passierte innerhalb unserer persönlichen Wünsche und Grenzen und jedes »Stopp« war kompromisslos zu akzeptieren.

Mit einem tiefen Atemzug zog ich meine Hosen hoch, taumelte zu einem der Sessel und ließ mich hineinplumpsen. Beim Sitzen verzog ich kurz das Gesicht und Adrian legte den Kopf schief.

»Alles okay? War ich zu grob?«

»Nein, schon gut. Konnte mich nicht so richtig entspannen heute, keine Ahnung warum.«

Er blinzelte pikiert und schob sein Hemd wieder in die Hose. »Du hättest was sagen können.«

»Ich weiß, so arg war es nicht. Nur vielleicht … nehmen wir nächstes Mal wieder einen der Sessel oder so. Dein Schreibtisch ist scheiße kalt, meine Nippel wären fast abgefroren.«

Er musste lachen. »Sorry. Soll ich sie warmreiben?«

Ich schenkte ihm ein anzügliches Grinsen. »Nette Idee, aber ich bin echt bedient.« Ich legte kurz den Kopf in den Nacken und genoss die angenehme Erschöpfung, die meine Glieder schwer werden ließ. Das war der Nachteil an den schnellen Nummern im Büro, man konnte sich danach nicht einfach umdrehen und einschlafen. Dafür hatten sie diesen besonderen Kick, den Reiz des Verbotenen, der jedes Mal pures Adrenalin durch meine Adern pumpte.

»Ohne Scheiß«, murmelte ich, »diese Boss-Angestellten-Nummer ist zwar altbacken, aber sie macht mich verdammt scharf. Selbst wenn man bedenkt, wie idiotisch es ist, dass wir im Büro vögeln.«

Adrian hob den Mundwinkel zu einem schmalen Lächeln. »Ist das nicht der Reiz daran?«

»Klar. Trotzdem setze ich hier meine Karriere für unsere abendliche Pornofantasie aufs Spiel.«

»Wir könnten auch wieder ein Hotelzimmer nehmen. Oder die Rückbank in meinem Wagen.« Er grinste. »Du warst als Callboy sehr überzeugend.«

Ich musste lachen. »Äh, danke?«

»Gern geschehen.«

Für einen Moment schloss ich die Augen und atmete tief durch. Das stete Prasseln des Regens verriet, dass der Heimweg unangenehm werden würde. Aber nun ja – so waren eben die Regeln.

Leons Anblick war unverhohlen sexy. Wie er breitbeinig dort im Sessel saß mit dem weit aufgeknöpften
Hemd, der lose herunterhängenden Krawatte und
dem verschwitzten Gesicht erinnerte er an die Figur
eines Film noir. Er war schon süß. Älter als die meisten Kerle, die mir sonst gefielen, daraus machte ich
keinen Hehl. Er wirkte allerdings jünger. Wie hatte
Jürgen gesagt? Ein Milchgesicht. Im positiven Sinn.

Er grinste mich forsch an. In der rechten Augenbraue hatte er eine feine Narbe, die seiner Mimik
immer etwas Skeptisches verlieh. »Und jetzt?«

Ich zuckte mit den Schultern und lehnte mich
gegen den Schreibtisch. »Willst du einen Drink?«

»Klar. Was hast du da?«

Ich warf einen Blick auf die Minibar im Kühlschrank. »Gin und Bourbon. Wir könnten aber auch
ins *Havanna* rübergehen und dort was trinken.«

Leon hob die Augenbrauen und ich bereute die
Worte sofort. Scheiße, idiotisch. Wir hatten Regeln.
Sex, etwas Bettgeflüster, wenn man es so nennen
wollte, Feierabend. Keine Dates, keine privaten
Treffen, keine Geschenke. Schließlich wollten wir
genau das verhindern, was uns die Kollegen vorwerfen würden, falls sie von diesem Arrangement
erfuhren: dass ich meinen Toyboy in der Kanzlei
bevorzugte. Dabei war das Bullshit. Leon und ich
trafen uns seit einem halben Jahr und sein Aufstieg
bei *Greifrath & Löw* hatte deutlich früher begonnen.

Der Junge war klug, er hatte einen Blick für Details und ein phänomenales Gedächtnis. Und ganz nebenbei war er zudem charmant und hatte einen feinen Humor. Er brauchte meine Fürsprache nicht, um etwas aus sich zu machen.

Außerdem hatte ich es nicht darauf angelegt, Leon zu ficken. Schön, ich hatte ihm hin und wieder nachgeschaut – er hatte einen wirklich hübschen Arsch –, aber zudringlich war ich nie geworden. Erstens ließ ich die Finger von den jüngeren Kollegen und zweitens hatte Leon einen Freund, das respektierte ich. Erst als er mich beim letzten Sommerfest unverblümt angeflirtet hatte, wurde die Sache interessant.

»Na schön«, lenkte ich ein. »War eine blöde Idee. Bourbon oder Gin?«

»Hm. Bourbon.«

Ich seufzte. Leon mochte süß sein und es machte Spaß, ihn zu vögeln, aber an Geschmack mangelte es ihm. Immerhin hatte er mittlerweile gelernt, seine Krawatte passend zum Outfit auszuwählen und richtig zu binden. Am Anfang war er wirklich daher gekommen wie ein Bauerntrampel im Anzug. »Wenn du meinst.«

Ich holte eine Flasche Bourbon aus der Minibar – ein *Blanton's Gold*, den mir ein Mandant geschenkt hatte – und zusätzlich noch eine Flasche Gin. Der *Botanist Islay Dry* schmeckte nicht so vielfältig wie der *Monkey*, war aber trotzdem ein guter Tropfen.

Ich holte ein paar Eiswürfel aus dem Gefrierfach, warf sie in zwei Gläser und schenkte je zwei Finger breit Bourbon und Gin ein. Ich reichte Leon seinen Drink und setzte mich neben ihn in den zweiten Sessel.

Schweigen legte sich über den Raum, nur durchbrochen vom leisen Knistern der Eiswürfel und dem Trommeln des Regens. Die Stille war unangenehm, sie zwang mich, meinen Gedanken zuzuhören, und die gefielen mir nicht.

»Und«, fragte ich schließlich, »was machst du am Wochenende?«

Wieder dieser skeptische Blick von Leon, dieser *nicht Teil des Spiels*-Blick. »Fragst du mich das als Kollege oder …?«

»Als was denn sonst?«

»Okay. Mein Freund kommt am Freitag. Wir gehen samstags in die Therme und abends was essen.«

Ich nickte und nippte an meinem Gin. Die Frage glitt mir über die Lippen, ohne, dass ich lange darüber nachgedacht habe. »Wie viel weiß er eigentlich? Über uns?«

Er zuckte mit den Schultern. »Er weiß, dass ich was mit einem Kollegen habe, mehr nicht. Wir reden nicht über Details.«

»Hat er auch was mit anderen Typen?«

»Klar. Gleiches Recht für alle.«

»Und du bist nie … eifersüchtig deswegen? Ich meine, ihr seht euch ja kaum. Der Kerl könnte sich durch die komplette Nachbarschaft vögeln und du wüsstest es nicht.«

Er gluckste und sah mich spöttisch über den Rand des Glases hinweg an. »Ehrlichkeit und Vertrauen sind keine Konzepte, die dir was sagen, oder?«

»Ich bin eben Realist.«

»Nihilist trifft es wohl eher. Ich liebe Tobi und er liebt mich. Daran ändert sich nichts, wenn wir mit anderen Männern schlafen.«

»Also ist Eifersucht kein Thema?«

»Bisher nicht«, antwortete er unbekümmert. »Unsere Beziehung geht immer vor. Ich würde meine Fickdates nie über Tobi stellen.«

»Ihr wohnt ja auch nicht zusammen.«

»Wir waren nie exklusiv«, erwiderte er, »auch nicht, als wir noch zusammengewohnt haben. Da hatten wir auch andere Männer. War nur logistisch etwas komplizierter.«

Ich schüttelte stumm den Kopf. Der Kerl stellte mich wirklich vor ein Rätsel. Wäre er mein Freund, ich würde ihn nie und nimmer mit anderen Männern teilen.

Nicht, dass ich dabei irgendeine Expertise besessen hätte. Ich war noch nie in einer echten Beziehung, zumindest nie länger als ein paar unverbindliche Wochen. Verliebt, ja. Das schon. Aber bei meinen Arbeitszeiten und meinem Workload war eine Beziehung sowieso nicht vorstellbar. Keine Ahnung, wie Leon das anstellte. Und ebenso unverständlich war mir ihr Beziehungsmodell.

Ich schwieg einen Moment, leerte mein Glas und stellte die Frage, die ich mir nicht verkneifen konnte: »Bringt es euer Sexleben nicht?«

Er verdrehte die Augen und leerte ebenfalls seinen Drink. »Wie viele Plattitüden über offene Beziehungen willst du jetzt noch raushauen?«

»Sorry.« Ich zuckte mit den Schultern und stellte das Glas beiseite. »Ich kapier's einfach nicht.«

»Das merke ich. Du hast doch auch jedes Wochenende einen anderen Kerl, also wo ist das Problem?«

»Na ja, im Gegensatz zu dir bin ich Single.«

»Was ändert das denn? Ich mag Tobi nicht weniger, nur, weil ich mit anderen Männern schlafe.«

Ich zuckte mit den Schultern und schwieg. Eigentlich sollte ich froh über Leons Beziehungskonzept sein, so hatte ich ihn wenigstens einmal die Woche für mich. Trotzdem fühlte sich dieser Kerl, den ich noch nie persönlich getroffen hatte, wie Konkurrenz an. Absurd.

»Pass auf«, fuhr Leon fort. »Sagen wir, du stehst auf Pizza. Pizza macht dich total glücklich und theoretisch könntest du sie jeden Tag essen. Trotzdem hast du halt manchmal Lust auf … hm … Sushi. Deswegen fängst du aber nicht an, Pizza blöd zu finden. Sie ist immer noch dein Lieblingsessen.«

»Bescheuerter Vergleich.«

»Denk, was du willst.« Er stand auf und schloss sein Hemd. »Mir egal. Ich muss los, noch ein paar Stunden pennen.«

»Soll ich dich mitnehmen? Das Wetter ist scheiße.«

Er zögerte und warf einen Blick nach draußen. Es regnete noch immer in Strömen. »Nein, danke. Ich hab's nicht weit.« Er deutete auf das Glas in meiner Hand. »Solltest du nicht auch lieber ein Taxi nehmen? Oder die U-Bahn?«

»Ach was. Der eine Drink.« Ich stellte die Gläser weg und ordnete die Gegenstände und Unterlagen auf dem Schreibtisch. Leons Antwort fühlte sich nach einem Korb an und das nagte an mir. Es war nur eine Autofahrt. Ich hatte nur nett sein wollen. »Und du bist sicher? Es wäre echt kein Ding.«

»Nichts für ungut, du kennst die Regeln.« Er nickte mir zu und wandte sich zum Gehen. »Mach's gut. Wir sehen uns morgen.«

Die Tür fiel hinter ihm zu und ich hasste das unangenehme Gefühl, das sich in meiner Magengegend breitmachte. Was sollte die Scheiße? Wieso fühlte sich ein heißer Fick nach Feierabend plötzlich nicht mehr so befriedigend an wie sonst?

Du weißt, warum.

Missmutig wickelte ich das benutzte Kondom in mehrere Taschentücher, um es einzustecken und keine Spuren zu hinterlassen. Zugegeben, der Gedanke, Leon einfach mit in meine Wohnung zu nehmen, war verlockend. Ich würde uns einen richtigen Drink mixen – einen *Gin Gin Mule* vielleicht –, Leon danach ins Schlafzimmer führen, ihn gemächlich ausziehen und mir mit allem, was folgte, Zeit lassen. Ein bisschen Spielzeug ausprobieren, Stellungen durchtauschen – den Sex zelebrieren.

Du kennst die Regeln.

Ja, verflucht. Aber waren Regeln nicht da, um hin und wieder gebrochen zu werden? Es ging schließlich um Sex und um Leidenschaft. Nicht um ein beschissenes Bridge-Turnier.

Ich löschte das Licht, schloss die Bürotür hinter mir und machte mich auf den Weg zum Aufzug. Bei der Fahrt in die Tiefgarage starrte ich unschlüssig aufs Handy. Nur zwei Klicks. App auf, einen Escort aussuchen und fürs Wochenende buchen. Keine große Sache.

Nein, absurderweise fühlte sich das nach einer Niederlage an. Als wäre ich nicht fähig, jemanden fürs Bett zu finden, den ich nicht dafür bezahlte. Bescheuert, das war mir klar. Ich bestellte auch Essen beim Lieferdienst, ohne mich mit Unzulänglichkeitsgefühlen rumzuschlagen. Ein Escort stellte wenigstens keine dummen Fragen und erfüllte genau meine Wünsche. Na ja. Bis zum Wochenende war noch Zeit.

Mit einem Pling hielt der Aufzug in der Tiefgarage, ich schlenderte zu meinem Wagen und ließ mich auf den Fahrersitz fallen.

Ich war echt nicht erpicht darauf, nach Hause zu kommen. Stille Wohnung. Spiegel. Gedankenkreisen. Jeden Abend dasselbe. Aber immerhin blieb mir noch mein Schlummertrunk.

Kapitel Drei

Mein Biorhythmus war ein Arschloch, selbst am Samstagmorgen war ich spätestens um halb sieben wach. So viel zum Thema: ordentlich ausschlafen. Tobi neben mir meisterte diese Aufgabe wesentlich souveräner und schlief noch tief und fest.

Wie so oft hatte er sich im Laufe der Nacht immer weiter auf meine Seite gewälzt und die Hälfte meiner Decke geklaut. Trotzdem sah er süß aus, mit dem Kissenabdruck im Gesicht und den Füßen in Tennissocken, die unter der Bettdecke hervorlugten, weil er ohne Socken immer fror. Ohne Unterwäsche allerdings nicht.

Ich verkniff es mir, ihm einen Kuss zu geben, um ihn nicht unnötig zu wecken, und beschloss stattdessen, aufzustehen. Ich machte meine morgendlichen Yoga-Übungen, ging duschen, kaufte beim Bäcker um die Ecke ein paar Brötchen und begann, mit *Alligatoah* auf den Ohren Frühstück herzurichten.

Ich wippte im Takt der Beats, während ich einen Apfel und eine Orange in Stückchen schnitt, und spürte plötzlich zwei Händen an den Hüften und ein nackter Oberkörper, der sich an meinen Rücken schmiegte.

»Hey.« Ich nahm die Kopfhörer ab und legte meine Wange gegen Tobis, die sich angenehm kratzig anfühlte. »Gut geschlafen?«

»Hm.« Er küsste mich neckisch auf den Hals. »Hatte gehofft, ich kann dich mit einem morgendlichen Quickie überraschen. Aber da warst du schon weg.«

»Gibt's eine Chance, dass wir das nachholen?«

»Möglich.« Er fuhr mit den Händen meine Taille entlang und biss mir ins Ohrläppchen. »Aber erst mal Kaffee.«

Mein luxuriöser Vollautomat spuckte binnen Augenblicken zwei große Tassen Cappuccino aus und Tobi balancierte sie zum Esstisch. Wir bestrichen unsere Brötchen dick mit Butter und Honig, löffelten Joghurt mit Obstsalat und schwiegen harmonisch. Gemeinsam zu frühstücken war ein Ritual, das uns beiden wichtig war. Selbst im Studium, als unsere Zeitpläne komplett auseinandergeklafft hatten, waren uns diese dreißig Minuten heilig gewesen. Egal, ob sie um sieben Uhr morgens oder halb drei nachmittags stattfanden.

Als wir pappsatt vor unseren leeren Tellern saßen, sagte Tobi: »Ich würde mal ins Bad gehen. Wann wollen wir los zur Therme?«

Ich schielte auf die Uhr. »So gegen zehn vielleicht? Dann können wir erst eine Runde entspannen, anschließend was essen, und den Nachmittag über weiter entspannen.«

Er drückte mir einen Kuss auf die Stirn. »Perfekt. Gott, ich freu mich dermaßen auf die Sauna. Wobei …«

»Wobei was?«

Er zog mich an sich, schob die Hand unter mein T-Shirt und brachte seine Lippen ganz nah an meine. »Wird ziemlich anstrengend, die Finger von dir zu lassen.«

Ich grinste und fing seinen nach Kaffee und Honig schmeckenden Kuss ein. »Vielleicht kriegen wir ja ein bisschen Privatsphäre. Und wenn nicht, kannst du heute Abend alles nachholen.«

»Das werde ich, verlass dich drauf.« Er gab mir einen Klaps auf den Hintern und verschwand in Richtung Badezimmer. Ich räumte das restliche Frühstücksgeschirr in die Mini-Spülmaschine, legte die Essensreste in den Kühlschrank und beschloss, endlich meine Mutter anzurufen.

Dafür platzierte ich das Handy in stabiler Position auf dem Esstisch und setzte mich davor, ehe ich den Videoanruf startete. Meine Mutter hob nur wenig später ab, das Bild verschwamm kurz, dann tauchte ihr breit lächelndes Gesicht vor mir auf. Sie hatte letztes Jahr ihren fünfzigsten Geburtstag gefeiert und war noch immer das blühende Leben. Zu ihren aschgrauen Locken trug sie einen bunten Rollkragenpullover und hatte sogar Lidschatten und Lippenstift aufgetragen. Am Samstagmorgen. Auf dem Küchentisch neben ihr erahnte ich die Nähmaschine, daneben einige Lagen Stoff.

»Hallo, Mama«, begrüßte ich sie und unterstützte meine Worte mit den passenden Gebärden. Meine Mutter war hervorragend im Lippenlesen, aber im Video verzögerte sich die Mimik oft und wirkte daher verzerrt. »Geht's dir gut? Nähst du fürs neue Stück?«

»Ich musste noch ein paar Änderungen vornehmen«, gebärdete sie. »Damit sie auch gut passen. Kommst du zur Premiere?«

Ich kratzte mich kurz am Kinn. »Das war am Wochenende vor Weihnachten, oder?«

Sie formte mit Daumen und Zeigefinger einen Ring. »Genau.«

»Ich werd's versuchen. An dem Freitag ist unsere Weihnachtsfeier, aber Samstag müsste klappen. Wenn ich nicht zu viel zu tun hab.«

Mama lächelte mitfühlend, doch ich wusste genau, dass sie bitterlich enttäuscht wäre, wenn ich nicht zu ihrem Stück kam. Seit einigen Jahren leitete sie neben der Arbeit eine kleine Volksspielgruppe für Gehörlose und nähte sogar die Kostüme selbst. Dieses Mal spielten sie »Der verkaufte Großvater«, ein typisch bayerisches Volksstück. Die Gruppe bestand zu einem guten Teil aus ehemaligen Schülerinnen und Schülern der Schule für Gehörlose, an der meine Mutter als Heilerziehungspflegerin arbeitete. So war auch die Idee für das Volkstheater entstanden. Meine Mutter liebte Theater – aber die Mitarbeit in einer klassischen Laienspielgruppe stellte sie vor große Hürden. Zwar konnte sie sich in der Öffentlichkeit prima mit Worten verständigen, das kostete sie allerdings jede Menge Kraft und Energie.

»Wie geht es dir sonst, mein Schatz?«, gebärdete Mama. »Hast du viel zu tun?«

»Wie üblich«, antwortete ich. »Aber das Wochenende wird entspannt. Tobi ist hier und wir gehen heute in die Therme und abends was essen.«

»Grüß ihn schön von mir«, bat Mama. Unsere gemeinsame Gebärde für Tobi war eine Kombination aus Segelohren und einem Herzchen – unverwechselbar. »Ihr müsst mal wieder vorbeikommen.«

»Machen wir«, versprach ich. Feldkirchen war mit der S-Bahn nur eine halbe Stunde entfernt, aber meine Mutter war neben ihrer Schichtarbeit viel unterwegs und mein straffer Arbeitsplan ließ spontane Treffen nur selten zu. »Der Weihnachtsmarkt beginnt in zehn Tagen, da wolltest du doch hin. Wir könnten bummeln und nachher noch was essen? Oder ich koche?«

Sie hielt den Daumen hoch.

»Dann machen wir das so.« Ich lehnte mich zurück und betrachtete sie. »Hübsch siehst du heute aus. Hast du später noch ein Date?«

Mama lachte. »Sei nicht so neugierig.«

»Sag schon. Kommt Max vorbei?«

Mama zögerte, nickte aber schließlich und grinste wie ein schüchternes Schulmädchen. Eigentlich hatte meine Mutter sich geschworen, keinen Mann mehr in ihr Leben zu lassen, der nicht auch gehörlos war. In der Vergangenheit hatte es da einfach zu viele Hürden und Kommunikationsprobleme gegeben. Nun ja, und dann hatte sie über die Theatergruppe Max kennengelernt, der einen erwachsenen gehörlosen Sohn hatte und daher Gebärdensprache beherrschte. Seit etwa einem halben Jahr waren die zwei jetzt ein Paar und ich gönnte meiner Mutter jede einzelne Minute mit ihrem neuen Freund.

In meinem sechsten Lebensjahr war mein Vater überraschend an einem Aneurysma gestorben, und von da an hatte Mama mich allein großgezogen – mit gerade einmal Mitte zwanzig. Ich konnte mich seither an einige Partner erinnern, aber viele dieser Beziehungen endeten mit gebrochenem Herzen. Eine Schande. Meine Mutter war der liebste und fleißigste Mensch auf dieser Welt. Sie hatte mit dreißig noch eine Ausbildung angefangen und trotz aller Schwierigkeiten mit Erfolg abgeschlossen. Darüber hinaus war sie auch immer für mich da gewesen, für meine Probleme und meine Nöte. Völlig selbstverständlich hatte ich ihr erzählen können, dass ich Jungs mochte. Und wann immer mich Klassenkameraden deswegen beleidigten, nahm sie mich in die Arme und schaute einen lustigen Film mit mir, um mich aufzumuntern. Ich verdankte meiner Mutter alles – und ich war froh, dass ich ihr jetzt endlich einen Teil davon zurückgeben konnte. Zumindest finanziell.

»Warte kurz«, gebärdete Mama und tauchte wenig später wieder auf dem Bildschirm auf – ein flauschiges, schneeweißes Kätzchen im Arm, das pikiert in die Kamera guckte.

Ich seufzte entzückt. »Gott, sie sind so süß. Ist das Sissi oder Franz?«

»Franz«, gebärdete meine Mutter mühsam und setzte den strampelnden Kater auf den Tisch, um wieder beide Hände frei zu haben. Die Namen fand ich ziemlich albern, aber nun ja, meine Mutter war ein Romy-Schneider-Fan. »Sissi ist ein bisschen kleiner und sie hat einen schwarzen Fleck hier.«

Franz erkundete indes Mamas Handy, schnupperte daran und stupste mit der Pfote gegen das Display. Ich musste lachen. »He, Kleiner. Na, alles gut bei dir?«

Offenbar irritiert von dem unerwarteten Geräusch machte er einen Schritt zurück und widmete sich den Stofflagen auf dem Tisch. Mama seufzte und setzte ihn wieder auf den Boden.

»Die Haare verteilen sie wirklich überall«, gebärdete sie und ich lachte.

»Kein Wunder, die zwei sind echt flauschig.« Hinter mir ging die Küchentür auf und Tobi kam herein. Frisch geduscht in meinen Morgenmantel gehüllt.

Er beugte sich kurz über mich und winkte meiner Mutter zu. »Hallo, Nele. Wie geht es dir?« Ein paar Gebärden hatte Tobi im Laufe der Jahre gelernt, aber im Gespräch war es doch einfacher, wenn ich dolmetschte.

»Ihr geht's prima«, antwortete ich anstelle meiner Mutter, begleitete meine Worte aber mit den passenden Gebärden, damit sie es mitbekam. »Sie hat nachher ein Date.«

Erbost stemmte sie die Hände in die Hüften und hob drohend einen Zeigefinger.

»Wieso? Stimmt doch.« Ich neigte mich zu Tobi und gab ihm einen Kuss auf die Wange. »Wir übrigens auch.«

Sie lachte. »Dann störe ich euch gar nicht länger, ihr zwei Turteltauben. Habt einen schönen Tag.«

»Du auch, Mama.« Ich warf ihr eine Kusshand zu. »Grüß Max von mir. Bis bald.«

Tobi strich sacht von hinten über meine Schultern. Er duftete gut, nach Tannen und Wald. »Bad ist frei. Komm, beeil dich, ich will in die Sauna.«

ADRIAN

»He? Bist du wach?«

Ich blinzelte schlaftrunken. Fuck, mein Kopf fühlte sich an, als würde er im nächsten Moment platzen. Die Mischung aus Alkohol und Poppers war echt nicht zu empfehlen. Ich hatte keinen richtigen Filmriss, sondern eher das Gefühl, den gestrigen Abend durch eine Wattewand zu betrachten. Alles war vage und unscharf.

Vor mir tauchte ein verschwommenes Gesicht auf, umrahmt von schwarzen Locken. Ich richtete mich im Bett auf und rieb mir über die Augen. »Was?«

»Sorry.« Der Kerl grinste verlegen, in meinem schlaftrunkenen Zustand konnte ich nur braune Haut und eine schwarze Wuschelfrisur erkennen. Shit, wie hieß der Kerl noch gleich? Ich hatte ihn im Club aufgegabelt, daran erinnerte ich mich. Er war leicht zu beeindrucken gewesen, nicht nur mit meinem Körper, sondern vor allem mit meiner Platinkreditkarte und einer Menge Gratisdrinks. Wie alt war er? Anfang zwanzig? Keine Ahnung. Immerhin hatte ich nach unserem Fick geschlafen wie ein Baby.

Ein Gedanke schoss mir durch den Kopf. Shit, hatten wir Gummis benutzt? Ein Blick auf den Nachttisch beantwortete meine Frage und ich atmete auf. Das fehlte mir gerade noch. Ich musste echt vorsichtiger sein, die durchzechten Abende, an die ich mich kaum erinnern konnte, nahmen mit schnöder Regelmäßigkeit zu. Mich für ein paar Stunden gehen zu lassen, war nicht verkehrt, aber ich wollte keinen lebenslangen Preis dafür bezahlen.

Kontrolle, Adrian.

Der Kerl neben meinem Bett räusperte sich. »Also, ich wollte nur Bescheid sagen, dass ich gehe. Ich hab deine Dusche benutzt, ich hoffe, das war okay? Das Handtuch hab ich in die Wäsche gelegt.«

Ich nickte stumm. Wegen so einem Scheiß weckte er mich auf?

»Ich hab dir meine Nummer aufgeschrieben«, fuhr er fort. »Der Zettel liegt draußen im Flur auf der Kommode. Also, falls du ... noch mal Lust hast, was zu machen.«

Wieder nickte ich nur. Unwahrscheinlich. Aber gut, wenn er meinte.

»Danke für den Abend, das war echt heiß. Bis bald mal.«

»Bis bald«, brummte ich, drehte mich zur Seite und vergrub das Gesicht im Kissen. Wie spät mochte es sein? Die Jalousien ließen zuverlässig keinerlei Tageslicht ins Zimmer. Egal, es war Samstag. Ich hatte sowieso nichts vor, außer ein paar Verträge für den laufenden Fall durchzugehen.

Irgendwann musste ich weggedöst sein, denn als ich das nächste Mal einen Blick auf meinen Wecker warf, war es fast zwölf. Die Kopfschmerzen wurden langsam besser und pulsierten nur noch als vage Ahnung hinter meinen Schläfen. Eine Dusche, eine Tasse Kaffee und später ins Fitnessstudio, dann war ich garantiert wieder fit und konnte mich der Arbeit widmen.

Auf dem Weg ins Bad warf ich einen Blick auf die Kommode im Flur, auf der tatsächlich ein Zettel lag. Es war eine Supermarktrechnung von Aldi, auf der Rückseite stand der Name Kadir und darunter eine Handynummer. Gedankenverloren speicherte ich die Nummer in mein Smartphone, man konnte ja nie wissen.

Zwei Mails waren in der Zwischenzeit eingegangen und ich hatte eine Terminerinnerung verpasst. Richtig, Vincent wollte um zwei eine Videokonferenz starten, wegen Nadines Hochzeit. Darauf hatte ich ja wahnsinnig viel Lust. Egal, dann war es wenigstens erledigt.

Wie üblich drehte ich die Dusche heiß auf, während ich Zähne putzte, damit die Spiegel ringsum beschlugen. Mein Magen fühlte sich flau an. Wann hatte ich zuletzt etwas gegessen? Lieferte das japanische Restaurant um die Ecke auch nach Hause? Ein Mittagessen konnte nicht schaden.

Tatsächlich hatte ich Glück und für einen kleinen Aufpreis landete meine Sushi-Bestellung direkt vor der Tür. Ich kümmerte mich in der Zwischenzeit um meine E-Mails und scrollte durch den Online-Newsfeed. Hochwasser in Venedig, Gelbwesten-Proteste in Frankreich und Schneechaos in Österreich. Zum Glück nur in Kärnten und Osttirol – das würde Nadines Hochzeit nicht tangieren. Hoffte ich. Es gab kaum ein grauenhafteres Szenario, als tagelang mit meiner Familie in einer Berghütte eingeschneit zu werden. Das hatte was von *Shining*, und am Ende wäre garantiert ich der Typ, der durchdrehte.

Im Wohnzimmer suchte ich online nach der Wiederholung des gestrigen Football-Spiels – *Browns* gegen *Steelers* – und aß dabei mein Sushi. Es war genug, um abends noch eine Portion zu haben. Kurz vor zwei loggte ich mich im Videochat ein und wartete, bis die Gesichter meiner Brüder und meiner Cousine Hannah auf dem Bildschirm erschienen.

In unserer Kernfamilie war ich der Älteste. Vincent war zwei Jahre jünger, Jan fünf Jahre und Nadine, das Nesthäkchen, sogar zehn Jahre jünger als ich. Jan war Hauptmeister bei der Bundespolizei und trug sein Haar militärisch kurz geschoren auf weniger als einen halben Zentimeter. Er war breitschultrig, gut trainiert und hatte ein Tattoo am Hals, das für mich immer nach Knast-Tätowierung schrie. Stilbewusstsein hatte er von unserem Vater nicht geerbt. Vincent war überraschend leger gekleidet, normalerweise sah man ihn, genau wie mich, nur in Hemd und Anzug. In dem schlichten Pullover erkannte man deutlich, dass er zugelegt

63

hatte. Der klassische Familienvater-Wohlstands-bauch. Er war als Bauleiter für Wohnungsmodernisierung hier in München tätig, gehörte also zu den charmanten Leuten, die bezahlbaren Wohnraum aufkauften und mit Luxus-Schnickschnack ausstatteten, damit Immobilienfirmen die Wohnungen für das Zehnfache weitervermieten konnten. Im Vergleich zu ihm war ich also der Nette in der Familie. Wobei, nein, das war Nadine.

Hannah, unsere Cousine, war Mitte zwanzig und studierte in Salzburg. Was genau, hatte ich vergessen. Irgendwas mit Mediendesign. Sie und Nadine waren seit ihrer Teenagerzeit eng befreundet und da lag es nahe, dass Nadine sie zu ihrer Trauzeugin gemacht hatte.

Vince winkte grinsend in die Runde. »He, zusammen. Perfekt, dass es so schnell geklappt hat, die Zeit läuft uns echt davon.« Er gluckste. »Adrian im T-Shirt, das hab ich auch seit fünfzehn Jahren nicht mehr gesehen.«

»Gewöhn dich nicht dran«, brummte ich. »Also, die Hochzeit. Schieß los, ich hab nicht ewig Zeit.«

Vince verdrehte die Augen. »Was hast du denn so Dringendes vor an einem Samstag?«

»Fitnessstudio. Würde dir auch mal wieder guttun.«

Jan stöhnte genervt. »Zur Sache jetzt. Das mit dem Geschenk steht, oder? Jeder zwei Riesen für ihre Hochzeitsreise.«

Ich nickte. Nadine und ihr Mann planten einen mehrwöchigen Trip durch Südostasien: Thailand, Malaysia, Indonesien, Bali und Philippinen. Die zwei waren nicht unvermögend, aber eine kleine Finanzspritze konnte nicht schaden, damit sie sich ihren Wunsch auch mit allen Extras erfüllen konnten – und nicht Holzklasse fliegen mussten.

»Am besten überweist ihr mir das vorher«, schlug Vincent vor, »und ich hol die Scheine von der Bank. Son kann bestimmt ein hübsches Geschenk daraus machen.«

Ich verdrehte die Augen. Natürlich musste seine Frau, die international erfolgreiche Architektin, das Hochzeitsgeschenk gestalten. Traditionelle Geschlechterrollen wurden in unserer Familie noch groß geschrieben. Son war auch diejenige gewesen, die vor Jahren Elternzeit für ihre gemeinsame Tochter Kim genommen hatte, die kochte, wenn sie Besuch bekamen, und wahrscheinlich bügelte sie in ihrer knapp bemessenen Freizeit auch noch Vince' Hemden.

»Okay«, Vince notierte etwas auf einem Schmierzettel neben seinem PC. »Dann brauchen wir noch einen Programmpunkt für die Feier. Ich dachte so ganz traditionell ans Brautstehlen?«

»Ehrlich?« Ich zog die Augenbrauen hoch. »Das ist doch schwachsinnig.«

»Es ist Tradition«, beharrte Vince. »Und wir können uns dabei ordentlich betrinken. Hast du eine bessere Idee?«

»Allerdings. Wir machen einfach nichts und ersparen den Gästen diesen Unsinn.«

»Brautstehlen muss schon sein«, warf Hannah ein. »Das gehört dazu. Wir müssen es ja nicht in die Länge ziehen. Kennt ihr die Location dort? Gibt es irgendeinen Ort, an dem wir Nadine verstecken können?«

»Die Party steigt in der großen Hütte«, antwortete Vince. »Wir könnten sie einfach in eins der anderen Chalets bringen, die sind nicht weit auseinander.«

»Wissen wir denn überhaupt, dass Nadine und Jannik Bock auf so was haben?«, gab ich zu bedenken. »Wenn nicht, wird das nämlich superpeinlich.«

»Bestimmt«, erwiderte Vince. »Was meinst du, Hannah?«

»Ich denk schon. Wie gesagt, wir machen es halt einfach kurz, ohne langes Suchen. So haben auch die Gäste mehr davon. Jemand bringt Nadine in eines der anderen Chalets, zusammen mit ihren Brautjungfern und ein paar Flaschen Sekt. Dann schauen wir, wie lange Jannik braucht, bis er ihr Verschwinden bemerkt. Und wenn es so weit ist, starten wir mit dem Auslösen. Ich kann auch Janniks Trauzeugen Bescheid sagen, für alle Fälle.«

»Das ist doch bescheuert«, murrte ich. »Denkt ihr wirklich, Nadine hat Lust auf so eine sexistische Kackscheiße? Ich dachte, sie wäre Feministin oder so?«

Jetzt war Hannah diejenige, die mit den Augen rollte. »Mann, Adrian, mach nicht alles kaputt. Das ist romantisch.«

»Lass gut sein.« Vince grinste hinterhältig. »Von Romantik hat Adrian nicht den Hauch einer Ahnung.«

Meine Miene gefror. Na klar, die alte Leier, ich hätte es mir denken können. Vince war verheiratet, Jan seit vielen Jahren mit seiner Lebensgefährtin liiert und selbst Nesthäkchen Nadine hatte jetzt den

Mann fürs Leben gefunden. Nur ich war der ewige Single – und meine Brüder liebten es, mich dafür aufzuziehen. Vince vor allem. Ich schnaubte missmutig. »Nur, weil ich keinen Bock auf eure albernen Spielchen habe?«

»Ich kann mir schon denken warum.« Vince' selbstgefällige Visage machte mich rasend. »Muss scheiße sein, zu sehen, wie andere eine glückliche Beziehung führen, während man selbst nichts auf die Reihe kriegt, was?«

Ich presste die Kiefer zusammen, kurz davor, das ganze Gespräch einfach zu beenden. Es war idiotisch, mich so von ihm provozieren zu lassen, weil es bewies, dass er mit seinen Sticheleien nicht ganz unrecht hatte. Ich hasste es, der einzige Mensch in der Runde zu sein, der allein war. Der Einzige, der zu Familienfeiern und Abendessen ohne Begleitung auftauchte. Natürlich hätte ich jemanden dafür bezahlen können, aber das kam mir noch alberner vor.

»Hört auf mit dem Scheiß«, brummte Jan. »Wir reden über Nadines Hochzeit, oder?«

Vincent ließ sich auch davon nicht beirren, sein schäbiges Grinsen wurde noch breiter. »Wie sieht's aus, Adi? Bringst du jemanden mit zur Hochzeit? Hm? Oder betrinkst du dich wie üblich allein an der Bar?«

Ich schwieg, den Mauszeiger schon auf dem Schließen-Symbol. Dieses dumme Arschloch. Warum konnte ich sein dämliches Gelaber nicht einfach ignorieren? Warum fühlte es sich jedes Mal nach einem Schlag in die Fresse an? Oder viel eher wie ein Tritt in die Eier.

Weil er recht hat. Du bist ein selbstgefälliges, egomanes Arschloch und niemand wird jemals eine Beziehung mit dir wollen. Mal ein schneller Fick, okay. Aber mehr? No way.

Ich hatte schon gewusst, warum dieses Telefonat und die Hochzeit eine richtig miese Idee waren. Ich sollte Nadine einfach anrufen, ihr gratulieren, Geld schicken und das war's.

Stattdessen huschten die Worte über meine Lippen, ohne, dass ich Zeit gehabt hatte, sie zu überdenken. »Vielleicht bringe ich ja jemanden mit?«

Vince lachte. »Einen Callboy oder wie?«

»Nein. Meinen Freund.«

Kurz herrschte Stille, dann prustete Vincent laut los. »Klar, dein Freund. Dem du zweihundert die Stunde bezahlst.«

Zweihundert. Ich musste mich zusammenreißen, nicht spöttisch zu lachen. Weit unter meiner Preisklasse. Stattdessen hob ich nur wissend die Mundwinkel. Ich hatte keine Ahnung, wo ich mich da gerade hineinmanövrierte, aber ich hatte die Schnauze voll von Vince und seiner dummen Fresse.

Die zog er gerade auch sehr eindrucksvoll. »Verarschen kann ich mich selber.«

»Glaub, was du willst. Mir egal.«

»Na gut.« Vince hatte sich recht schnell gefangen und nun huschte wieder ein Grinsen über sein Gesicht. »Das will ich sehen.« Er zog seinen Geldbeutel hervor und wedelte damit in der Luft. »Zwei Riesen, dass du nie und nimmer mit deinem festen Freund auf der Hochzeit auftauchst.«

Ich runzelte die Stirn. Verdammt, das war schneller eskaliert als erwartet. Ich hatte gehofft, dass Vince kleinbeigeben würde, aber offenbar war der Kerl noch hartnäckiger als gedacht. *Arschloch.*

Mein Schweigen schien Vincent als Sieg zu deuten und er feixte übers ganze Gesicht. »Seht ihr? Nur heiße Luft.«

»Könnt ihr den Scheiß lassen?«, fragte Jan missmutig. »Wir sind wegen Nadines Hochzeit hier oder nicht?«

»Richtig«, bestätigte ich. Die Wut pulsierte hinter meinen Schläfen. Zu schade, dass ich Vincent nicht live ins Gesicht spucken konnte. »Wie gesagt, ich hab noch zu tun. Also bringen wir das hinter uns.«

»Kneifst du?« Vince schwenkte triumphierend sein Portemonnaie. »Zwei Riesen, dass du nie und nimmer mit einem Kerl auf die Hochzeit kommst.«

»Schön.« Ich schob trotzig das Kinn vor. »Deal.«

»Kein Callboy, niemand, den du bezahlst. Wenn das rauskommt, erzähl ich der ganzen Hochzeitsgesellschaft, dass du mit einem Stricher dort aufgetaucht bist.«

»Gut.« Ich zuckte betont beiläufig die Schultern, obwohl ich innerlich kochte. »Meinetwegen.«

»Ach, komm, lasst doch den Scheiß«, protestierte Hannah. »Könnt ihr zwei einmal aufhören, immer im Mittelpunkt stehen zu müssen?«

»Nein, das will ich jetzt wissen.« Vince grinste wie ein Honigkuchenpferd. »Bedingungen akzeptiert? Virtueller Handschlag.«

Ich verdrehte die Augen. »Bitte schön. Können wir weitermachen?«

»Ihr habt's gehört, oder? Zwei Riesen.«

»Ja, verdammt«, antwortete Jan genervt. »Können wir jetzt zum Thema zurück? Das ist Nadines Hochzeit, schon vergessen?«

»Mitnichten. Also, Brautstehlen. Was machen wir zum Auslösen?«

Während die drei emsig darüber debattierten, zu welchen erniedrigenden Aufgaben sie den Bräutigam zwingen konnten, versuchte ich, mein wild pochendes Herz zu beruhigen.

Fuck, ich war so ein Idiot. Es war nur Vince. Vince suchte immer eine Möglichkeit, um mich fertigzumachen, schon seit unserer Kindheit. Warum ließ ich mich von diesem Arschloch provozieren? Es ging ihn einen Scheiß an, wie ich meine Freizeit verbrachte. Oder mit wem. Und dennoch, der Gedanke, es ihm heimzuzahlen, war verlockend. Seit Jahren waren es dieselben beschissenen Sticheleien, die ich mir anhören durfte, dieselben spöttischen Blicke. Und Vince wusste genau, wie er den Finger in die Wunde legte. Natürlich konnte ich so tun, als wäre ich gerne Single, als hätte ich mich bewusst für diesen Lifestyle entschieden. Die Wahrheit sah allerdings ganz anders aus und Vince liebte es, mich damit zu quälen. Ich musste ihn ein für alle Mal zum Schweigen bringen.

Rund eine halbe Stunde später waren sich Jan, Vincent und Hannah einig und ich stimmte ihnen desinteressiert bei allem zu. Hauptsache, diese Farce war endlich vorbei.

»Super.« Hannah klatschte in die Hände. »Dann sehen wir uns in zwei Wochen.«

»Alles klar.« Vince nickte gewichtig und grinste. »Bring die Kohle mit, Adi. So leicht hab ich noch nie zwei Riesen verdient.«

»Wart's ab«, knurrte ich. »Du wirst dich wundern. Bis dann.«

Ich beendete den Videoanruf und stieß einen Fluch aus. Fuck, da hatte ich mir was Tolles eingebrockt. Es konnte nicht zu schwierig sein, einen gut aussehenden Escort für die Hochzeit zu finden, aber ich hatte keine Lust darauf, dass Vince seine Drohung wahr machte. Irgendein beschissener Trick würde ihm garantiert einfallen, um meine Begleitung zu enttarnen – und danach würde er mich bis an mein Lebensende damit aufziehen. Nein, da war es sogar noch besser, die Wette erhobenen Hauptes zu verlieren. Aber auch das erschien mir keine Option. Fuck! Warum war ich so ein manipulierbarer Trottel? Warum gab ich überhaupt so viel darauf, was mein Bruder über mein Beziehungsleben dachte?

Kontrolle, Adrian.

Scheiß auf Kontrolle. Ich wollte diese Wette gewinnen. Und ich würde diese Wette gewinnen. Ich hatte auch schon eine vage Idee, wie.

Kapitel Vier

Leon?« Kathi steckte den Kopf durch meine Bürotür und wedelte mit einer Mappe. »Ich hab die
Unterlagen dabei, die du wolltest.«

»Perfekt.« Ich dehnte meinen Rücken und schielte auf die Uhr. Es war bald Zeit für die Mittagspause. »Ich kümmere mich heute noch drum.«

»Danke dir.« Sie hatte meinen Blick zur Uhr bemerkt und fragte: »Wollen wir nachher Mittagessen
gehen? Hätte gerade ein paar Minuten Zeit.«

»Sorry, ich bin heute schon Eva versprochen.«
Ich grinste. »Aber vielleicht hat sie ja Lust auf einen
Dreier?«

Sie lachte. »Nein, ist okay, wir finden sicher
einen anderen Termin. Ich will euch nicht stören.
Oh, übrigens, Greifrath wollte dich sprechen, hab
ihn gerade auf dem Flur getroffen. Klang dringend.«

»Okay danke. Mal sehen, ob mir dann überhaupt
noch was von meiner Mittagspause bleibt.«

Katharina seufzte und senkte die Stimme, als ich
vorbeiging. »Er ist heute ganz besonders unausteh-
lich, also viel Glück.«

»Danke.« Ich zwinkerte ihr zu. »Wird schon werden.«

Ich schloss die Tür hinter mir und wollte gerade zum Fahrstuhl hinübergehen, da hielt Kathi mich zurück. »Leon?«

»Hm?«

Sie rieb sich verlegen die Nase und fragte leise: »Das geht mich eigentlich nichts an, aber … du weißt, dass hinter eurem Rücken getuschelt wird, oder?«

Ich zuckte gleichgültig mit den Schultern. »Mich interessiert Kanzleitratsch nicht, um ehrlich zu sein.«

»Dann … stimmt es nicht?« Kathi legte den Kopf schief. »Du und Greifrath, ihr habt nicht …?«

»Kathi, echt jetzt, muss ich darauf antworten? Du hast doch auch nichts mit Hugh, oder, obwohl er dein Teamchef ist?«

»Nein, eww.« Sie verzog das Gesicht und musste lachen. »Na gut, überzeugt. Sorry, war blöd von mir, ich hätte die Klappe halten sollen. Nichts für ungut.«

»Schon okay. Ich melde mich, sobald ich die Listen durch habe.« Ich verließ das Büro, der Aufzug kam und ich fuhr zwei Stockwerke nach oben.

In der Kanzlei wurde ständig getratscht, das war nichts Neues, aber es fühlte sich unangenehm an, selbst im Zentrum dieser Gerüchte zu stehen. Vor allem, wenn die Gerüchte stimmten. Ich bezweifelte allerdings, dass jemand echte Hinweise auf unsere Affäre besaß, wir waren immer vorsichtig gewesen. Vermutlich sprach da nur der Neid mancher Kollegen, die sich nicht erklären konnten, wie der Underdog aus der Provinz sonst zu Erfolg gekommen sein sollte. Nun, ich hatte mir nichts vorzuwerfen. Im Gegenteil, seit Adrian und ich unser Arrangement getroffen hatten, wachte er noch strenger über meine Arbeit als zuvor.

Ich klopfte an Adrians Büro und trat zügig ein. »Hey, Katharina sagt, du wolltest mich sehen?«

Adrian blickte von seinen Unterlagen auf. Ich musste Kathi zustimmen, er wirkte übernächtigt, trotz seines perfekten Stylings. Er besaß nie Augenringe, fahle Hautstellen oder andere Anzeichen von Müdigkeit, sein Anzug saß stets tadellos und in seiner Frisur fiel jede Strähne an ihren Platz. Die Erschöpfung war ihm ausschließlich in seinem Blick anzusehen, der matt und glanzlos wirkte.

»Es ist nur eine Kleinigkeit«, erklärte er. »Ich bin heute ziemlich eingespannt, aber ich würde gerne noch einmal über *Vibrant* sprechen und die nächsten Schritte planen. Heute Abend bei einem Drink?«

Ich hob die Augenbrauen und Adrian seufzte genervt. »Ich gehe auch mit anderen Kollegen was trinken, also bilde dir nichts drauf ein. Wenn du unbedingt willst, besprechen wir uns hier, aber bei einem Cocktail wäre mir lieber.«

»Stimmt, mir auch. Wann machst du Schluss?«

»Ich ruf dich an. Eigentlich will ich um sieben fertig sein.«

»Alles klar.« Ich zögerte, unschlüssig, ob ich es aussprechen sollte, aber dann fragte ich doch: »Ist alles … okay?«

»Wieso?«

»Weiß nicht. Du siehst … erschöpft aus.«

»Viel zu tun im Moment«, erwiderte er brüsk und wandte sich wieder seinem Bildschirm zu. »Lass das meine Sorge sein.«

Für einen Moment verharrte ich noch im Raum, wandte mich aber schließlich zum Gehen. Adrian war kein Mensch, der über private Dinge sprach, über Gefühle oder Stress im Büro. Andere Kollegen kotzten sich gerne mal so richtig über die Arbeit oder lästige Mandanten aus, er hingegen blieb undurchsichtig. In der Kanzlei hatte er keine engeren Freunde, von denen ich wusste. Ich hatte ehrlich gesagt auch keine Ahnung, wie Adrian seine Freizeit verbrachte. Er redete ja nie über solche Dinge. Klar, wir wollten eine gewisse Distanz wahren, aber über die meisten Menschen in der Kanzlei – egal ob Partner, Associate oder Bürofachkraft – wusste ich mehr Privates als über meinen Mentor. Ich wusste, dass Kathi eine kleine Tochter hatte, von ihrem Mann aber getrennt lebte. Salim, einer der Partner aus dem Bereich Kapitalmarktrecht, hatte ein Faible für Multiplayer-Egoshooter und Tatjana machte sich Sorgen um ihre Schwester in Russland, die dort als Aktivistin für die Rechte queerer Menschen kämpfte.

Ausgerechnet über Adrian wusste ich hingegen nichts, außer, dass sein Vater die Kanzlei mitgegründet hatte und vor Jahren an einem Herzinfarkt gestorben war. Irgendwie schräg. Vielleicht sollte ich den gemeinsamen Drink heute Abend nutzen, um diese Schieflage zu ändern. Sofern Adrian das wollte. Vielleicht blieb er ja gerne undurchsichtig.

Um kurz vor sieben trafen Adrian und ich uns vor dem Haupteingang der Kanzlei und gingen gemeinsam hinüber zur Cocktailbar um die Ecke. Es war kalt geworden, die Temperaturen lagen um den Gefrierpunkt, sodass unser Atem in weißen Wölkchen in den bedeckten Himmel stieg. Ich war in einen langen schwarzen Mantel gehüllt und trug Schal und Mütze – von Mama selbst gestrickt, aber das blieb mein Geheimnis. Adrian hingegen trug nur ein gefüttertes Sakko über dem Anzug. Kein Wunder, er fuhr wahrscheinlich direkt von seiner Wohnung in die Tiefgarage, stieg in seine vorgeheizte Sportlimousine und parkte auf seinem persönlichen Parkplatz unter der Kanzlei. Wenn er nicht wollte, musste er keine drei Schritte an der frischen Luft machen.

Das *Havanna* war in gedämpftes oranges Licht getaucht. Die schlicht gehaltenen Möbel, die Sepia-Fotografien an den Wänden und die Sitzflächen aus schwerem braunem Leder schufen ein angenehmes Karibikflair, ohne dabei unnötig kitschig zu sein. Hinter der halbrunden Bar befand sich ein beleuchtetes Getränkeregal, das vor allem verschiedene Rumsorten zur Schau stellte. Auf einer Schiefertafel waren die Cocktails des Tages aufgeführt.

Alles in allem war wenig los. Ein paar junge Menschen – vermutlich Studierende – saßen an einigen Tischen zusammen und aus den Lautsprechern rieselte gedämpfte Loungemusik. Adrian steuerte zielstrebend auf einen abgelegenen Tisch zu und hängte sein Sakko daneben an die Garderobe.

»Ich zahle«, erklärte er, während wir Platz nahmen. »Ich setz das von der Steuer ab.«

»Wenn du drauf bestehst.« Ich schlüpfte ebenfalls aus Mantel, Schal und Mütze und griff nach der Cocktailkarte.

Nur wenige Augenblicke später kam die Bedienung an unseren Tisch, eine kleine, schlanke Frau mit wasserstoffblondem Pixiecut. »Guten Abend. Was darf ich Ihnen bringen?«

Adrian studierte die Karte und traf rasch eine Entscheidung. »Einen *Singapore Sling*.«

Die Bedienung tippte die Bestellung in ihr Gerät und sah mich fragend an. Ich grübelte kurz und wählte schließlich einen *Mojito*.

»Willst du etwas essen?«, fragte Adrian. »Tapas?«

»Ja, gerne.«

»Dann die gemischten Tapas für zwei.«

Die Bedienung brachte die beiden Cocktails und wir vertieften uns in den *Vibrant*-Fall, diskutierten geeignete Strategien und Vorkehrungen, die wir demnächst treffen mussten.

Als wir uns gerade über die zahlreichen Schalen mit verschiedenen Tapas hermachten – gefüllte Oliven, Datteln im Speckmantel, Hackbällchen mit Tomatensoße, gekochter Tintenfisch und vieles mehr –, meinte Adrian: »Hör mal, es … gäbe da noch eine Sache. Du könntest mir einen Gefallen tun.«

»Okay.« Ich dippte Weißbrot in die Aioli und biss genüsslich ab. »Worum geht's?«

Adrian schwieg und nippte an seinem Drink. Er hatte schon den zweiten. »Es ist … ein bisschen pikant.«

»Pikant? Nichts Illegales, hoffe ich?«

»Nein, nein. Es hat … nichts mit der Arbeit zu tun.«

»Oh. Okay. Schieß los.« Ich musterte Adrian eindringlich. Er war nervös – so kannte ich ihn gar nicht. Egal, wie viel auf dem Spiel stand, wie fordernd eine Situation schien, er war immer die Ruhe selbst. Kühl, beherrscht und kontrolliert. Aber jetzt saß er da und rührte so angespannt mit dem Strohhalm in seinem Cocktail, als plane er, mir einen Heiratsantrag zu machen.

Er sah auf und holte tief Luft. »Machen wir es kurz. Meine Schwester Nadine heiratet in zwei Wochen. Sie feiern am Dachstein, in Österreich. Würdest du mich … auf die Hochzeit begleiten?«

Ich blinzelte irritiert. Das war verwirrend nah an meiner absurden Vermutung. »Wie? Als dein plus eins?«

Er nickte. »Ich übernehme alle Kosten und zahl dir auch eine Aufwandsentschädigung, wenn du willst.«

Die Irritation wandelte sich langsam in Skepsis und ich wischte das Lachen von meinen Lippen. »Du würdest Geld dafür bezahlen, dass ich dich begleite? Wofür hältst du mich?«

»So hab ich das nicht gemeint.« Pikiert verzog Adrian das Gesicht. »Ich dachte nur, falls du Klamotten kaufen willst oder so was. Du brauchst dich nicht meinetwegen in Unkosten zu stürzen.«

»Okay, Moment, alles der Reihe nach.« Ich holte tief Luft. »Spulen wir zurück zum Anfang. Du willst, dass ich mit dir auf die Hochzeit deiner Schwester gehe? Wieso?«

Adrian seufzte und nahm einen tiefen Schluck aus seinem Glas. Unglaublich, er war echt tierisch nervös. »Das ist etwas kompliziert. Um es kurz zu machen: Ich habe nicht das beste Verhältnis zu meiner Familie und am liebsten würde ich gar nicht auf diese dämliche Feier gehen. Leider bin ich es meiner Schwester schuldig und sie ist eine der wenigen Verwandten, die ich tatsächlich mag. Ich würde mich … deutlich wohler fühlen, dort nicht allein aufzutauchen.«

»Kann ich verstehen, aber wieso … fragst du da ausgerechnet mich?«

Er zuckte beiläufig mit den Schultern. »Ich hab nicht so wahnsinnig viele Freunde oder Menschen, auf die ich mich bei so etwas verlassen könnte. Du kennst ja die Kollegen in der Kanzlei. Den meisten würde ich nicht mal mein Auto leihen, geschweige denn, ein Wochenende mit ihnen verbringen. Du bist integer, verschwiegen und, na ja, schwul.«

»Was hat das mit …? Moment.« Ich deutete drohend mit dem Zeigefinger in seine Richtung. »Als was genau würde ich dich begleiten? Als Kumpel? Als Kollege?«

Adrian senkte den Blick und stocherte erneut in seinem Cocktail, von dem nur noch Crushed Ice übrig war. »Als mein Freund, um genau zu sein.«

Ich blinzelte. Adrian verarschte mich doch. War das hier ein billiger Trick? Wollte er ausloten, wie weit ich ging? Unter welchen Umständen ich bereit war, unsere klar definierten Regeln zu brechen? »Das ist ein Witz, oder?«

Adrian schüttelte den Kopf. »Ich weiß, es ist dämlich, aber … meine Geschwister liegen mir ständig damit in den Ohren, vor allem Vince, einer meiner Brüder. Ich bin es leid, mir dauernd anhören zu müssen, ich sei ein beziehungsunfähiger Psychopath. Wenn du mitkämst, hält mein Bruder vielleicht endlich seine Klappe.«

»Du willst deinem Bruder also beweisen, dass du eine Beziehung führen kannst, indem du einen Freund erfindest? Klingt das für dich nicht … schräg?«

Adrian verzog das Gesicht. »Meine Angelegenheit, oder?«

»Na ja, du willst, dass ich dir bei deiner Scharade helfe, also ist es offenbar auch meine Angelegenheit.« Ich beugte mich nach vorne und senkte die Stimme. »Wir haben eine Abmachung: keine privaten Treffen, nur Sex. Wieso sollte ich diese Regel jetzt brechen, nur, weil du eine bescheuerte Fehde mit deinem Bruder hast?«

Adrian schwieg. Seine Kiefer mahlten und ich ahnte, wie unangenehm ihm dieses Gespräch war. Nun, da musste er wohl durch. »Ich beschleunige deine Beförderung zum Partner.«

»Damit mir die anderen Associates wirklich vorwerfen können, mich hochgeschlafen zu haben? Nein, danke.«

»Dann sag mir, was du willst. Geld? Ein Wochenende all-inclusive Urlaub mit deinem Freund?«

»Wir sind hier nicht auf dem Basar, Adrian. Das ist keine Frage von Angebot und Nachfrage. Wir hatten klare Regeln. Und du willst mich dazu bringen, sie zu verletzen.«

»Es ist nur dieses eine Wochenende«, versprach er. »Mehr werde ich nie verlangen, ich schwöre es. Es wäre nur ein weiteres Spiel, genau wie unsere Treffen im Büro. Sozusagen ein ... Fake-Boyfriend-Rollenspiel.«

»Hm.« Ich runzelte die Stirn. »Nicht gerade mein bevorzugter Kink.«

»Bock, es auszuprobieren?«

Ich seufzte und überbrückte das Schweigen durch einen Schluck von meinem Drink. »Krieg ich Bedenkzeit? Ich will das mit Tobi besprechen. Ich mach das nur, wenn er einverstanden ist.«

»Ehrlich? Du fragst deinen Freund um Erlaubnis?«

»Äh, ja? Wenn ich ein Wochenende lang für einen Typen, mit dem ich eigentlich nur casual Sex haben wollte, den festen Freund spiele, um seine Familie an der Nase herum zu führen, dann bespreche ich das vorher mit meinem Partner. Nennt man Transparenz.«

»Vertraut er dir nicht?«

»Adrian, Schluss jetzt. Du willst was von mir, also hör auf mit dem Scheiß. Sonst kannst du meine Hilfe vergessen.«

»Okay.« Er hob abwehrend die Hände. »Sorry, du hast recht. Das geht mich nichts an. Wie viel Zeit ... brauchst du? Zum Nachdenken, meine ich?«

»Ich sag dir bis Ende der Woche Bescheid, okay?«

»Ja, perfekt.« Er schluckte und sein Adamsapfel hüpfte dabei nervös auf und ab. »Danke. Also, dass du ... es dir überlegst. Es würde mir echt viel bedeuten und ich ... vergesse dir das nicht. Falls ich mich mal revanchieren kann.«

»Zur Kenntnis genommen.« Ich leerte meinen Drink und nickte Adrian zu. »Ich pack's mal. Wir sehen uns morgen.«

Zuhause angekommen spukte mir das Gespräch mit Adrian immer noch durch den Kopf. Ich hatte keine Ahnung, was ich davon halten sollte. Adrian war so verdammt schwer zu durchschauen. Wir hatten klare Regeln vereinbart – und er verleitete mich immer wieder, diese Grenzen zu übertreten. Manchmal nur mit dem kleinen Zeh, jetzt mit dem ganzen Körper. Machte er das mit Absicht? War es ein Test? Oder war er in dieser Angelegenheit einfach nur naiv und kapierte nicht, wie übergriffig sein Verhalten war?

Die Einladung war ihm nicht leicht gefallen, das hatte ich ihm angesehen, aber so richtig verstand ich noch immer nicht, was er sich von der ganzen Sache erhoffte. Ich konnte Adrian einfach nicht vertrauen, dafür war er zu kühl, zu undurchsichtig.

Ich ließ mich mit dem Handy aufs Sofa fallen und rief Tobi an. Hoffentlich hatte er einen guten Rat für mich, ich brauchte jetzt dringend jemanden zum Reden. Es dauerte eine Weile, ehe er abnahm.

»He, Schatz«, begrüßte ich ihn. »Stör ich gerade?«

»Du störst nie. Hab noch Arbeiten korrigiert, aber ich sollte sowieso Schluss machen, wird spät. Wie war dein Tag?«

»Seltsam«, antwortete ich wahrheitsgemäß. »Ich muss mit dir über was reden. Passt es gerade?«

»Klar. Was ist passiert?«

In kurzen Worten erzählte ich ihm von Adrians Einladung und dem merkwürdigen Zwist zwischen ihm und seinem Bruder.

»Wow«, kam es von Tobi. »Das ist … schräg.«

»Ja, und wie.« Ich seufzte. »Ich weiß nicht, was ich jetzt tun soll. Das Ganze scheint Adrian wichtig zu sein, aber … keine Ahnung. Vielleicht wäre es auch ein Riesenfehler.«

Tobi schwieg eine Weile, dann sagte er: »Ehrlich gesagt bin ich überfragt. Ein Wochenende seinen Boyfriend zu spielen ist schon ein bisschen mehr als casual sex.«

»Eben. Das war definitiv nicht der Deal. Fuck.« Ich fuhr mir mit der Hand übers Gesicht. »Warum muss der Kerl das so kompliziert machen?«

»Keine Ahnung. Denkst du, er hat … irgendwas vor?«

»Weiß nicht. Adrian ist ein Buch mit sieben Siegeln, deswegen wollte ich ja nicht mehr von ihm als Sex. Kann gut sein, dass er mir was verschweigt, oder vielleicht geht es ihm wirklich nur darum, nicht allein sein zu müssen. Ich meine, ich kenne seine Familie nicht, aber ich hab Geschichten über seinen Vater gehört und wenn der Rest genauso drauf ist ... puh. Dann würde ich da auch nicht ohne Begleitung auftauchen wollen.«

»Verstehe.« Er schwieg eine Weile und sagte schließlich mit weicher Stimme: »Hör zu, ich vertraue dir, das weißt du. Wenn du mir sagst, zwischen euch läuft nichts, außer Sex, glaube ich dir das. Auch wenn du das Wochenende mit ihm verbringst und trotz dieser Fake-Boyfriend-Sache.«

»Danke.« Ich gab ihm durchs Telefon einen Kuss. »Ich wünschte, du wärst hier, damit ich dich dafür drücken kann.«

»Holen wir nach. Ganz ehrlich: Das Wichtigste ist, dass du dich wohlfühlst. Wenn dir die Sache zu schräg ist, sag es ab. Du schuldest deinem Kollegen nichts. Aber wenn du es durchziehen willst, stehe ich hinter dir.«

»Du bist der Beste. Ohne Scheiß. Ich bin so froh, dass ich dich habe.« Ich atmete tief durch und ordnete meine Gedanken. »Und du ... bist sicher, dass das okay für dich ist? Ich meine, so hatten wir das nicht ausgemacht und ich will dich nicht in die Pfanne hauen. Du bist mir wichtiger als eine blöde Hochzeit in den Bergen.«

»Das weiß ich doch«, erwiderte Tobi sacht. »Wie gesagt, ich vertraue dir. Ich sehe ihn nicht als Konkurrenz.«

»Das musst du auch nicht. Okay, ich zieh's durch und gehe mit Adrian auf diese Hochzeit. Und falls es schräg wird, schicke ich ihn danach direkt in die Wüste.«

»Guter Plan. Oder du rufst mich an und ich hole dich ab – auch irgendwo in der österreichischen Pampa.«

»Das klingt gut. Mein Rettungsnotfallplan.«

Tobi lachte. »Was wird das eigentlich für eine Hochzeit? So ein Schickimicki-Ding mit lauter reichen Leuten?«

»Wahrscheinlich. Aber hey, gratis Essen, gratis Drinks, das werde ich einfach gnadenlos ausnutzen.«

»Genau. Und vielleicht bringt es dir ja wirklich was für deine Beförderung. Du hast es nicht drauf angelegt, aber das heißt ja nicht, dass du es nicht ausnutzen darfst.«

»Ich weiß nicht. Fühlt sich schäbig an.«

»Verstehe ich. Du hast es auch nicht nötig.«

»Danke.« Ich schwieg einen Moment. »Es tut mir leid, dass das so blöd gelaufen ist. Ich fühl mich scheiße deswegen.«

»Musst du nicht. Solange wir ehrlich miteinander sind, ist doch alles okay.« Er zögerte einen Moment. »Oder ist gibt es noch irgendwas, das du mir sagen willst?«

»Nein«, antwortete ich aufrichtig, »das war alles. Ich empfinde nichts für den Kerl, es ist nicht mehr als Sex. An unserer Beziehung wird das nichts ändern, dafür bist du mir viel zu wichtig.«

»Siehst du, und deswegen mache ich mir wegen all dem keine Sorgen. Wir stehen da drüber.«

»Absolut. Danke, dass du zugehört hast. Und für deine Hilfe.« Ich seufzte. »Ich wäre jetzt echt gerne bei dir.«

»Du fehlst mir auch. Wir sehen uns ja am Wochenende. Wobei, wenn du gerade einsam bist …«

Seine Stimme nahm einen schmeichlerischen Tonfall an. »Bist du schon im Bett?«

Ich musste grinsen und stand auf. »Noch nicht. Aber wird sowieso Zeit. Ich muss allerdings erst aus meinem Anzug raus.«

»Na dann, schalt das Video an. Ich will auch was von der Show.«

Kapitel Fünf

ADRIAN

N ach einer halben Stunde auf der Trainingsbank brannten meine Muskeln und ich fühlte mich angenehm ausgepowert. Ich setzte mich auf, dehnte meine Schultern und nahm einen gierigen Schluck aus der Wasserflasche. Ich war komplett durchgeschwitzt und die Klamotten klebten mir am Körper – genauso, wie es sein sollte. Mein Bizeps war erschreckend untrainiert, wenn ich morgen keinen brutalen Muskelkater haben wollte, sollte ich wohl noch eine Magnesiumtablette einwerfen. Langsam anfangen, am Arsch. Solange es nicht brannte, gab es mir nichts.

In einer automatisierten Bewegung griff ich nach meinem Handy, um die Mails zu checken, und entdeckte einen verpassten Anruf von Leon. Mein Herz vollführte einen Sprung und ich hasste mich dafür. Bescheuert.

Kontrolle, Adrian! Lass dich nicht gehen wie ein verfluchter Teenager.

Ich zwang mich, in Ruhe aufzustehen, zur Bar zu schlendern und einen Shake zu bestellen, ehe ich Leon zurückrief. Nervös trommelte ich mich den

Fingern auf dem Tresen. Das Freizeichen ertönte, einmal, zweimal – dann ging Leon endlich dran.

»He, Adrian. Sorry, ich wollte vorhin nicht stören.«

»Tust du nicht.« Ich gab mir Mühe, unbeteiligt zu wirken. »Was gibt's?«

»Ich hab über dein Angebot von gestern nachgedacht«, antwortete Leon und sofort schlug mir das Herz in der Kehle. Ich hätte es gerne auf das Training geschoben, doch die Lüge war so offensichtlich, dass ich sie nicht einmal selbst glaubte. »Ich finde die ganze Sache immer noch total schräg, aber ich mach's. Ich spiele mit.«

Ich atmete tief durch und ballte heimlich die Faust unter dem Tresen. »Klasse, das … danke. Ich verspreche, das wird das einzige Mal bleiben, dass ich dich um so etwas bitte.«

Er lachte. »Ja, das hoffe ich. Also, die Bedingungen sind klar: Erstens, ich *spiele* deinen Freund – ich bin es nicht. Wir sind close miteinander, soweit es für das Spiel erforderlich ist, aber nicht darüber hinaus.«

»Klar.«

»Zweitens, es ist ein Spiel für dieses Wochenende. Ab Sonntagabend sind wir wieder Kollegen, die sich zum Vögeln treffen, und nicht mehr.«

»Kein Problem.«

»Okay und drittens: Du akzeptierst meine Grenzen. Wenn ich *nein* sage, meine ich das so.«

Ich runzelte die Stirn. »Was … denkst du von mir? Ich würde nie …«

»Um so besser. Also, Bedingungen klar?«

»Völlig klar.«

»Super. Wann geht's los?«

Ich nahm einen Schluck von meinem Drink. Gott, ich freute mich schon jetzt auf Vince' dummes Gesicht, wenn ich mit Leon auf der Feier auftauchte. »Samstagmorgen wäre gut. Um zwei Uhr ist der Gottesdienst, nachher gibt es einen Empfang mit Glühwein und dann beginnt die Party. Ich würde also vorschlagen, wir starten so um neun, damit wir ein bisschen Puffer haben. Ich kann dich abholen.«

»Super. Was soll ich anziehen? Wie ist der Dresscode?«

»Keine Ahnung, elegant eben. Anzug und Krawatte.«

»Okay, dann nehm ich den mit den Nadelstreifen. Brauche ich ein Geschenk oder so was?«

»Nein, nicht nötig. Du kennst Nadine ja gar nicht. Pack dir aber ein paar warme Sachen ein, Stiefel und so, für alle Fälle. Am Dachstein hat es sicher schon geschneit.«

»Okay. Und unsere … Coverstory überlegen wir uns noch?«

»Wir haben ja genug Zeit auf der Autofahrt.« Ich lächelte dünn. »Danke. Ehrlich. Das … bedeutet mir viel.«

»Kein Ding. Wir sehen uns im Büro.«

»Genau. Bis morgen.« Ich legte auf und konnte mir das Grinsen nicht verkneifen. Die Hochzeit war gerade von einem Ärgernis zu »könnte ganz nett werden« aufgestiegen. Jetzt musste ich nur noch Nadine Bescheid sagen, dass ich mit Anhang auftauchte. Ich war schon gespannt, wie sie reagieren würde.

Wie vereinbart parkte ich am Samstag um Punkt neun vor Leons Wohnung. Die Parkplatzsituation hier war der Horror und ich musste mich ins absolute Halteverbot stellen. Das Wetter war angenehm für eine mehrstündige Autofahrt, kalt, aber trocken. Kurzfristig hatte ich noch die Winterreifen aufziehen lassen, sodass wir auch für das verschneite Österreich gewappnet waren.

Ich schrieb Leon eine Nachricht und er erschien wenige Augenblicke später am Bürgersteig, einen Anzugschoner in der Hand, den Mantel über dem Arm, und zog einen kleinen Hartschalen-Trolley hinter sich her. Mir fiel auf, dass ich ihn noch nie so leger in Jeans und Sweatshirt gesehen hatte. Er wirkte jünger und unschuldiger in diesem Aufzug, vermutlich wäre er als Mitte zwanzig durchgegangen. Fuck, das war scharf. Vielleicht sollte ich ihn künftig bitten, sich vor unseren Quickies umzuziehen …

»Guten Morgen.« Er öffnete die hintere Tür und hängte den Anzug an den Haken.

»Morgen. Bereit für unseren Roadtrip?«

»Aber sicher.« Er ließ sich auf den Beifahrersitz fallen und sein Blick glitt anerkennend durch den Fahrerraum. »Coole Karre.«

Ich grinste und konfigurierte das interne Navigationsgerät. Ganz neu war der Quattroporte nicht mehr, aber das Design mit den schwarzbraunen Ledersitzen und den Armaturen in Holzoptik war zeitlos. »Fünfhundertdreißig PS und dreihundert Spitze. Leider hat Österreich ein Tempolimit, wir können die also bedauerlicherweise nicht ausreizen.«

Er lachte. »Als könntest du auf irgendeiner deutschen Autobahn einfach so dreihundert fahren.«

»Stimmt, aber zweihundert sind schon drin.« Das Display zeigte 12.23 h als errechnete Ankunftszeit, bislang waren keine längeren Staus gemeldet. Ich deutete auf die beiden Becher in der Mittelkonsole. »Cappuccino, ohne Zucker. Ich hoffe, das ist okay?«

»Perfekt. Danke.« Er nahm einen Becher an sich und ich startete den Motor.

Wir verließen München über die A8 Richtung Süden. Die Strecke war zwar stauanfällig, gerade zu Beginn des Wochenendes, aber die Alternativroute über die A94 war deutlich weiter.

»Also, erzähl mal«, sagte Leon nach einer Weile und ließ sich genüsslich in den Sitz sinken. »Wie lange sind wir schon zusammen? Wie haben wir uns kennengelernt? Was weiß ich über deine Familie?«

»Ich dachte, wir bleiben so nah an der Wahrheit wie möglich. Wir sind Arbeitskollegen und irgendwann sind wir zusammengekommen.«

»Irgendwann?« Leon gluckste und schlug einen künstlich empörten Tonfall an. »Sag bloß, Liebling, du hast unseren Jahrestag vergessen?«

Ich verdrehte die Augen. »Verschon mich bitte mit Kosenamen.«

»Na gut. Was hältst du vom Sommerfest? Das ist ja nicht mal ganz falsch.«

Ich musste grinsen. Das Sommerfest hatte die Kanzlei dieses Jahr in einem Hotel am Starnberger See ausgerichtet. Ziemlich beschwipst waren Leon und ich miteinander ins Gespräch gekommen, er hatte mich unverfroren angeflirtet und mir schlussendlich auf der Hoteltoilette einen geblasen. »Nicht gerade die romantische Geschichte, die man auf Familienfeiern erzählt.«

»Du kannst ja den Mantel des Schweigens über die Details breiten.« Er nahm einen Schluck von seinem Cappuccino und straffte die Schultern, als ich den Polo vor uns schwungvoll überholte. »Uh, musst du so eng auffahren?«

»Ich kann mit dem Auto umgehen. Keine Sorge.«

»Klar.« Ich sah im Augenwinkel, wie er sich unbehaglich in seinem Sitz rekelte. »Im Ernst, du bist genau die Art von Fahrer, über die sich Tobi ständig aufregt. Teure Karre, großes Ego und ein Fahrverhalten, als wärst du allein auf der Straße.«

Ich seufzte genervt. »Ich habe hundertfünfzig Riesen für den Wagen bezahlt, da will ich die PS auch ausnutzen. Sollen die halt nicht mit ihren Kleinwagen auf der Mittelspur rumschleichen.«

»Ich seh schon, das wird 'ne lange Fahrt.«

Ungnädig sah ich ihn von der Seite an. »Hast du überhaupt einen Führerschein?«

»Klar«, erwiderte Leon, »aber ich hab kaum Fahrpraxis und würde mich total bescheuert anstellen. Deswegen lass ich es lieber. Und in der Münchener Innenstadt braucht eh keiner ein Auto.«

»Ich bekomme also Fahrtipps von einem Frischling?«

»Gut, ich bin schon still.« Leon trank von seinem Kaffee und aktivierte zufrieden die Sitzheizung. »Zugegeben, die Luxusausstattung ist wirklich schick. Aber wozu braucht man bitte dreihundert PS?«

»Fünfhundert«, korrigierte ich beflissen. »Ganz einfach, um sie zu haben. Und wenn man mal auf freier Strecke so richtig die Drehzahl hochjagen kann, ist das der Wahnsinn. Die Chance kriegt man nur leider selten.«

»Wehe, du versuchst das, während ich in diesem Auto sitze«, brummte Leon. »Dann kotze ich dir deine schicken Ledersitze voll.«

»Untersteh dich.« Ich stieß einen theatralischen Seufzer aus. »Nun gut, dass du keinen Geschmack hast, ist ja nichts Neues.«

»Das solltest du lieber nicht so laut sagen, man könnte das auch auf meinen Männergeschmack beziehen. Egal«, er ließ die Fingerknöchel knacken, »zurück zum Thema. Wir sind uns auf dem Sommerfest nähergekommen, ein paar Mal ausgegangen und seitdem zusammen. Was machen wir so in unserer Freizeit?«

Ich zuckte mit den Schultern. Woher sollte ausgerechnet ich wissen, wie man in einer Beziehung Zeit verbrachte? Für mich gab es das Büro, das Fitnessstudio und hin und wieder eine Party im Club oder einen One-Night-Stand. Wo brachten andere Menschen da noch einen Partner unter? »Keine Ahnung. Was macht ihr so zusammen? Also du und dein Freund?«

»Wir gehen beide gerne schwimmen oder joggen, wir mögen Brettspiele und wir lieben trashige Filme.«

Ich blinzelte spöttisch. Wie beschissen kitschig. »Okay, schwimmen klingt gut, dazu lasse ich mich überreden. Vorausgesetzt, wir gehen danach in die Sauna.«

»Unbedingt.« Leon grinste. »Was ist mit dir, was magst du so? Ich meine, du verbringst gefühlt jeden Tag zwölf Stunden im Büro und ich will gar nicht wissen, wie lange du noch in die Muckibude gehst. Hast du überhaupt so etwas wie Freizeit?«

Ich seufzte und trommelte aufs Lenkrad. Eine verdammt gute Frage. Erholung war schon lange ein Fremdwort für mich. Das Auspowern im Fitnessstudio und beim Sex überbrückte zwar für eine Weile die nagende Leere in meinem Kopf, aber danach fühlte ich mich meist noch mieser als zuvor. Echte Entspannung sah anders aus. Egal, das ging Leon überhaupt nichts an. Er brauchte nicht zu wissen, wie beschissen kaputt ich war. »Klar«, antwortete ich stattdessen. »Das Studio ist für mich Freizeit. Ansonsten – am Wochenende geh ich manchmal aus oder im Sommer zum Segeln.«

Leon gluckste. »Segeln, ohne Scheiß? Du bist echt so ein Kind-reicher-Eltern-Klischee auf zwei Beinen. Spielst du auch Golf?«

Pikiert verzog ich das Gesicht. »Nein, Golf ist was für alte Männer.«

»Ah. Wie alt warst du noch mal?«

»Verarschen kann ich mich selber, Kleiner.«

Er sank grinsend in seinen Sitz. »Okay, bin schon still. Segeln klingt cool, das würde ich ausprobieren. Hast du mich mal mitgenommen? Auf dein Boot?«

»Klar. Aber das Wetter war furchtbar, also mussten wir recht schnell umdrehen.«

»Ein Jammer«, seufzte Leon, »wir sollten das nachholen. Okay, ich hab dich zum Schwimmen überredet und du mich zur Fitness. In welchen Läden bist du so, wenn du ausgehst?«

»Am Wochenende vor allem im NY.«

»Ich dachte, das hat dichtgemacht?«

»Nein, ist nur umgezogen, in die Elisenstraße.«

»Oh, okay. Dann sollte ich da vielleicht auch mal wieder hin.«

Ich zwinkerte ihm zu. »Kann dich gerne mitnehmen. Nächsten Freitag?«

»Freitag war doch immer Kindertag. Da war ich im Studium schon einer der Älteren.«

»Eben.«

Leon lachte. »Ernsthaft? Du würdest so einen achtzehnjährigen Halbstarken vögeln?«

»Der Letzte war zwanzig. Glaube ich.«

»Okay«, antwortete Leon gedehnt, »kein Kink-Shaming, aber lassen wir das lieber. Was ist mit deiner Familie? Weiß ich irgendwas über sie, außer, dass du sie offenbar nicht leiden kannst?«

»Du wirst ja das Glück haben, sie kennenzulernen, dann weißt du, was ich meine. Allzu viel brauchst du nicht zu wissen, ich rede sowieso nicht gerne über meine Familie.«

»Kein Problem.« Er schwieg kurz und schien nachzudenken. »Ich kann mich noch düster an deinen Vater erinnern, ich war in meinem ersten Jahr in der Kanzlei, als er gestorben ist.«

Ich nickte. Kaum zu glauben, dass das schon wieder sechs Jahre her war. Ich hatte das Gefühl, den Atem meines Vaters immer noch im Nacken zu spüren und seine heisere, boshafte Stimme zu hören.

Manchmal wünschte ich mir, er wäre einfach gewalttätig gewesen, hätte mich geschlagen oder angebrüllt – aber das hatte er nie getan. Er ließ mich auf subtilere Weise spüren, wie sehr er mich verabscheute. Nach meinem Coming-out hatte ich für ihn schlichtweg nicht mehr existiert. Als wäre ich verpufft oder gestorben. »Wir hatten kein gutes Verhältnis«, fasste ich meine Gedanken in blasse Worte. »In meiner Kindheit war er kaum zuhause, später ging ich aufs Internat und wir sahen uns nur sporadisch an den Wochenenden, wenn überhaupt. Er war ein kaltes, berechnendes Arschloch. Aber gut in seinem Job. Wahrscheinlich genau deswegen.«

So wie du, raunte mir eine Stimme zu und ich presste die Lippen aufeinander. Ich war *nicht* wie mein Vater. Ich war vorausschauend genug, keine Menschen an mich zu binden, denen ich das Leben zur Hölle machen würde. Deswegen musste die Sache mit Leon auch nach diesem Wochenende vorbei sein.

»Verstehe. Was ist mit deiner Mutter?«

»Meine Eltern haben sich getrennt, als ich fünfzehn war. Meine Mutter zog zu ihrem damaligen Freund und ich blieb mit meinen Geschwistern bei meinem Vater. Wir haben noch losen Kontakt, alle heiligen Zeiten, aber … na ja. Wirklich innig ist das nicht. Zweitausend hat mein Vater zum zweiten Mal geheiratet, da war ich schon im Studium. Elvira ist okay, keine Ahnung, was sie an meinem Vater mochte. Sein Geld vermutlich.«

Ich sah im Augenwinkel, wie Leon einen Mundwinkel hob. »Liebe ist kein Konzept, das dir etwas sagt, oder?«

Ich schnaubte. »Du kanntest meinen Vater nicht – er war ein Eisklotz. In den konnte man sich nicht verlieben.«

»Du würdest dich wundern, was alles geht.«

»Eher friert die Hölle zu. Na ja, soweit zu meinen Eltern. Dann sind da noch meine beiden nervigen Brüder – Vincent und Jan – und na ja, Nadine, das Nesthäkchen.«

»Die heute heiratet.«

»Genau. Ihr Bräutigam heißt Jannik. Der ist ganz passabel, cooler Typ.«

»Okay, die Kurzfassung ist also: Du hasst deinen Vater, ignorierst deine Mutter, und deine Schwester ist der einzige Mensch, den du magst?«

»Ja, das kommt hin.«

»Puh.« Leon lachte auf. »Ich wünschte, ich hätte auch nur halb so viele Familienmitglieder, die ich verabscheuen könnte.«

Ich warf Leon einen Seitenblick zu. »Hältst du mich für ignorant?«

»Keine Ahnung, ich kenne deine Familie ja nicht. Vielleicht sind sie wirklich alle furchtbar. Wir werden sehen.«

»Hm. Du hast keine Geschwister?«

»Nein, ich hab nur meine Mutter. Mein Vater ist gestorben, als ich in der ersten Klasse war. Meine Mutter hat mich allein großgezogen. Na ja, zusammen mit meinen Großeltern, aber die leben auch nicht mehr.«

»Das tut mir leid.« Ich war überrascht, dass mir die Worte so unbedarft über die Lippen gingen. Es stimmte – es tat mir tatsächlich leid. Ich konnte meine Familie nicht ausstehen, aber bei Leon war das offenbar anders gewesen. Jemanden zu verlieren, der einem etwas bedeutete, musste hart sein. Nicht, dass ich das beurteilen konnte, mir waren die Menschen in meinem Umfeld ja ziemlich egal.

Ich atmete tief durch und sprach dann einfach aus, was mir auf der Zunge lag: »Es ist wirklich … erstaunlich wie du all das auf die Reihe gekriegt hast. Das Studium, die Praktika, den Master of Laws, das Auslandsjahr … Ich meine, ich bin schon mit einem Goldlöffel im Arsch auf die Welt gekommen, aber du … du hast dir das echt alles selbst erarbeitet. Mein Vater würde dich lieben, ohne Scheiß. Er schwärmte immer von dieser Art von Selfmademen. Hat sich auch selbst für einen gehalten.«

Leon wurde rot. »Ach was, mir ist das Lernen einfach immer leicht gefallen und mir macht es Spaß, Rätsel zu lösen. Ich liebe meinen Job, also bin ich gut darin. Na ja, und ich hatte Tobi, er war mir echt eine große Stütze in all den Jahren.«

»Wie lange seid ihr schon zusammen?«

»Vierzehn Jahre.« Leon lächelte weich. »In der Oberstufe sind wir zusammengekommen.«

»Unfassbar. Ihr seid echt so eine aussterbende Spezies.«

»Warum? Weil wir uns lieben?«

Ich winkte ab. »Egal. Willst du noch irgendwas wissen?«

»Hm, keine Ahnung. Was ist denn wichtig?«

»Alles, vermute ich. Du kannst dich darauf einstellen, dass Vincent alle Register ziehen wird, um zu beweisen, dass du nur ein Callboy bist, den ich gemietet habe.«

Leon stieß einen irritierten Laut aus. »Ernsthaft? Wieso?«

»Weil Vincent nicht daran glaubt, dass sich jemand in mich verlieben könnte. Geschweige denn mit mir zusammen sein will. Das hält er mir seit Jahren vor und ich bin es so was von leid. Ich hab mir diesen Scheiß lange genug von meinem Vater anhören müssen, es reicht jetzt.«

»Wow. Klingt echt, als wäre deine Familie ziemlich mies.« Er atmete tief durch und fügte dann hinzu: »Ich weiß, das geht mich nichts an, aber ... Wünschst du dir eine Beziehung?«

Ich kaute auf meiner Unterlippe und schwieg. Berechtigte Frage – und ich hatte keine Antwort darauf. Natürlich wünschte ich mir jemanden an meiner Seite, wer tat das nicht? Nun ja, das Leben war eben kein Wunschkonzert. Und ich war vielleicht ganz brauchbar für Sex, aber für eine Beziehung definitiv ungeeignet. Die Enttäuschung würde ich mir lieber ersparen. »Keine Ahnung. Manchmal. Aber eigentlich bin ich ganz zufrieden mit meinem Singleleben.«

Das war eine glatte Lüge, doch Leon schien sich damit zufriedenzugeben. Zumindest darin war ich gut. Im Lügen. Eine Weile herrschte Schweigen, nur das Radio spielte leise im Hintergrund und Leon tippte auf seinem Handy. Wir näherten uns der Ausfahrt Rosenheim und hatten damit fast die erste Stunde Fahrt hinter uns.

Ich verdrängte das flaue Gefühl in meinem Magen, das unser Gespräch hinterlassen hatte, und konzentrierte mich auf die Straße. Es gab keinen Grund, mies gelaunt zu sein. Leon würde mir die nötige Munition an die Hand geben, es Vince, diesem aufgeblasenen Wichtigtuer, so richtig zu zeigen, und auch der Rest meiner Sippschaft konnte mir gestohlen bleiben. Im Grunde war Vince doch sowieso nur neidisch auf mich und meinen Erfolg. Tja. Nicht meine Schuld, dass ich so viel besser aussah und so viel mehr verdiente.

Wir passierten den Chiemsee und überquerten anschließend kurz vor Salzburg die österreichische Grenze. Zum Glück hatte ich beim Tanken in München noch an die Mautvignette gedacht.

»Wo genau findet die Hochzeit eigentlich statt?«, fragte Leon in die Stille hinein. »Sie heiraten kirchlich, hast du gesagt, oder?«

»Ja, genau. Die standesamtliche Hochzeit war schon im Sommer. Die Familie von Jannik, also von Nadines Bräutigam, hat verschiedene Chalets und Partyhütten rund um Ramsau. Eine größere haben sie für die Feier angemietet und ein paar kleinere für die Gäste, zum Übernachten.«

»Das heißt, wir schlafen ganz stilecht in einer Hütte in den Bergen?«

»Denk schon. Aber freu dich nicht zu früh, ich fürchte, wir müssen unsere mit meinen geliebten Brüdern und ihrem Anhang teilen.«

»Ach, das stört mich nicht. Ich war ewig nicht mehr im Winter in den Bergen, ich wette, der Anblick ist ein Traum.«

»Auf jeden Fall. Ist ein klassisches Skigebiet dort. Nadine hatte uns in den letzten Jahren ein paar Mal zu Silvester eingeladen oder über die Faschingstage. Fährst du Ski?«

»Nee.« Leon lachte. »Ich war im Studium mal mit Kommilitonen in Saalbach zum Skifahren und hab mir bei der ersten Abfahrt das Steißbein so übel geprellt, dass ich den restlichen Urlaub mit einer Packung Ibuprofen in der Herberge verbracht habe. Ich sollte generell keine Sportarten machen, bei denen man sich verletzen kann. In neunzig Prozent der Fälle schaffe ich es, mir dabei so richtig übel wehzutun.«

»Das heißt, bei unserem ersten Segeltörn gehst du nach zehn Minuten über Bord?«

»Wahrscheinlich.« Leon lachte. »Deswegen bleib ich lieber beim Joggen und beim Schwimmen, da ist die Verletzungsgefahr vergleichsweise gering. Oh, schau mal.« Er setzte sich auf und deutete nach draußen. »Es fängt echt an zu schneien.«

Sein Strahlen entlockte mir ein dünnes Lächeln. Wie ein kleiner Junge auf dem Weihnachtsmarkt. Tatsächlich wurde das Schneetreiben dichter, je weiter wir nach Süden kamen. Die Straßen waren allerdings gut geräumt und ich machte mir keine Sorgen wegen des Wetters. Das Auto hatte neue Winterreifen und einen starken Allradantrieb. Solange wir nicht mitten in einen Blizzard gerieten, war alles in bester Ordnung.

Hinter Salzburg tauchten wir direkt ins malerische Alpenpanorama ein. Die Autobahn schlängelte sich durch üppige Täler, vorbei an verschneiten Wiesen und schroffen Berghängen. Die Gipfel waren zwischen Nebel und Wolkenfetzen verborgen und es schneite weiter. Auch das Verkehrsaufkommen wurde langsam dichter – Wochenendurlauber, vermutlich. Zahlreiche Autos hatten Skier, Snowboards oder große Gepäckträger auf dem Dach. Ende November war noch keine Hauptsaison für den Wintersport, aber auf den Gletschern hatte man schon jetzt ausreichend Schnee.

Bei Eben im Pongau verließen wir die Autobahn und bogen auf eine schmälere Landstraße ab. Auf den Wiesen, Almen und Wäldern lag eine dünne Schneedecke, Nebel hing über den Bäumen und die wenigen Hütten und Bauernhäuser entlang der Straße wirkten mit ihren hell erleuchteten Fenstern wie eine malerische Weihnachtskulisse.

Leon klebte fasziniert am beschlagenen Autofenster und sah hinaus. Vor uns ragte das gigantische, schneebedeckte Dachsteinmassiv in die Höhe und mit etwas Fantasie konnte man sich vorstellen, dass dort die Welt endete. Nun ja, es gäbe schlimmere Szenarien für das Ende aller Dinge.

Die Straße beschrieb eine scharfe Haarnadel-kurve und Leon gab ein ersticktes Geräusch von sich.

Ich warf ihm einen Seitenblick zu. »Was?«

»Nichts«, nuschelte er. »Ist voll cool, wenn du mit fast achtzig in die vereisten Kurven fährst. Pures Adrenalin.«

»Hier ist gar nichts vereist«, gab ich zurück. »Der Wagen hält das aus, keine Sorge.«

»Der Wagen vielleicht, aber ich nicht.«

»Na schön.« Ich seufzte tief. »Die Nächste nehme ich langsamer.«

Rechter Hand fiel der Hang ab in eine weite Talsohle, während sich linker Hand Felsen, Almen und Wälder erstreckten.

»Es ist echt schön hier«, meinte Leon. »Ver-dammt einsam, aber schön.«

»Hm.« Ich zuckte mit den Schultern. »Ich glaube, ich würde in dieser Einöde krepieren. Keine Clubs, keine Fitnessstudios, kein stabiles Internet …«

»Wofür brauchst du Internet, wenn du diese Aussicht hier hast?«

»Äh – Pornos? Andere Sexualkontakte kannst du hier ja sowieso vergessen.«

Leon gab ein spöttisches Geräusch von sich. »Du denkst immer nur ans Ficken, was?«

»Ich bin nur nicht empfänglich für deine Form von einsamer Alpenromantik.«

»Offensichtlich.« Er lachte. »Laut Navi müssten wir fast da sein, oder? Ich seh noch immer nichts, was nach Zivilisation aussieht.«

»Daran wird sich auch nichts ändern«, erwiderte ich lakonisch. »Ramsau hat dreitausend Einwohner oder so, ein totales Kaff. Schladming ist ein bisschen größer, da wohnen Nadine und Jannik.«

»Was macht deine Schwester denn beruflich? Viel Möglichkeiten gibt es hier ja wohl nicht.«

»Sie arbeitet für einen Sportartikelhersteller und kümmert sich um den Einkauf. Wobei«, ich unterbrach mich unschlüssig, »sie ist befördert worden letztes Jahr. Ich glaube, sie ist jetzt stellvertretende Filialleiterin oder so.«

»Krass. Gibt es auch jemanden in deiner Familie, der kein Karrieretyp ist?«

»Wir hatten ja keine Wahl. Mein Vater hätte uns enterbt und aus dem Haus gejagt, wenn wir entschieden hätten, Bauarbeiter, Erzieher oder Handwerker zu werden.«

Leon verzog das Gesicht. »Das sind gute Jobs. Meine Mutter ist Heilerziehungspflegerin.«

»So war das nicht gemeint«, beschwichtigte ich ihn rasch. »Wie gesagt, mein Vater war ein elitäres Arschloch. Nur das Beste war gut genug. Und manchmal reichte selbst das nicht aus.«

»Uff. Klingt anstrengend. Wie hat es deine Schwester hier in dieses Kaff verschlagen?«

»Ganz klischeehaft«, antwortete ich. »Sie hat Jannik beim Snowboarden kennengelernt, fand in ihm ihre große Liebe und hat sich dann in Schladming auf Jobs beworben.«

»Ist deine Schwester so eine Sportskanone?«

»Oh ja.« Ich lachte. »Sie ist da noch schlimmer als ich. Wenn sie mal zwei Tage keinen Sport machen kann, wird sie unausstehlich. Sie war immer mehr der Wintersporttyp und … Oh, da sind wir. Willkommen in der Weltstadt Ramsau.«

Ohne das große Willkommensschild wäre mir der Ort vermutlich nicht einmal aufgefallen. Das Kaff bestand fast ausschließlich aus Ferienapartments, Gasthäusern und Hotels, durchsetzt von traditionellen Fachwerkhäusern, die dem Ort Charme verliehen. Die kleine Fußgängerzone, ein einzelner Straßenzug, bot immerhin ein Sportgeschäft, einen Laden für Trachtenmode und ein winziges Heimatmuseum. Die Skisaison hatte hier noch nicht begonnen und es war angenehm ruhig. Ein echtes Idyll zwischen Berghängen.

Leon zu Liebe nahm ich die nächste Kurve sanfter als zuvor und steuerte auf eine Ansammlung von Häusern zu, die ein Stück abseits des Ortskerns lag. Die Chalets waren moderne, aber traditionell gebaute Holzhäuser mit flachen Satteldächern und geschnitzten Holzbalkonen im Stil alter Berghütten. Sie lagen malerisch zwischen hohen Tannen und verschneiten Wiesen, die größeren nahe der Straße, die kleineren etwas abgelegen dahinter. Vor den Türen waren Fackeln aufgestellt und die größte Hütte, in der die Party steigen sollte, war aufwendig mit Gestecken und Tannenzweigen dekoriert.

Ich stellte den Wagen zwischen einigen anderen Autos auf dem Parkplatz am Fuß des größeren

Chalets ab. Der schwarze SUV mit dem Kindersitz auf der Rückbank gehörte Vincent und auch die übrigen Autos hatten zum Teil deutsche Kennzeichen. Beim Aussteigen pfiff mir schneidender Wind um die Ohren und ich griff hastig nach meinem Mantel, der auf dem Rücksitz lag. Trotz der Kälte nahm ich einen tiefen Atemzug und genoss die klare, nach Harz und Kaminfeuer duftende Bergluft. Auch Leon war ausgestiegen, rieb sich frierend die Arme und ließ den Blick über die verschneiten Wiesen gleiten.

»Adrian!« Hannah kam die verschlungene Treppe von der größeren Hütte herunter zum Parkplatz geeilt. Unter ihrem flauschigen Fellmantel trug sie ein langes, violettes Abendkleid, das ihre ausladenden Kurven geschickt in Szene setzte. Ihr dunkelblondes Haar war zu einer Flechtfrisur aufgesteckt und auf der Brust trug sie eine weiße Rose als Anstecker. Hannah war schon als Kind sehr dick gewesen – ein Defekt an der Schilddrüse, der erst entdeckt worden war, nachdem sie Dutzend Diäten, Abnehmcamps und dergleichen über sich hatte ergehen lassen müssen. Mittlerweile nahm sie Medikamente, um den Hormonhaushalt zu stabilisieren, ihr Gewicht hatte sich aber nicht nennenswert verändert.

Sie umarmte mich herzlich und strahlte mich an. »Wow, es ist ewig her. Gut siehst du aus. Hattet ihr eine angenehme Fahrt?«

»Ja, wir sind gut durchgekommen. Darf ich vorstellen, das ist Leon.«

Hannah drehte sich zu ihm um und schüttelte ihm mit einem breiten Lächeln die Hand. »Es freut mich, dich kennenzulernen. Ich bin Hannah, Adrians Cousine und die Trauzeugin. Das Paar ist schon unterwegs und lässt Fotos machen. Aber wir haben noch ein wenig Zeit.« An mich gewandt fügte sie hinzu: »Ich hab umdisponieren lassen und euch beiden das kleine Chalet ganz oben gegeben.« Sie zwinkerte. »Man läuft zwar ein Stück, aber dafür seid ihr ungestört.«

Leon warf mir einen amüsierten Blick zu. »Schade. Adrian hatte sich so gefreut, Zeit mit seinen Geschwistern zu verbringen.«

Hannah blickte ihn verdutzt an, dann lachte sie auf und knuffte mich in die Seite. »Ja, genau, der war gut. Kommt mit rauf, ich zeig euch den Weg.«

Wir holten das Gepäck aus dem Auto und folgten Hannah die Treppe hinauf. Hinter dem Chalet mit der ausladenden Terrasse deutete Hannah auf eine schmale Straße, die sich zwischen den Bäumen verlor.

»Ihr müsst einfach nur dem Weg folgen, zehn Minuten etwa, bis ihr an die Hütte kommt. Nicht abbiegen, immer geradeaus laufen. Keine Sorge, der Weg ist ausgeleuchtet.«

»Okay …«, antwortete ich gedehnt. »Wir werden uns schon nicht verlaufen.«

»Könnt ihr gar nicht. Wie gesagt, einfach auf dem Weg bleiben.« Sie griff in ihre Manteltasche, zog einige Schlüssel heraus und drückte mir einen davon in die Hand. »Der ist für die Hütte, am besten sperrt ihr immer ab. Nur zur Sicherheit. Der Gottesdienst beginnt um zwei Uhr, die Kirche ist direkt vorne im Ort. Es ist nicht die, an der ihr vorbeigefahren seid, das ist die evangelische Kirche. Die Katholische ist –«

»Ich weiß schon«, unterbrach ich Hannahs Redeschwall. »Wir sehen uns später.«

Ich ergriff den Trolley und trottete gemeinsam mit Leon den Weg entlang. Es war eine schmale, geteerte Straße, breit genug für ein Auto oder Versorgungsfahrzeug. Wie Hannah versprochen hatte, wurde sie alle fünf Meter von halbhohen Außenwegleuchten flankiert, die dünnes weißes Licht verströmten. Die kalte Luft brannte auf meinen Wangen und ich zog den Schal etwas höher.

Leon gluckste. »Hm, nur wir beide in einer Hütte im Wald, weit weg von der Zivilisation ... Das könnte der Auftakt zu einem Porno oder zu einem Horrorfilm werden.«

»Warum nicht beides?«

Er lachte. »Das wäre ungünstig. In Horrorfilmen sterben die, die Sex hatten, immer als Erstes.«

Ich gab ihm keine Antwort darauf und schluckte die Frage hinunter, die mir auf der Zunge lag. War das eine Option? Ich hatte kein großes Bedürfnis danach, bis in die Puppen mit meiner liebenden Familie zu feiern. Ein netter Abend mit Leon in unserer einsamen Berghütte mit einer Flasche Champagner, prasselndem Kaminfeuer und einem Päckchen Kondome erschien mir deutlich erstrebenswerter. Allerdings erinnerte ich mich noch lebhaft an unsere Diskussion über Grenzen und Regeln und wollte es lieber nicht darauf ankommen lassen, Leon jetzt schon zu brüskieren. Wir würden sehen, was der Tag noch so bringen würde. Wenn ich meinen Job gut machte, würde er sich mir an den Hals werfen, und nicht umgekehrt.

Wie von Hannah vorhergesagt, erreichten wir die Hütte knapp zehn Minuten später. Sie lag malerisch zwischen dunklen Tannen und die hölzerne Veranda bot einen atemberaubenden Blick ins Tal. Im Inneren der Hütte war es nicht sonderlich warm, aber immerhin windgeschützt, und ich entspannte meine hochgezogenen Schultern.

Leon stieß einen anerkennenden Pfiff aus und sah sich im Raum um. Neben dem Kamin, der nicht entzündet war, standen zwei Sessel und ein Diwan, außerdem ein kruder Holztisch mit Stühlen und ein Regal, in dem ein paar abgegriffene Taschenbücher lagen. In einer Nische gab es zudem eine kleine Küchenzeile mit Kühlschrank, zwei Herdplatten und einer Mikrowelle. Eine Tür führte in ein Badezimmer mit bodentiefer Dusche, eine weitere in ein rustikales Schlafzimmer mit Doppelbett.

»Oh mein Gott.« Leon durchquerte die Wohnstube und blickte hinaus auf die Veranda. »Es gibt hier tatsächlich einen Whirlpool!«

Ich lächelte fein. »Wenn du willst, können wir ihn heute Abend einweihen.«

»Unbedingt.« Er warf mir über die Schulter einen Blick zu. »Hast du gewusst, wo wir hier absteigen?«

»Nicht direkt. Ich dachte eigentlich, wir würden in einem der größeren Chalets übernachten, zusammen mit meinen Geschwistern. Aber das ist deutlich besser.«

Leon zog die Augenbrauen hoch. »Du hast mich also nicht mit voller Absicht in dieses romantische Liebesnest gelockt?«

»Ich und Romantik – wo denkst du hin?« Ich packte meinen Anzug aus dem Schoner und deutete Richtung Schlafzimmer. »Ich geh mich dann umziehen.«

Leon protestierte nicht, er öffnete stattdessen die Verandatür und trat mit einer eisigen Windböe nach draußen. Meinetwegen, wenn er Spaß daran hatte, zu frieren … Ich legte meine Klamotten feinsäuberlich auf dem Nachttisch zusammen und schlüpfte in Anzughose, Hemd und Sakko.

Der Klingelton eines Handys hinter mir ließ mich kurz zusammenfahren, es war aber nur Leons. Ich warf einen Blick ins Wohnzimmer und sah, wie er sich mit halb zugeknöpftem Hemd am Tisch niederließ, sein Handy gegenüber platzierte und den Anruf annahm.

»Hallo Mama. Wir sind gerade eben angekommen.« Er artikulierte seine Worte sehr deutlich und unterstrich sie zusätzlich mit Gesten. »Ja, wir sind einwandfrei durchgekommen, keine Staus.« Ich machte vorsichtig einen Schritt auf ihn zu. Aus der Entfernung konnte ich das Gesicht einer grauhaarigen Frau auf dem Handydisplay erkennen. »Ein bisschen«, sagte Leon gerade. Dazu hob er die Hand und zeigte zwischen Daumen und Zeigefinger einen kurzen Abstand an. »Aber nur wenige Zentimeter. Warte, ich zeig dir die Hütte.«

Er stand auf, hob das Handy und drehte sich einmal langsam im Kreis, ehe er das Telefon wieder abstellte. »Cool oder? Es gibt sogar einen Whirlpool hier.«

Eine kurze Pause folgte.

»Ja, genau, das war Adrian. Der Kollege, von dem ich dir erzählt habe.«

Ich runzelte die Stirn. Wie viel wusste Leons Mutter über unser Arrangement? Die Vorstellung, ich hätte mit meinen Eltern über so etwas gesprochen, fühlte sich völlig absurd an.

Er drehte sich zu mir um. »Ich soll dich grüßen.«

»Danke«, erwiderte ich irritiert. »Grüß sie zurück.«

»Ich soll dich auch grüßen«, übersetzte Leon. »Muss jetzt sowieso auflegen und mich fertig umziehen. Siehst du ja. Ja, mache ich. Alles klar. Bis später.« Er warf ihr eine Kusshand zu und beendete den Anruf.

Überrascht sah ich Leon an. »Deine Mutter ist taubstumm?«

»Gehörlos«, korrigierte er mich. »Sie kann sprechen, aber gebärden ist einfacher.«

»Das ... wusste ich nicht.«

Leon zog spöttisch einen Mundwinkel hoch. »Überrascht mich nicht. Du bist ja immer so erpicht darauf, dass wir Privates und Berufliches trennen.«

Pikiert senkte ich den Blick. Er hatte recht, ich wusste wenig Privates über die anderen Leute in der Kanzlei, und im Grunde war ich ganz froh darüber. Weniger Raum für Klatsch und Tratsch. Aber gerade bei Leon und unserer speziellen Beziehung zueinander fühlte es sich unangenehm an, so essenzielle Details nicht zu wissen. »Das heißt, deine Mutter hat dich allein großgezogen, obwohl sie nicht hören kann?«

»Klar. Ich bin sozusagen zweisprachig aufgewachsen.«

»Dein Vater war also nicht gehörlos?«

»Nicht ganz, er hatte ein Hörgerät und damit zumindest ein gewisses Hörvermögen. Die meiste Zeit haben meine Eltern aber über Gebärden kommuniziert.«

»Und nach seinem Tod? Ich meine, deine Mutter hat ja nicht mitgekriegt, wenn du geschrien hast oder –?«

»Ich war sechs«, fiel Leon mir unbekümmert ins Wort. »Da konnte ich schon gut auf mich aufmerksam machen. Außerdem haben meine Großeltern mit im Haus gewohnt und sich oft um mich gekümmert.«

»Trotzdem, das … muss kompliziert gewesen sein.«

»Hm, es geht. Meine Mutter kann hervorragend Lippen lesen und sich verständigen, wo es nötig ist. Schwierig wird es eigentlich nur, wenn Leute ein Problem konstruieren, wo keines ist.« Er zwinkerte. »Oder bei Behördengängen und Bürokratie. Da könnte ich manchmal die Wände hochlaufen. Egal, ich zieh mich dann mal an.«

Mit dem mulmigen Gefühl, gerade zurechtge- wiesen worden zu sein, ging ich hinüber ins Bad, band mir die Krawatte, kämmte meine Haare und erneuerte den Pferdeschwanz, damit er ordentlich aussah.

Ein Blick in den Spiegel verriet mir, dass mein Teint unangenehm matt war, das musste an der lan- gen Autofahrt liegen. Ich brauchte dringend mal wieder ein anständiges Peeling, die Hautschüpp- chen sahen alles andere als sexy aus und die Krähen- füße erst recht nicht. Ich trug ein paar Tropfen Feuchtigkeitscreme auf und kaschierte gerade mei- ne eindrucksvollen Augenringe mit Concealer, als ich Leons verdutzte Stimme hinter mir hörte.

»Du benutzt tatsächlich Make-up?«

»Concealer«, verbesserte ich ihn. »Problem damit?«

»Hab nichts gesagt.« Er drängelte sich neben mich ans Waschbecken und stylte seine wusche- ligen braunen Haare mit etwas Gel auf. Mit einem Blick auf meinen prall gefüllten Hygienebeutel fragte er: »Mal unter uns: Wie lange brauchst du morgens im Bad?«

»Keine Ahnung.« Ich zuckte mit den Schultern. »Eine halbe Stunde? Komm erst mal in mein Alter, Kleiner, dann weißt du, warum.«

»Du bist nur sieben Jahre älter als ich.«

»Das sind sieben lange Jahre.« Ich legte den Con- cealer beiseite und tupfte etwas Parfum in meinen Nacken. Anschließend beobachtete ich Leon dabei, wie er seinen Krawattenknoten band.

Mit einem theatralischen Seufzer trat ich neben ihn. »Lass das.«

»Was?«

»Der Windsor passt zum Businesslook, aber für eine Hochzeit ist er langweilig. Außerdem sieht er bei deinem Kragen albern aus.«

Er gluckste und trat einen Schritt zurück. »Okay, Daddy. Wärst du so lieb?«

»Gott, mach das nicht.«

»Warum?« Er grinste spitzbübisch. »Törnt es dich an?«

»Vielleicht.« Ich trat vor ihn, löste den Krawattenknoten und band ihn erneut, diesmal als Four-in-hand. »Na bitte, sieht doch gleich besser aus. Und streckt den Hals.«

Er betrachtete sich im Spiegel und nickte anerkennend. »Manchmal weiß ich nicht, ob ich dich bewundern oder schrullig finden soll.«

Jetzt entlockte er mir tatsächlich ein Lachen. »Das Problem kenne ich. Aber ich hab dich schon gut erzogen.« Mit den Fingerspitzen glitt ich den Saum seines Jacketts entlang und schloss die Knöpfe. »Schöne Kombi mit der Weste drunter. Steht dir.«

»Danke.« Er zwinkerte mir zu und fuhr sich ein letztes Mal vor dem Spiegel mit der Hand durchs Haar. »Ich hab vom Besten gelernt.«

Eine irrationale Welle von Stolz überkam mich und ich musste mich ernsthaft zusammenreißen, nicht den Arm um Leon zu legen und ihn zu küssen. Nicht nur wegen seiner Worte, sondern auch, weil er gerade so verdammt sexy war.

Ich sah ihn zwar jeden Tag im Anzug, aber die Weste, die seine schmale Taille betonte, stand ihm besonders gut. Außerdem mochte ich diesen rebellischen Zug um seine Mundwinkel, den er sich in der Kanzlei nur traute, wenn wir allein waren. Dazu die verwegen gestylte Frisur und seine großen blauen Augen – die perfekte Komposition.

Egal, was heute noch passieren würde, es war eine verdammt gute Idee gewesen, Leon mitzunehmen.

Kapitel Sechs

Die kleine Kirche war bis auf den letzten Platz besetzt. Gotischer Baustil, nahm ich an. Linker Hand waren verblichene Fresken an der Wand zu erkennen, prunkvolle Kronleuchter hingen über den gefüllten Holzbänken und der opulente Altar mit Gold- und Marmorverzierungen wurde von zahlreichen Kerzen ausgeleuchtet.

Mein letzter Kirchenbesuch war schon Jahre her. In meiner Jugend war ich begeisterter Ministrant gewesen, bis mir klar geworden war, wie die katholische Kirche über Homosexualität dachte. Ich betrachtete mich immer noch als gläubig, oder wenigstens als spirituell, aber mit der Organisation wollte ich nichts mehr zu tun haben und war offiziell aus der Kirche ausgetreten.

In der zweiten Reihe stand ein Mann auf und winkte Adrian mit einem breiten Grinsen zu. Der verdrehte die Augen. »Vincent«, brummte er. »Sorry.«

»Was soll's.« Ich straffte mich, strich meinen Mantel glatt und nickte Adrian zu. »Bringen wir es hinter uns.«

Wir schritten an den Sitzreihen vorbei und kaum waren wir vorne angekommen, zog Vincent Adrian in seine Umarmung. Tatsächlich glaubte ich, eine gewisse Ähnlichkeit zwischen den beiden zu erkennen. Die Augenpartie, die Wangenknochen, die Haarfarbe ... Vincent war kleiner und gedrungener als Adrian, nicht so gut trainiert, und hatte sein halblanges schwarzes Haar mit Gel in den Nacken gestrichen. Irgendwas an ihm kam mir schmierig vor. Vielleicht die glattgeleckte Frisur oder das spöttische Lächeln. Möglicherweise lag es aber auch an den Geschichten, die Adrian über ihn erzählt hatte. Vincent trug eine Fliege zu seinem dunkelblauen Sakko und ein Einstecktuch, das, wie ich befriedigt feststellte, nicht zum Rest des Outfits passte. Ein paar Dinge hatte ich doch von Adrian gelernt.

Nach der kurzen, unterkühlten Umarmung wandte sich Vincent mir zu und musterte mich von oben bis unten mit einem breiten Grinsen. »Das ist er also, ja? Dein Freund?« Dem Wort Freund verlieh er eine spöttische Betonung.

Adrians Miene blieb unbewegt. »Darf ich vorstellen? Das ist Leon. Leon, mein Bruder Vincent.«

Ich hielt Vincent meine Hand entgegen und er ergriff sie. Immerhin war sein Händedruck fest und angenehm. »Leon, hm? Bin schon sehr gespannt dich kennenzulernen. Aber setzt euch erst mal, das Brautpaar kommt gleich.«

Vincent kehrte wieder in die Bankreihe zurück und ich nahm zwischen ihm und Adrian Platz, um eine Art Pufferzone zu bilden. Sicher war sicher. Ich hatte zwar keine persönliche Beziehung zu den hier Anwesenden, wollte aber auch nicht zum Zentrum eines Eklats werden.

Neben Vincent erkannte ich eine Frau mit ostasiatischen Gesichtszügen und einem dunkelbraunen, kinnlangen Bob, rechts von ihr saß ein vielleicht neunjähriges Mädchen.

»Das ist Son«, raunte mir Adrian zu. »Vincents Frau. Und ihre Tochter Kim. Das daneben ist Jan, mein jüngster Bruder, und seine Freundin Beate.«

Jan war ein echtes Muskelpaket mit breiten Schultern und kräftigen Oberarmen. Seine blonde Freundin mit der auffälligen schwarz gerahmten Brille wirkte ebenfalls sportlich und sah ein paar Jahre älter aus als er.

Während ich den Blick neugierig über die Anwesenden schweifen ließ, betrat der Pfarrer den Altarraum und wenige Augenblicke später setzte der voluminöse Klang der Orgel ein. Alle Gäste erhoben sich.

Ich wandte den Kopf, um das Brautpaar sehen zu können, wie es das Kirchenschiff entlang zum Altar schritt. Adrians Schwester sah toll aus. Das traditionell geschnittene weiße Brautkleid betonte ihre schmale Taille, die Ärmel waren aus verspielter Spitze und die Stickereien darauf erweckten den Eindruck von Schneeflocken. Ihr schwarzes Haar war in zahlreichen Wellen hochgesteckt und dazwischen funkelten weiße Perlen. Der Vergleich mit einer Märchenprinzessin war zwar ziemlich geistlos, aber nicht ganz von der Hand zu weisen.

Nadines Bräutigam, Jannik, trug einen schimmernden marineblauen Anzug mit einer silbergrauen Krawatte, passendem Einstecktuch und Plastron. Er war fast einen Kopf größer als seine Braut und eher der stämmige Typ. Sein rotes Haar hatte sich bereits weit über die Stirn zurückgezogen, er trug einen sauber gestutzten Kinnbart und strahlte übers ganze Gesicht. Ich fand ihn augenblicklich sympathisch.

Die Zeremonie wurde von einem A-Cappella-Quartett begleitet, das zu Beginn das Lied *The Rose* zum Besten gab. Als Wahl für eine Hochzeit erschien mir das ziemlich melancholisch, aber nun, vielleicht verbanden die Brautleute ja etwas mit diesem Song.

Unvermittelt erinnerte ich mich an einen Abend vor zwei Jahren, kurz nachdem der Bundestag die Ehe für alle beschlossen hatte. Tobi und ich hatten spontan zwei Flaschen Rotwein aufgemacht und in alkoholseliger Laune unsere Hochzeit geplant. Als Auftaktsong wollten wir beide – total kitschig – *Ein Kompliment* von den Sportfreunden Stiller. Schon allein deswegen, weil Tobi mir damals, vor über vierzehn Jahren, die Refrainzeilen in einer alles entscheidenden SMS geschickt hatte (ja, so alt waren wir). Am nächsten Abend hatten wir uns dann zum ersten Mal geküsst. Über die Hochzeitslocation waren wir uns schließlich nicht einig geworden und hatten uns irgendwann in belanglosen Details verloren, wie der Farbe unserer Hochzeitsanzüge oder der Sitzordnung.

Wo ich so darüber nachdachte, fiel mir auf, dass wir nie ernsthaft über eine Hochzeit gesprochen hatten.

Warum auch? Wir liebten einander, wir waren glücklich, wir mussten uns nichts durch einen Heiratsantrag beweisen. Jetzt allerdings, in dieser kleinen, gotischen Kirche umringt von Menschen in schönen Kleidern mit dem *Gloria* des A-Cappella-Quartetts im Ohr, kam mir der Gedanke doch irgendwie verlockend vor. Mama würde die ganze Zeremonie über heulen, so viel stand fest, und Tobis Schwester war auch nah am Wasser gebaut. Tobi würde sicher so einen Hipster-Tweedanzug tragen, mit Hosenträgern im Stil der Golden Twenties. Verdammt, das gefiel mir.

Du machst dich lächerlich, wies ich mich in Gedanken zurecht. *Hör auf mit den Tagträumen.*

Ich richtete meine Aufmerksamkeit wieder nach vorne auf das Brautpaar, das nun gemeinsam die Brautkerze entzündete und sich mit Inbrunst das Ja-Wort gab. Die A-Cappella-Gruppe sang gefühlvoll *More than words* und obwohl mir die Menschen dort vorne fremd waren, empfand ich ein warmes Gefühl in der Brust. Sie waren glücklich, das sah man ihnen an. In Nadines Augen standen Freudentränen und ihr Bräutigam strahlte von einem Ohr zum anderen. Was wollte man mehr?

Vier Kinder, darunter Adrians Nichte Kim, verlasen die Fürbitten für das Brautpaar. Der Jüngste von ihnen, nach meiner Einschätzung der vielleicht siebenjährige Neffe des Bräutigams, war so nervös, dass er sich mehrfach verhaspelte und feuerrot anlief, bis er es endlich schaffte, seine Zeilen vorzulesen.

Zum Auszug erhoben sich die Gäste und die Orgel spielte erneut auf. Das Brautpaar und die

Trauzeugen verließen die Kirche als Erste, dann folgten die übrigen Anwesenden.

»Das war schön«, bemerkte ich, als ich mich mit Adrian in die Menge einreihte. »Sehr gefühlvoll.«

»Du meinst kitschig?«

»Hochzeiten sind immer kitschig. Apropos.« Ungeniert griff ich nach seiner Hand. »Wir wollen doch einen guten Eindruck hinterlassen.«

Adrian zog die Augenbrauen hoch, ließ mich aber gewähren. »Du machst die Regeln. Ich misch mich da nicht ein.«

»Klingt gut.«

Wir verließen die Kirche. Es hatte aufgehört zu schneien, der Himmel war verhangen und die klirrend kalte Luft schmeckte nach Schnee und Eis. Der Bräutigam half seiner Braut in einen langen weißen Mantel, ehe beide weitere Glückwünsche und Umarmungen entgegennahmen.

»Sie sieht hübsch aus«, sagte ich zu Adrian gewandt. »Deine Schwester, meine ich. Steht ihr toll, das Kleid.«

»Ja, absolut. Wobei Nadine echt alles tragen könnte und darin super aussähe. Das macht einfach ihre Ausstrahlung. Na ja, und ihre gute Figur.« Er deutete in Richtung eines Bankettisches, an dem zwei Mitarbeiterinnen des Cateringservice' Glühwein und Kinderpunsch ausschenkten. »Willst du was trinken? Lassen wir dem Brautpaar noch etwas Zeit.«

»Klar, ich nehm einen Glühwein.«

Adrian löste seine Hand von meiner und kam kurz darauf mit zwei dampfenden Tassen zurück. Im Schlepptau seinen Bruder Vincent.

»Er hat sich nicht abwimmeln lassen«, erklärte Adrian und reichte mir meine Tasse.

Vincent trat neben uns und blickte wissbegierig von seinem Bruder zu mir. »Du bist also Adrians Freund. Ich gestehe, ich hätte nicht erwartet, diesen Tag noch einmal zu erleben.«

Ich behielt meine undurchdringliche Miene bei und umfing die warme Glühweintasse mit den Händen. Schon in der Kirche war es kühl gewesen, aber hier draußen war es echt eiskalt. »So? Weswegen?«

»Na ja.« Vincent grinste. »Adi hat es sonst nicht so mit Beziehungen. Stimmt's?«

Adrians Miene gefror bereits bei der Nennung seines Spitznamens. Okay, zweifellos würde das unangenehm werden. Hoffentlich hatte man mir und Adrian keine Sitzplätze in Vincents Nähe zugewiesen.

Ich zuckte nur lässig mit den Schultern und schenkte Adrian ein glühendes Lächeln. Ein bisschen dick aufgetragen vielleicht, aber nun ja, ich spielte mich erst warm. »Er hatte halt den Richtigen noch nicht gefunden.«

»Oho!« Vincents Augenbrauen wanderten in rascher Folge hinauf und hinunter. »Dann stellt euch mal lieber schnell an, wenn der Brautstrauß geworfen wird. Ah, kennst du schon Son, meine Frau?«

Die zierliche Dame mit den ostasiatischen Gesichtszügen reichte Vincent einen Becher Glühwein und nickte mir und Adrian freundlich zu. »Freut mich sehr. Schatz, ich muss noch schnell ans Auto, ich hab mein Handy drin vergessen und ich will ein paar Fotos machen. Kim ist drüben bei den anderen Kindern, hast du ein Auge auf sie?«

Vincent winkte desinteressiert ab. »Ja, ja, geh ruhig.« An Adrian gewandt fügte er hinzu: »Ihr müsst mir nachher alles erzählen, ich bin so neugierig. Wie ihr euch kennengelernt habt, wie lange ihr schon zusammen seid ...«

Adrians Augenlid zuckte. »Du solltest echt an deinen Obsessionen arbeiten, Vince.«

»Ach, lass ihn.« Demonstrativ legte ich den freien Arm um Adrians Taille und spürte, wie er kurz zusammenzuckte. »Können ja nicht alle so redefaul sein wie du.«

Er blickte mich einen Augenblick lang verdutzt an, dann musste er lachen und selbst Vincent gluckste amüsiert. »Hat Humor, dein Schätzchen. Na ja, ich geh mal rüber zum Brautpaar. Wir sehen uns später.«

»Ich hatte dich gewarnt«, murmelte Adrian und ich seufzte.

»Ja, ich sehe schon, das wird ein spaßiger Abend. Auf wen muss ich sonst noch aufpassen? Homofeindliche Onkels oder Tanten vielleicht?«

»Jede Menge«, brummte Adrian. »Die zwei da drüben, die gerade so demonstrativ wegucken, sind meine Tante Johanna, die Schwester meines Vaters, und ihr Mann. Und das da«, er deutete auf eine knochige, hochgewachsene Frau mit schneeweißem Haar in einem eleganten cremefarbenen Kostüm, »ist meine Mutter. Ihr Lebensgefährte, der Typ mit der Halbglatze da drüben, war früher mal Burschenschaftler und wählt garantiert AfD. Noch Fragen?«

Ich stieß einen tiefen Seufzer aus. »O Gott. Ich hätte vorher echt mehr Informationen einholen sollen. Oder länger über meine Gage verhandeln.«

»Ich hab dich gewarnt. Oh, Shit, meine Mutter hat mich gesehen.«

Tatsächlich schlenderte die Dame gemächlich in unsere Richtung, der Kerl mit der Halbglatze folgte ihr in etwas Abstand. Sie lächelte Adrian zu, aber es wirkte einstudiert und distanziert. »Na, sieht man dich auch mal wieder? Wie läuft's in der Kanzlei?«

»Gut«, erwiderte Adrian steif. Er machte keine Anstalten, ihr die Hand zu reichen oder sie zu umarmen. Verdammt schräg. Das war seine Mutter, keine entfernte Verwandte, die man nur alle paar Jahre auf Familienfeiern sah und beiläufig grüßte. Aber genau der Eindruck entstand gerade für mich. »Wir kriegen mehr Mandate rein, als wir Leute haben, wie üblich. Ansonsten – darf ich dir Leon vorstellen? Leon, das ist meine Mutter, Magdalena Corvin, Richterin a.D.«

Der Blick der Dame huschte zu mir. Das Zucken in ihren Augenwinkeln war fein und subtil, aber ich bemerkte es dennoch. Sie reichte mir ihre Hand und ich schüttelte sie mit einem Lächeln. Alles an der Frau wirkte knochig, ihre schmalen Handgelenke, die dünnen Arme und ebenso das stark konturierte, vom Solarium gebräunte Gesicht. Die Strenge in ihrer Mimik passte zu einer ehemaligen Richterin. »Es freut mich«, sagte sie, ohne dass sich ihre Miene dabei sichtbar aufgehellt hätte. »Sie sind Adrians … Begleitung?«

»Sein Freund«, korrigierte ich beflissen und nahm billigend in Kauf, dass das Zucken auf ihrem Gesicht deutlicher wurde.

»Ah. Soweit ich mich erinnere, hat Adrian bisher nie einen seiner … *Freunde* mitgebracht.«

Wie sie das Wort schon betonte. Als wollte sie eigentlich etwas ganz anderes – idealerweise Beleidigendes – sagen. *Du bist auch mit deinem Freund hier, gute Frau*, dachte ich grimmig. *Zweierlei Maßstäbe, hm?*

»Bisher konnte ich einfach keinem eure erlauchte Gesellschaft zumuten«, erwiderte Adrian zynisch. »Aber Leon hält das aus.«

»Wie schön für euch.« Ihr Lächeln gefror jetzt vollständig zu einer Grimasse. »Hast du deiner Schwester schon gratuliert?«

»Noch nicht. Aber vielleicht sollten wir das.«

Ich nickte zustimmend. Bitte, nur weg von dieser Eiskönigin und ihrem bulligen Schatten, der uns grimmig aus sicherer Distanz beobachtete. Ich löste meinen Arm von Adrians Taille, stellte die Glühweintasse auf einem der Stehtische ab und wir bahnten uns einen Weg zum Brautpaar.

»So«, murmelte Adrian, »jetzt hast du Pinky und Brain auch kennengelernt.«

Ich gluckste. »Wer ist wer?«

»Keine Ahnung, ich kann die nie auseinanderhalten.«

»Kommt doch schon im Intro.« Ich stimmte leise die Titelmelodie an und Adrian stöhnte.

»O Gott. Verschon mich.«

Das Brautpaar war mittlerweile von einigen Freunden und Brautjungfern umringt, doch als wir uns näherten, machten sie Platz.

»Adrian!« Nadine umarmte ihren Bruder innig und gab ihm einen Kuss auf die Wange. Die erste authentisch herzliche Begrüßung, die ich bislang erlebt hatte. Zumindest was Adrian anging, der sogar ein bisschen lächelte. Es war ein ehrliches Lächeln, ohne die unverbindliche Kälte, die er sonst ausstrahlte. »Es ist so schön, dass du da bist. Seid ihr gut durchgekommen?«

»Ja, gar kein Problem. Herzlichen Glückwunsch euch beiden. Du siehst bezaubernd aus.«

»Danke.« Sie strahlte und drehte sich einmal um die eigene Achse. »Eigentlich albern, dass man das Ding nur einen Tag lang trägt, oder? Oh, und du musst Leon sein.«

Sie trat an Adrian vorbei und zu meiner Überraschung umarmte sie auch mich. Sie duftete nach Haarspray und einem fruchtigen Parfum. »Es freut mich total, dass du mitgekommen bist, ehrlich.«

»Ähm ... danke.« Etwas irritiert zupfte ich mein Jackett zurecht. »Es ... freut mich auch. Herzlichen Glückwunsch und alles Gute euch beiden.«

Auch Jannik, ihr Bräutigam, wandte sich jetzt uns zu. Diesmal gab es nur ein sachliches, aber wohlwollendes Händeschütteln und ein paar höfliche Gratulationen. Janniks Wangen waren immer noch leicht gerötet, allerdings konnte das auch von der Kälte herrühren. Oder dem Schnaps, den sein Trauzeuge im Flachmann dabei hatte. Jannik stellte ihn uns als seinen Bruder Bernhard vor. Sie sprachen beide einen charmanten österreichischen Dialekt, schienen sich aber gegenüber den Gästen um korrektes Hochdeutsch zu bemühen.

Ganz allmählich setzte sich die Feiergemeinde in Bewegung, weg von der Kirche, zurück zum Chalet. Für das Brautpaar stand ein schicker, cremefarbener Jaguar aus den Fünfzigerjahren bereit, verziert mit einem Blumenkranz auf der Motorhaube und dem obligatorischen Just-Married-Schild über dem Kofferraum. Der Rest stieg entweder in eines der geparkten Autos oder ging zu Fuß.

»Wollt ihr mitfahren?« Vincent winkte mit dem Schlüssel seines SUV.

»Nein, danke«, antwortete Adrian prompt. »Wir laufen. Ist ja nicht weit.«

»Aber saukalt.«

»Gut für die Lungen.« Er warf mir einen fragenden Blick zu und senkte die Stimme: »Oder willst du mitfahren?«

»Nö.« Ich hakte mich grinsend bei ihm unter. »Lass uns laufen.«

Rund eine halbe Stunde später hatte sich die Festgesellschaft am Chalet eingefunden. Im Gegensatz zu unserer kleinen Hütte war diese optimal für große Feiern ausgelegt. Im Hauptraum mit seinen Holzvertäfelungen und schweren Dachbalken standen lange Tafeln, alle mit Blumengestecken und silbernen Kerzenleuchtern verziert. Das Kopfende des

Saales bestand aus einer hölzernen Bühne, auf der das Mischpult für einen DJ und in der Mitte zwei Mikrofone aufgebaut waren. Zwischen der Bühne und den Tischen blieb noch genug Platz für eine kleine Tanzfläche. Gläserne Türen führten hinaus auf eine breite Terrasse, die vor allem für die Raucher reserviert war, und in einer Ecke des Saales gab es Platz für die Kinder. Das Personal des Cateringservice huschte geschäftig zwischen den Tischen umher, um Getränke und Kaffee zu servieren.

Das Brautpaar schnitt indes unter dem Jubel der Gäste die dreistöckige Hochzeitstorte an und fütterte sich kichernd gegenseitig mit dem ersten Stück. Adrian und ich standen etwas abseits mit je einem Glas Sekt in der Hand und ich machte mir einen Spaß daraus, den Gästen, die ich allesamt nicht kannte, bestimmte Rollen zuzuweisen und meine Ergebnisse zu kommentieren.

Adrian deutete auf einen älteren Mann mit prächtigem Schnauzbart, der sich gerade ein großes Stück Torte abschneiden ließ. »Der da?«

»Onkel Josef«, antwortete ich zügig. »Ein Großonkel des Bräutigams. Ewiger Junggeselle. Er wird immer eingeladen, weil er dazugehört, aber eigentlich riecht er komisch und lamentiert ständig, dass früher alles besser war. Und er kneift die Kinder immer so unangenehm in die Wange.«

Adrian gluckste. »Okay. Die da.« Er wies auf eine Frau in den späten Zwanzigern oder frühen Dreißigern, die mit ihrem weißgepunkteten Petticoat-Kleid aus der Masse klassischer Abendgarderobe herausstach. Ihre üppigen Kurven und die bunten Tattoos passten perfekt zu dem rockigen 50er-Jahre-Stil.

Ich beobachtete sie eine Weile, ehe ich antwortete. »Nina. Eine Sandkastenfreundin des Bräutigams.«

»Wieso seine?«

»Sie ist keine Brautjungfer, die haben alle diese Einsteckrosen. Also gehört sie zu seiner Seite.«

»Okay. Weiter.«

»Sie sind zusammen in die Schule gegangen, da war sie noch eine von den braven, lieben Mädchen, die kein Wässerchen trüben können. Mit sechzehn wurde sie Grufti und Janniks Eltern waren entsetzt, was aus dem süßen Nachbarmädchen geworden ist. Sie verloren sich aus den Augen, aber später haben sie sich über Facebook oder Instagram wiedergefunden und sind seither wieder gut befreundet. Sie mag deine Schwester, enge Freundinnen sind sie allerdings nicht. Sie hat einen Friseursalon oder so was. Vielleicht auch ein Tattoostudio.«

Adrian schnaubte. »Was für ein Klischee.«

»Wieso, das ist ein Kompliment? Sie hat eine coole Frisur und ein tolles Styling. Offensichtlich hat sie einen Blick für so was.«

»Na schön. Einen noch. Die da.«

Ich musterte die Frau prüfend. In der Kirche war sie mir nicht aufgefallen, obwohl sie definitiv ein Hingucker war. Auf den ersten Blick hätte ich sie maximal auf fünfzig geschätzt, aber vielleicht war sie auch älter und kaschierte das mit ihrem perfekten Styling. Sie trug ein bodenlanges, asymmetrisch geschnittenes Kleid aus türkisem Chiffon, das an der

Taille gerafft war und ihre schlanke Figur betonte. Ihr ebenmäßiges, weizenblondes Haar fiel in kunstvollen Wellen über ihre Schultern und auf Schmuck hatte sie weitgehend verzichtet, abgesehen von großen, auffallenden Ohrringen aus Silber.

»Puh.« Ich tippte nachdenklich gegen mein Kinn. Sie schien allein gekommen zu sein und unterhielt sich gerade mit Adrians Bruder Jan. Die beiden wirkten vertraut miteinander, aber nicht sonderlich intim. »Sabine, die Halbschwester deiner Mutter, die Nachzüglerin. Als ihr Kinder wart, war sie eure Lieblingstante, weil sie jung und cool war. Das hat eurer Mutter nie so richtig gefallen. Irgendwann gab es Streit und sie ist weggezogen, deswegen seht ihr sie jetzt nur noch bei Familienfeiern. Oder sie schickt euch eine Nachricht zum Geburtstag. Wie man das eben so macht.«

Adrian lachte. »Nette Geschichte. Leider falsch.«

»Gut, klär mich auf. Wer ist sie?«

»Elvira, meine Stiefmutter. Die Witwe meines Vaters.«

»Holla.« Ich stieß einen Pfiff aus. »Sie sieht aus wie ein Filmstar. Was macht sie beruflich?«

»Ähm … gute Frage. Irgendwas Richtung Unternehmensberatung. Sie hat eine eigene Agentur, glaube ich.«

»Krass. Gibt es eigentlich auch Leute in deiner Familie, die nicht außergewöhnlich attraktiv oder außergewöhnlich erfolgreich sind? Ich komm mir vor wie in *Beverly Hills 90210*.«

Adrian grinste. »Danke für die Blumen. Wie gesagt, in meiner Familie gibt es nur Perfektion oder Misserfolg. Ich weiß noch, wie mir mein Vater in der achten Klasse Extrastunden und Nachhilfe aufbrummen wollte, weil ich in Mathe nicht über eine Drei hinauskam. Da war ich mitten in der Pubertät und hatte echt andere Sorgen als die Schule. Jan hat er sogar gedroht, ihn zu enterben, als er nach dem Abitur direkt an die Polizeischule wollte. Mein Vater hat verlangt, dass er zuerst studiert und danach in den gehobenen oder höheren Dienst einsteigt. Na ja, dafür hat er sich schließlich breitschlagen lassen. Andernfalls hätte mein Vater keinen Cent für seine Ausbildung locker gemacht.«

»Puh.« Ich schüttelte den Kopf. »Dein Vater war ein echtes Herzchen, was?«

»Er hat sich immer als Selfmademan gesehen. Meine Großeltern hatten nicht viel, haben damals nach dem Krieg alles verloren. Vermutlich waren sie Nazis, keine Ahnung, darüber wurde in meiner Familie nie geredet. Mein Vater hat wie ein Irrer geschuftet, und es war ihm wichtig, dass wir uns dafür erkenntlich zeigen. Mit Empathie oder Verständnis hatte er es dagegen nicht so. Und er war konservativ bis ins Mark.«

»He, ihr Turteltäubchen.« Vincent kam zu uns herüber und prostete uns mit seinem Sektglas zu. Jan, der sich gerade von Elvira verabschiedet hatte, folgte ihm. »Ihr müsst mir jetzt mal ein bisschen mehr über euch erzählen. Woher kennt ihr euch?«

»Von der Arbeit«, antwortete Adrian knapp. »Woher sonst?«

»Dann bist du auch so ein Krimineller im Anzug?« Vince kicherte. »Sieht man dir gar nicht an.«

Adrian brummte missmutig. »Wer im Glashaus sitzt, Bruderherz ...«

»Im Ernst, ich meine, zu dir passt das ja irgendwie. Aber dein Schatz hier wirkt so bodenständig.« Vince verengte die Augen zu Schlitzen und betrachtete mich prüfend. »Ich hätte gewettet, du machst irgendetwas ... *Handfestes*.«

Ich verkniff mir das Augenrollen. Warum fragte er mich nicht direkt, ob ich Sexarbeiter war? Daran war nichts Verwerfliches. Nur war ich eben keiner. »Ich bin Associate in der Kanzlei«, erwiderte ich schließlich, »und arbeite vor allem in Adrians Bereich, also Merger und Acquisition. Er hat mich angelernt, sozusagen.«

»Angelernt.« Vince kicherte. »Wie romantisch. Und wie lange seid ihr zusammen? Adrian, der Strolch, hat nie was von einem Freund erwähnt. Bis vor zwei Wochen. Dabei hätten wir schon viel früher mal was gemeinsam unternehmen können. So ein Date zu viert?«

»Nur über meine Leiche«, knurrte Adrian und Vincent seufzte theatralisch.

An mich gewandt fügte er hinzu: »Ehrlich, wie hältst du das mit diesem Zyniker aus? Ist er auch so, wenn ihr allein seid?«

»Nein«, erwiderte ich prompt. Ganz in meiner Rolle schenkte ich Adrian ein glühendes Lächeln. »Er ist sehr charmant zu Menschen, die er mag.«

Jan, der bisher nur gelauscht hatte, musste lachen. »Sag bloß. Ich dachte, das Charmantsein legt ihr Anwälte mit der Zulassung ab.«

»Das sagt der Richtige«, entgegnete Adrian brüsk. »Wo ihr bei der Polizei dahingehend ja einen so guten Ruf habt.«

»Tststs, Kinder, nicht streiten.« Vince streckte abwehrend die Hände aus. »Das ist eine Hochzeit, amüsiert euch. Also, wie lange seid ihr zwei Hübschen schon zusammen?«

»Seit Juli«, antwortete Adrian. »Da war unser Sommerfest in der Kanzlei und … na ja. Wir waren ein bisschen beschwipst und so kam eines zum anderen.«

»Ich war schon lange scharf auf ihn«, erklärte ich und setzte meinen überzeugendsten Hundeblick auf. »Aber ich hab mich nie getraut, was zu sagen. Immerhin ist er mein Boss, und so was ist immer schwierig.«

»Kann ich mir vorstellen.« Vincents geheuchelte Anteilnahme war schwer zu ertragen. »Wie macht ihr das? Wissen die anderen in der Kanzlei, dass ihr …?«

»Nein«, erwiderte Adrian prompt. »Das Private geht niemanden etwas an.«

»Aha. Hast du uns deinen Freund deswegen so lange vorenthalten?«, fragte Vince und Adrian leerte mit einem Seufzer sein Sektglas.

»Ich wollte ihm einfach ein bescheuertes Kreuzverhör wie das hier ersparen. Ich kann mich nicht erinnern, dass uns Son Rede und Antwort stehen musste, als du sie zum ersten Mal mitgebracht hast.«

»Dir eilt eben ein gewisser Ruf voraus, großer Bruder. Ganz ehrlich, Jan, kannst du dich daran erinnern, auch nur einen von Adrians Freunden kennengelernt zu haben?«

»Nö. Aber im Gegensatz zu dir ist mir das ziemlich egal. Also –«

Er wurde von Nadine unterbrochen, die mit ihrem Bräutigam ans Mikrofon auf der Bühne getreten war und testweise darauf tippte. »Hallo, könnt ihr mich alle hören? Perfekt. Erst einmal: Vielen, vielen Dank, dass ihr gekommen seid, um mit uns zu feiern. Wir freuen uns riesig. Danke auch für all die Glückwünsche.«

»Und die Geschenke«, warf Jannik von der Seite ein und erntet dafür höfliches Gelächter.

»Der Hochzeitskuchen ist jetzt angeschnitten«, fuhr Nadine fort, »und die Damen und Herren vom Catering bedienen euch gerne am Platz mit jeglichen Getränken. Also schlagt euch die Bäuche voll, nachher beim Tanzen könnt ihr die Kalorien wieder loswerden.« Sie grinste breit. »Aber jetzt, liebe Singleladys, dürft ihr alle erst mal vortreten.« Sie wedelte mit dem Brautstrauß in ihrer Hand und ein amüsiertes Gemurmel ging durch die Reihen.

Ich zwinkerte Adrian zu und reichte ihm mein Glas. »Halt mal.«

Er starrte mich schockiert an. »Das ist nicht dein Ernst.«

»Wieso nicht? Ist doch witzig.« Ich stieß ihn in die Seite. »Sei kein Spielverderber.«

Ohne eine Reaktion abzuwarten, schob ich mich an Jan und Vincent vorbei in Richtung Tanzfläche. Die zwölf Damen unterschiedlichen Alters, die dort warteten, darunter Hannah, warfen mir einen amüsierten Blick zu.

Auch Nadine musste grinsen, als sie mich entdeckte. »Seid ihr bereit? Dann mal los.«

Sie drehte sich auf dem Absatz um, zählte bis drei und warf den Brautstrauß schwungvoll über ihre Schulter. Ich machte instinktiv einen Schritt zurück, streckte die Hand aus – und fing den Strauß knapp über Hannahs ausgestrecktem Arm. Die Gäste johlten vor Begeisterung.

Hannah sah mich mit entrüsteter Miene an und ich zuckte die Schultern. »Sorry?«

Sie lachte nur und knuffte mich mit der Faust in den Oberarm. »Sei dir verziehen. Aber längere Arme sind unfair.«

»Und wir haben einen Gewinner«, jauchzte Nadine ins Mikrofon und warf Adrian eine neckische Kusshand zu. »Bestell schon mal das Aufgebot, Bruderherz.«

Adrians Gesicht war zwar in der Menge nicht zu sehen, aber ich konnte sein Augenrollen bis hierher spüren. Mit einem breiten Grinsen zwinkerte ich Nadine zu und schlenderte mit meiner Trophäe in der Hand zu Adrian zurück. Der sah mich an, als hätte ich mich gerade freiwillig als Tribut für die Hungerspiele gemeldet. »Du musst es immer übertreiben, was?«

»Der Blick war es wert.« Ich neigte mich zu ihm, den Brautstrauß immer noch in der Hand, und raunte ihm zu: »Komm schon, du wolltest, dass ich mitspiele. Lass es mich wenigstens genießen.«

»Du genießt das ein bisschen zu sehr, wenn du mich fragst.«

»Von wegen, ich hab noch gar nicht angefangen.« Ich umfing sein Kinn mit der Hand. »Komm schon. Für die Show.«

Er zögerte, doch dann neigte er sich zu mir und küsste mich. Es war schräg, vor aller Augen mit ihm rumzuknutschen. Bisher hatten wir uns nur in Abgeschiedenheit geküsst, als Teil unseres Rollenspiels nach Feierabend – das hier war eine andere Nummer. Aber nun ja, auch das war schließlich ein Spiel. Warum sollte ich nicht ein bisschen Spaß dabei haben?

Unter dem Johlen der Umstehenden ließ ich von Adrian ab und zwinkerte ihm zu. »Kommst du mit? Ich hab jetzt Lust auf ein Stück Hochzeitstorte.«

»Nein, danke.«

»Ernsthaft?« Ich zog die Augenbrauen hoch. »Das ist aber jetzt kein ›ich muss auf meine Linie achten‹-Ding, oder?«

»Ich hab eine Ewigkeit für meinen Sixpack geschuftet, den futtere ich mir sicher nicht mit einer solchen Kalorienbombe weg.«

»Gott.« Ich seufzte tief. »Mir wäre es echt zu anstrengend, du zu sein. Wie auch immer, ich hol mir jetzt eine Kalorienbombe.«

――――――――■◆▶◀◆■――――――――

Nach dem Kuchenbuffet gaben einige Anwesende kleinere Vorstellungen zum Besten, unter anderem ein Ständchen und eine humoristische Geschichte über die Beziehung des Brautpaars. Anschließend wurde das abendliche Bankett eröffnet, das an ein fürstliches Dinner erinnerte. Es gab verschiedene Antipasti – Bruschetta, gratinierten Ziegenkäse, Melonenschiffchen mit Schinken und geräucherten Fisch – und eine Auswahl an Hauptgerichten, darunter Lachsfilet mit Reis, Panzerotti in Weißweinsoße, Schweinelendchen mit Trüffelcreme und Kartoffelsahnegratin. Natürlich servierte der Cateringservice auch zu allen Menüs passende Getränke – verschiedene Weine, Bier und Schnaps. Zufrieden schlug ich mir den Bauch mit den Köstlichkeiten voll und war ganz froh, mal nicht reden zu müssen. Vincent hatte uns auch nach der Brautstrauß-Einlage weiter ausgequetscht und ich war mittlerweile ebenso genervt davon wie Adrian. Zum Glück hatte uns Vince' Frau irgendwann erlöst und wir konnten uns stattdessen mit Jan, seiner Freundin und Hannah unterhalten, die wesentlich angenehmere Gesprächspartner waren. Jan war eher der schweigsame Typ und ich hatte nicht den Eindruck, dass sich er und Adrian sonderlich nahe standen, aber immerhin löcherte er uns nicht mit dämlichen Fragen.

Der Rest von Adrians Verwandtschaft hatte uns nach dem Kuss nicht mehr behelligt, ich hatte sogar das Gefühl, dass uns einige von ihnen gezielt aus dem Weg gingen. Nun, mir sollte es recht sein.

Bevor das Nachspeisenbüffet aufgetragen wurde, beschloss ich, ein paar Minuten an die frische Luft zu gehen und ließ Adrian zurück, der sich gerade mit seiner Stiefmutter unterhielt.

Der Schritt auf die Terrasse fühlte sich an, als würde ich in eisiges Wasser tauchen. Die Luft im

Inneren war warm und stickig gewesen, von den Essensdünsten ganz zu schweigen. Hier draußen war es klirrend kalt, mein Atem gefror augenblicklich vor meinem Gesicht. In der Dunkelheit wirkte das hoch aufragende Bergmassiv ringsum noch beeindruckender als tagsüber und das Rauschen der Tannen verlieh der Atmosphäre etwas Schwermütiges. Da die Skipisten noch nicht in Betrieb waren, gab es nur wenige hell erleuchtete Flecken entlang der Flanken, der Rest schien wie ein tiefes schwarzes Meer.

Auf der Terrasse standen einzelne Grüppchen beisammen und rauchten. Ich ließ mich zum Geländer treiben und blickte hinunter in den Ort. Im Winter, unter einer dichten Schneedecke, musste das ein märchenhafter Ausblick sein. Schon jetzt war die Kombination aus den Fackeln, dem dünnen weißen Flaum auf den Wiesen und Dächern und den dunklen Bäumen beeindruckend schön.

»Nett, oder?«

Ich stöhnte vernehmlich. Vincent konnte einen echt keine fünf Minuten allein lassen! Er lehnte sich neben mir über das Geländer und folgte meinem Blick. Beim Essen hatte er sich mit Soße bekleckert, die jetzt auf seinem weißen Hemd klebte.

»Ja, echt schön hier.«

Er schwieg eine Weile und ich hoffte schon, er würde mich mit seinem Gelaber verschonen, aber diese Hoffnung erstarb recht schnell. »Hör mal.« Er sah sich verschwörerisch um, um sicherzugehen, dass uns niemand belauschte. »Lassen wir die Spielchen sein. Du hast deine Rolle echt überzeugend dargeboten, Hut ab, aber wir wissen doch beide, wie der Hase läuft.«

Ich sog scharf die Luft ein, ohne mir meinen Ärger jedoch anmerken zu lassen. »Ich weiß nicht, was du meinst.«

»Ach, hör doch auf.« Er griff ins Innere seines Jacketts und zog einen Geldbeutel hervor. »Wie viel hat Adrian dir für das Wochenende gezahlt? Ich zahle dir das Doppelte. Du kannst heute bei uns im Chalet übernachten, da ist noch ein freies Zimmer, und meine Frau und ich nehmen dich morgen mit zurück nach München.«

Ich starrte ihn ungläubig an. Der Kerl war echt unfassbar. Ganz abgesehen davon, dass er uns nach allem immer noch nicht abkaufte, ein Paar zu sein, besaß er sogar die Dreistigkeit, seinem Bruder mit aller Vehemenz in den Rücken zu fallen.

»Erstens«, zischte ich, »bin ich kein Escort. Und zweitens: Selbst wenn ich es wäre, was geht's dich an? Machst du das nur, um Adrian vor allen hier bloßzustellen?«

Vincent behielt den Geldbeutel weiter in der Hand. Im Licht der Fackeln sah ich, wie seine Miene zu einem bitteren Lächeln gefror. »Würdest du meinen Bruder so gut kennen wie ich, wüsstest du, dass ihm das guttäte. Adrian ist ein Psychopath. Er kann verdammt charmant sein, o ja, aber er hat keinen Funken Empathie für andere übrig. Er kann nur an sich selbst denken und an sein Ego, die Gefühle seiner Mitmenschen sind ihm scheißegal. Glaub mir, ich hab das jahrelang mitgemacht.«

»Witzig«, brummte ich. »Adrian sagt dasselbe über dich.«

»Ja, das kann ich mir denken.« Er steckte das Portemonnaie weg und zog stattdessen eine Packung Zigarillos heraus. »Auch eine?«

Ich schüttelte den Kopf. »Nichtraucher.«

»Stört's dich, wenn ich …?«

»Mir egal.«

Er steckte sich einen Zigarillo an und stieß eine Rauchwolke aus. Immerhin stanken die nicht so erbärmlich wie Zigaretten, sie dufteten mehr wie aromatische Zigarren. »Ich wette, Adi hat dir nicht erzählt, wie er sich jahrelang bei unserem Vater eingeschleimt hat, indem er ihm jeden Regelverstoß auf dem Silbertablett serviert hat. Wenn Jan und ich nachts heimlich Playstation gezockt haben, hat er gepetzt. Wenn wir am Wochenende unerlaubt Besuch hatten, hat er gepetzt. Bei jeder beschissenen Kleinigkeit. Und glaub mir, unser Vater war nicht gnädig bei solchen Dingen. Geschlagen hat er uns nie, aber er hatte andere Wege, uns zu bestrafen. Subtilere. Grausamere.« Er paffte erneut an seinem Zigarillo. »Jan hat sich mal ein ganzes Jahr lang auf das FC-Bayern-Trainingscamp gefreut, in das er mitfahren durfte. Kurz davor hat ihn unser Vater dann beim Rauchen erwischt, weil Adrian gepetzt hatte, und hat ihm das Camp gestrichen. Jan war am Boden zerstört.«

»Das kannst du doch nicht –«

»O doch. Adrian wusste genau, was er tat. Die Anerkennung unseres Vaters war ihm wichtiger als alles andere. Er wollte im Mittelpunkt stehen, der brave Sohn sein, das Goldstück der Familie. Tja. Ist ihm nicht gelungen, trotz aller Bemühungen.«

Ich ballte meine Hände zu Fäusten, Wut stieg in mir auf. Was auch immer in der Vergangenheit zwischen Adrian und seinen Brüdern vorgefallen war, es war verdammt schäbig von Vince, es mir hier ungefragt auf die Nase zu binden. »Und was willst du jetzt von mir?«

»Adrian braucht einen ordentlichen Schuss vor den Bug, sonst reißt er noch mehr Menschen mit in den Abgrund. Der Kerl ist ein narzisstisches Arschloch, ein Kontrollfreak. Solange du tust, was er will, kann er sehr liebenswürdig sein. Aber wehe, du wagst es, eigene Bedürfnisse zu haben oder ihn in seine Schranken zu weisen, dann macht er dich fertig. Der Kerl hat kein Gespür für die Grenzen anderer.«

Ich rang nach Luft, fassungslos über die Schonungslosigkeit, mit der Vince gerade vor mir seinen eigenen Bruder niedermachte. »Dir ist schon klar, dass das mein Freund ist, von dem du da redest.«

»Wow, du bist echt loyal, Respekt.« Vince klopfte die Asche von seinem Zigarillo. »Wie gesagt, das Angebot steht. Du kriegst das Doppelte von dem, was Adrian dir zahlt, kannst bei uns übernachten und musst den Kerl nie wieder sehen.«

»Ich. Bin. Kein. Escort«, zischte ich erbost. Mit zitternden Fingern zog ich mein Handy heraus und öffnete die Website der Kanzlei, auf der alle Associates mit Name und Foto aufgeführt waren. »Hier bitte. Leon Stelzer. Genügt das endlich?«

Vincent sah abwechselnd mich und das Foto an. Stumm legte er die Stirn in Falten.

»Willst du meinen Ausweis auch noch sehen? Zum Abgleich?«

»Nein, danke.« Er zog an seinem Zigarillo und betrachtete mich forsch. »Erpresst er dich, ist es das? Würde ihm ähnlichsehen, einen Untergebenen für sowas auszunutzen. Ich wette, das kann schnell unangenehm werden, wenn du nicht –«

»Was wird das hier?« Adrian kam über die Terrasse auf uns zu, Jan und Hannah hinter ihm, und sah erst Vincent, dann mich an. »Belästigt dich mein Bruder?«

»Mein Gott, Adrian, lass doch den Scheiß.« Vincents Lächeln war wie weggewischt, als hätte er sich eine Maske heruntergerissen. Er verschränkte die Arme vor der Brust und gab sich keinerlei Mühe mehr, die Stimme zu senken. »Wir wissen beide, dass der Typ nicht dein Freund ist. Also hör auf mit dieser bescheuerten Scharade.«

»Er hat mir Geld geboten«, erklärte ich Adrian grimmig. »Damit ich dir hier und jetzt den Laufpass gebe. Du hattest recht, deine Familie ist echt zum Kotzen.«

Adrian schob mich beiseite und baute sich vor seinem Bruder auf. »Du bist so ein Scheißkerl, Vince, ehrlich. Ich sollte dir hier und jetzt die Fresse polieren, damit du dein verdammtes Maul hältst.«

»Ach ja?« Vince hob das Kinn. »Nur zu. Lass es raus. So sehen endlich alle, was für ein gestörter Psychopath hinter deiner glattgeleckten Fassade steckt.« Er stieß ein höhnisches Lachen aus. »Ich wette, Vater wäre mächtig stolz auf dich.«

Adrians Wangen färbten sich schlagartig rot. »Du ... du verdammtes –!«

»Es reicht.« Jan packte Vincent an den Schultern und zog ihn von Adrian weg. »Das ist Nadines Hochzeit, verflucht, könnt ihr euch nicht einmal zusammenreißen? Diese Wette war doch von Anfang an eine Scheißidee.«

Ich runzelte die Stirn und sah Adrian fragend an. Das Herz pochte mir in der Kehle. »Was für eine Wette?«

»Ach, das hat er dir nicht gesagt, ja?« Vincent feixte. »Überrascht mich nicht. Dein lieber Adrian hat mit mir gewettet: Zweitausend Euro, dass er seinen Freund zur Hochzeit mitbringt. Du bist nur hier, um ihm den Geldbeutel zu füllen und mir eins reinzudrücken. Denn unser großer Bruder kann es einfach nicht ertragen, wenn er mal nicht alles im Detail kontrollieren kann.«

»Du hast mit dem Scheiß angefangen«, bellte Adrian. »Du hast mich zu dem Schwachsinn überredet!« Anklagend starrte er Jan an. »Du warst doch dabei! Er hat angefangen!«

»Das ist mir scheißegal«, knurrte Jan. »Ihr zwei werdet Nadine nicht die Feier kaputtmachen, verstanden? Reißt euch zusammen.«

Adrian schnaubte. Er bedachte Vincent mit einem langen, verächtlichen Blick, strich sein Jackett glatt und wandte sich um. »War eine bescheuerte Idee, herzukommen. Amüsiert euch noch gut. Ich bin weg.«

»Klar«, höhnte Vincent. »Kaum wird es ernst, ziehst du den Schwanz ein. Aber sonst den großen Macker raushängen lassen.«

Jan warf ihm einen bitterbösen Blick zu, doch Adrian reagierte gar nicht mehr. Wortlos bahnte er sich einen Weg durch die Umstehenden und verschwand nach drinnen.

Ich verharrte einen Augenblick wie angewurzelt auf der Stelle, dann folgte ich ihm. »He, Adrian, warte.«

Er reagierte nicht, schlug sogar demonstrativ die Tür hinter sich zu. Gesprächsfetzen tosten durch meine Gedanken. Eine Wette? Verdammt, warum hatte Adrian mir nichts davon erzählt? Was verschwieg er mir noch? Ich ballte die Hände zu Fäusten und kämpfte die Anspannung nieder. Das Herz pochte mir bis zum Hals und Vincents Worte hallten in meinem Kopf wider: *Der Kerl hat kein Gespür für die Grenzen anderer.*

Tja, zumindest da musste ich ihm wohl oder übel recht geben. Hoffentlich hatte Adrian eine echt gute Erklärung parat.

Kapitel Sieben

ADRIAN

Ich konnte nicht atmen. Ohne ein Wort, ohne einen Blick zurück durchquerte ich den Saal, riss meinen Mantel von der Garderobe und stapfte nach draußen. Es tat mir leid für Nadine, von der ich mich nicht mehr verabschieden konnte, aber es ging nicht. Es ging einfach nicht.

Vor der Tür konnte ich endlich wieder tief Luft holen. Alles an mir zitterte. Meine Knie, meine Hände, alles. Dieser dreckige Wichser. Scheiß auf die Feier, ich hätte Vince einfach seine vorlaute Fresse polieren sollen.

Dieser eine Satz. Dieser gottverfluchte Satz. Ich war vieles von Vincent gewohnt, Sticheleien, überhebliche Witze, Beleidigungen, aber das – das hatte er zuvor nie gewagt.

Ich wette, Vater wäre mächtig stolz auf dich.

Schlagartig zitterten meine Glieder noch heftiger. Vincent hatte keine Ahnung. Sie hatten alle keine Ahnung. Vater hatte jeden von uns scheiße behandelt, keine Frage, doch Jan und Vincent waren immer Teil der Familie gewesen. Vater hatte sie bisweilen bestraft, getadelt und zurechtgewiesen, er

145

war unfair zu ihnen gewesen, streng und erbarmungslos. Aber sie waren seine Söhne gewesen. Seine Jungs.

Ganz im Gegensatz zu mir.

Diesen einen Tag würde ich nie vergessen. Ich war als Associate gerade von meinem Auslandsaufenthalt zurückgekommen und wir saßen im Team zusammen mit einigen externen Beratern. Einem der Externen fiel auf, dass wir denselben Nachnamen trugen, und er fragte, ob wir Vater und Sohn seien. Mein Vater nippte an seinem Wasserglas, sah erst mich, dann den Externen an und antwortete schließlich: »Nein. Das ist nur Zufall.«

Mehr gab es dazu eigentlich nicht zu sagen. Ich wünschte nur, es hätte nicht so beschissen wehgetan.

Jemand rief meinen Namen und riss mich aus den Gedanken. Ohne es zu realisieren, war ich den beleuchteten Weg hinaufmarschiert, in Richtung des kleinen Chalets. Ich wandte mich um und erkannte Leon, der mir folgte.

Ich blieb stehen und wartete auf ihn. Mir war nicht nach Gesellschaft, nicht im Mindesten, aber ihn allein auf der Party zurückzulassen, war auch keine Option.

Er musterte mich fragend. »Bist du okay?«

Ich zuckte mit den Schultern. Scheiße, nein, ich war kein bisschen okay. Aber das ging Leon überhaupt nichts an.

»Was hat dein Bruder da von einer Wette geredet?«

»Willst du das hier ausdiskutieren?«, gab ich brüsk zurück. »Jetzt?«

»Ja, allerdings.« Er schloss zu mir auf. »Wir teilen uns ein Bett – oder wenigstens eine Hütte. Ich hab keine Lust, dass wir uns bis morgen stundenlang anschweigen. Und ich finde, ich habe ein Recht auf eine Antwort.«

»Ein Recht.« Ich schnaubte. »Ich finde, du hast das Recht, mich in Ruhe zu lassen.«

»He.« Er machte energisch einen Schritt nach vorne und schnitt mir so den Weg ab. »So redest du nicht mit mir, klar? Ich hab dir nichts getan, im Gegenteil.«

Ich atmete durch, sog die eiskalte Winterluft tief in meine Lungen, und nickte dann. Es stimmte. Ich war sauer auf Vincent, auf mich, auf meine ganze beschissene Familie. Aber sicher nicht auf Leon.

»Also«, fragte er, »was war jetzt mit dieser Wette?«

»Es stimmt«, brummte ich, während wir weiter den Weg hinauf gingen. »Vince hat mit mir gewettet, um zweitausend Euro, dass ich keinen echten Freund auf die Feier mitbringe.«

»Und auf den Scheiß hast du dich eingelassen?«

»Ich war es einfach leid, okay? Seine Sticheleien, sein dummes Gelaber, ich hatte keinen Bock mehr darauf. Ich wollte, dass er endlich sein Maul hält.«

»Und wieso hast du mir nichts davon gesagt? Denkst du nicht, ich hätte wissen wollen, wenn du mich zum Zentrum einer dämlichen Wette machst? Ich dachte, ich tue dir hier einen Gefallen, mehr nicht.«

147

»Die Wette war mir scheißegal«, erwiderte ich kühl. »Du kannst das Geld gerne haben, falls Vince jemals was rüberwachsen lässt.«

»Mir geht's nicht ums Geld, sondern ums Prinzip. Du verschweigst mir Dinge und du bist nicht ehrlich zu mir. Das ist scheiße.«

Ich zog einen Mundwinkel hoch. »Machst du jetzt Schluss mit mir? Wo wir eben noch heiraten wollten?«

»Wow.« Er blieb stehen und verschränkte die Arme vor der Brust. »Dein Bruder hat recht. Du bist wirklich ein Arschloch.«

»Schön. Dann geh doch zurück und mach Party mit Vince. Aber lass mich in Ruhe.«

Wortlos stapfte ich weiter. Deswegen war es eine Scheißidee, sich überhaupt mit Leuten einzulassen. Es kam nur Mist dabei heraus. Ich hätte einfach gar nicht zu dieser bescheuerten Hochzeit kommen sollen. In diesem Moment könnte ich mir im Club die Seele aus dem Leib tanzen, später einen viel jüngeren Kerl abschleppen und betrunken mit ihm in die Kiste fallen. Stattdessen war ich hier, am Arsch der Welt, und hatte eben den einzigen Freund verprellt, der mir geblieben war. Leon hatte recht. Ich *war* ein Arschloch.

Ich hatte die Hütte fast erreicht, als ich mich noch einmal umsah und überrascht feststellte, dass Leon mir gefolgt war. In gebührendem Abstand zwar, aber immerhin. Er war nicht zur Feier zurückgegangen. Na ja, vermutlich hatte er einfach keinen Bock auf Vince und meine homofeindliche Verwandtschaft. Da war ich immer noch die bessere Wahl.

Ich sperrte die Tür auf, schlüpfte aus den Schuhen und hängte meinen Mantel an die Garderobe. In der Hütte war es kühl, so ohne Kaminfeuer, aber im Vergleich zu draußen immer noch warm.

Fuck, es hätte so nett werden können. Die einsame Hütte, der Whirlpool auf der Veranda, ein knisterndes Kaminfeuer … Etwas Schönes in diesem grauen Meer aus Arbeit und Selbstoptimierung. Ich schüttelte den Kopf.

Kontrolle, Adrian, kein Gejammer. Reiß dich zusammen. Sei keine Memme.

Ich ließ mich in einen der Sessel sinken und sah aus den Augenwinkeln zu, wie Leon die Hütte betrat, ebenfalls seine Sachen auszog und ins Wohnzimmer kam. Schweigend stellte er eine Flasche Wein auf den Tisch und machte sich schließlich am Kamin zu schaffen.

»Woher hast du die Flasche?«

»Im Festsaal mitgehen lassen«, antwortete er, während er Scheite aufschichtete. »Ich dachte, wir könnten beide einen Schluck vertragen. Na ja. Willst du das Bett im Schlafzimmer oder den Diwan?«

Ich schwieg und starrte eine Weile ins Leere. Ich hatte keine Lust darauf, dass wir uns den ganzen Abend lang anschwiegen, und ebenso wenig Interesse, auf dem unbequemen Diwan zu schlafen. Das hatte ich echt nicht nötig nach alldem. Leon mochte beleidigt sein, weil ich ihm nicht die ganze Wahrheit erzählt hatte, aber er hatte nicht den Hauch einer Ahnung, wie sich das alles für mich anfühlte. Vincent war schuld an dieser Geschichte, nicht ich. Es war nicht fair, dass Leon mich dafür bestrafte. »Das ist alles? Du willst einfach ins Bett?«

Er entzündete das Feuer im Kamin und richtete sich auf. Seine Miene war ernst und undurchdringlich. »Allerdings, ich bin bedient für heute.«

»Zugegeben«, räumte ich ein, »das ist scheiße gelaufen, aber wir können immer noch das Beste draus machen.«

Leon lehnte sich mit dem Rücken gegen die Wand, direkt neben dem knisternden Kamin, und fixierte mich. »Du hast es immer noch nicht kapiert, oder? Ich hab mich auf dieses Spiel hier eingelassen, weil ich dachte, ich kann dir vertrauen. Und das war offenbar ein Fehler.«

Ich stieß einen Seufzer aus und schüttelte den Kopf. »Mein Gott, scheiß auf die dämliche Wette. Ich sagte doch, das war Vince' Idee, mir hat das überhaupt nichts bedeutet. Ich wollte nur, dass er mich endlich mit seinem Scheiß in Ruhe lässt.«

»Und das hättest du mir nicht einfach sagen können?«

»Doch, aber … es kam mir nicht wichtig vor.«

Leon schlug die Augen nieder. »Das glaube ich dir sogar.«

Er klang so resigniert, dass sich meine Brust schmerzhaft zusammenzog. Die Wut, die ich eben noch empfunden hatte, schlug schlagartig in Besorgnis um. Was hatte Vincent ihm in den wenigen Minuten da draußen auf der Terrasse erzählt?

Und vor allem: Wie viel davon stimmte?

»Im Ernst«, fuhr Leon fort. »Das war scheiße, Adrian. Ich hab meine Regeln gebrochen – für dich. Und du hast mich angelogen.«

»Ich hab nicht gelogen«, protestierte ich. »Das mit der Wette war einfach nicht wichtig.«

»Für dich vielleicht nicht, für mich schon. Hast du eine Vorstellung davon, wie sich das anfühlt? Euer … Wetteinsatz zu sein?«

»Es ging nie um die Wette. Es ging mir einfach nur darum, Vince zu beweisen, dass … dass …« Ich rang nach Worten, aber ich fand sie nicht, und meine Stimme erstarb.

»Dass *was*?«

Ich presste meine Hände auf die Oberschenkel, um das Zittern zu unterdrücken. Nein. Nein, ich würde mir die Blöße nicht geben, es auszusprechen. Leon könnte mir nie wieder ins Gesicht blicken, mich nie wieder als Vorgesetzten ernstnehmen oder mir diese subtile Anerkennung entgegenbringen, die ich manchmal in seinen Blicken las und die sich so verflucht gut anfühlte.

Als ich nicht antwortete, seufzte Leon resigniert. »Na schön, dann lass es. Ich geh duschen und schlafen.«

»Du verzichtest also auf den Whirlpool?«

In der Tür zum Bad blieb er stehen und wandte sich mit verbitterter Miene zu mir um. »Verarschen kann ich mich selber. Ehrlich.«

»Ich mein's ernst. Komm schon, es ist nicht mal zehn. Willst du echt behaupten, du seist müde?«

»Nein.« Er lehnte sich gegen den Türrahmen. »Aber ich hab keine Lust, Zeit mit jemandem zu verbringen, dem ich komplett scheißegal bin.«

»Das ist nicht wahr.« Die Worte huschten über meine Lippen, ehe ich über sie nachgedacht hatte. Plötzlich waren sie einfach da. »Du bist mir nicht scheißegal. Ich ... ich bin verdammt froh, dass du da warst. Es war ... es war schön, ausnahmsweise mal nicht allein zu sein.«

Leon sah mich immer noch an, seine Miene glättete sich ein wenig. »Klingt schon besser.«

»Ich sag doch, die Wette war mir scheißegal. Das war Vince' bescheuerte Idee.«

»Aber du hast dich drauf eingelassen.«

»Ja, verdammt«, erwiderte ich hitzig. »Du hast ihn doch gehört, es ist seit Jahren dieselbe Scheiße, dieselben beschissenen Sprüche. Vince ist seit zehn Jahren verheiratet, Jan seit Ewigkeiten mit seiner Freundin liiert und ich ... Na ja. Wer könnte sich schon in ein narzisstisches Arschloch wie mich verlieben?«

Fuck, ich hatte es gesagt. Ich Idiot. Hoffentlich hatte ich sarkastisch genug geklungen, um mich nicht vollständig lächerlich zu machen.

Leon runzelte die Stirn. Seine Stimme klang ungewohnt weich. »Geht dir das echt so nahe?«

»Quatsch. Ich bin es einfach leid, dass er sich ständig in mein Leben einmischt und denkt, er könnte sich ein Urteil über mich erlauben.«

»Okay.« Leon kaute auf der Innenseite seiner Wange und musterte mich prüfend.

Glaubte er mir nicht? Verdammt, hätte ich einfach meine Klappe gehalten. Ich wusste ja selbst nicht, warum ich Vincents Aussagen eine solche Macht über mich erlaubte. Er war nur neidisch, das war alles. Neidisch auf meinen Erfolg, darauf, dass ich das Zehnfache von ihm verdiente und dass ich mir meine Unabhängigkeit bewahrt hatte, während er sich eine Frau und ein Kind ans Bein gehängt hatte. Son würde ihn in einigen Jahren sitzen lassen, wenn sie klug war, Kim mitnehmen und dann hatte er gar nichts mehr. Warum regte ich mich eigentlich so auf?

Leon sah mich immer noch auffordernd an. »Ich warte.«

»Worauf?«

Er zog die Augenbrauen hoch.

»Na schön.« Ich stand auf und machte einen Schritt auf ihn zu. »Es tut mir leid. Ich hätte dir das mit der Wette erzählen sollen und … ich hätte dich nicht anpflaumen dürfen. Ich war wütend auf Vincent und auf die ganze Situation. Nicht auf dich. Du warst echt cool. Tut mir leid, dass ich das alles ruiniert hab.«

Ein Lächeln huschte über Leons Lippen. »Ist okay. Hat mir auch irgendwie Spaß gemacht. Na ja, bis auf die Sache am Schluss.«

»Ich hab dich gewarnt, mein Bruder ist ein Arschloch.« Fragend legte ich den Kopf schief. »Möchtest du … immer noch schlafen gehen?«

»Hm.« Er kratzte sich am Kinn. »Ich sollte nicht einfach so kleinbeigeben.«

»Ich hab meine Lektion gelernt«, versprach ich. »Ehrlich. Wir hatten das doch geklärt, es ist nur dieses Wochenende. Danach musst du dich mit meiner Familie und meinen verkorksten Beziehungen nie wieder beschäftigen.«

»Trotzdem. Ich hab das Gefühl, du nimmst mich nicht ernst.«

»Das stimmt nicht.« Behutsam trat ich auf Leon zu und berührte ihn sacht an der Hand. »Es tut mir echt leid, dass ich dir das verschwiegen hab. Ich hatte nur … na ja, ich dachte, du hältst mich für einen kompletten Idioten, wenn ich dir das mit der Wette erzähle. Und ich hab mir einfach so sehr gewünscht, dass du mitkommst.«

»Gut. Ich denke, damit kann ich leben.« Leon atmete tief durch und legte unschlüssig den Kopf schief. »Darf ich dich was fragen?«

»Hm?«

»Stimmt es, was Vincent erzählt hat?«

Mein Herz schlug schlagartig schneller. »Was … hat er denn erzählt?«

»Dass du ihn und Jan ständig bei eurem Vater verpfiffen hast, als ihr Teenager wart. Obwohl du wusstest, dass er ihnen dann das Leben zur Hölle macht.«

Ich seufzte tief und ließ mich auf einen der Stühle sinken. Verdammt, ich sollte Vince den Hals umdrehen. Wie viel konnte ich Leon erzählen, ohne mich vor ihm komplett zum Narren zu machen? Schweigend rieb ich meine kalten Handflächen aneinander, bis Leon schließlich sagte:

»Ist okay, du musst nicht antworten.«

Ich schnaubte. Scheiße, natürlich musste ich. Ich konnte das ja nicht einfach so stehen lassen. »Es stimmt«, presste ich hervor. »Als Teenager hätte ich alles getan, um meinen Vater zu beeindrucken, aber nichts war je gut genug. Mit vierzehn war ich zum ersten Mal in einen Klassenkameraden verknallt und mir wurde klar, dass mein Vater das niemals hinnehmen würde. Also hab ich versucht, Credits aufzubauen. Ich dachte, wenn ich alles tue, was er verlangt, wenn ich der perfekte Sohn bin, dann wird er irgendwann auch akzeptieren, dass ich schwul bin. Ich hab meine Brüder für ihn in die Pfanne gehauen, für ihn Jura studiert, ein beschissenes Prädikatsexamen hingelegt, sogar in seiner Kanzlei angefangen.« Ich stieß ein bitteres Lachen aus. »Was für eine erbärmliche Verschwendung von Ressourcen und Lebenszeit.«

Leon sagte nichts und ich wagte nicht, ihn anzusehen. Fuck, hätte ich einfach die Klappe gehalten. Das alles ging ihn gar nichts an. Lieber hielt er mich für einen Egomanen, als für ein Weichei, das sein Leben nur darauf ausgerichtet hatte, seinem homofeindlichen Vater in den Arsch zu kriechen.

»Du hättest die Kanzlei wechseln können«, warf Leon ein. »Wieso bist du geblieben?«

Ich zuckte mit den Schultern. Eine verdammt gute Frage. Ich hatte über einen Jobwechsel nachgedacht, oft, aber am Ende hatte ich die Bewerbungen doch wieder in den Papierkorb geworfen. Hatte ich wirklich geglaubt, meinen Vater umstimmen zu können? Oder war es nur eine dämliche Trotzreaktion gewesen? »Keine Ahnung. Ich war wohl einfach zu stolz, um zu gehen. Ist ja auch egal.«

Leon schwieg. Ich war schon drauf und dran, das Zimmer wortlos zu verlassen, um das beschissene Schweigen zu beenden, da sagte er unvermittelt: »Das tut mir leid.«

Irritiert sah ich ihn an. Seine Miene war betrübt, regelrecht mitleidig. »Was tut dir leid?«

»Dass dein Vater so ein Arschloch war. Okay, das mit deinen Brüdern war mies, aber ... na ja. Kein Teenager sollte das Gefühl haben, so was tun zu müssen, damit der eigene Vater einen nicht hasst.«

Ich zuckte mit den Schultern. Das Mitgefühl in Leons Worten war nur schwer zu ertragen. Er sollte mich nicht für bemitleidenswert halten, verdammt, so tief war ich noch nicht gesunken. »Können wir über was anderes reden?«

»Klar, sorry. Was meinst du – wäre ein Jammer, den Whirlpool nicht auszuprobieren, oder?«

Ich lächelte erleichtert. »Meine Rede. Ich kümmere mich um das Wasser, wenn du den Wein aufmachst.«

Gesagt, getan. Ich ließ die Wanne volllaufen, warf einige Holzscheite in den Ofen, um den Whirlpool zu beheizen, und legte regelmäßig nach. Knapp zwanzig Minuten später hatte die Wassertemperatur angenehme dreißig Grad erreicht und eine dichte Dampfwolke waberte verlockend über der Wanne.

»Können wir?« Leon stand hinter mir in der Tür, nur ein Handtuch um die Hüften, in der Hand die offene Flasche Rotwein.

»Denk schon. Du kannst es ja mal testen.«

Er grinste, huschte über die kalte Terrasse zur Wanne und befreite sich aus dem Handtuch. Zögerlich tauchte er erst einen Zeh, dann den ganzen Fuß ins Wasser und ließ sich mit einem genüsslichen Stöhnen hineingleiten. »O ja, das ist perfekt.« Er platzierte die Weinflasche auf dem Brett über der Sitzbank, schaltete die Sprudelfunktion ein und grinste. »Worauf wartest du noch?«

Ich beeilte mich, im Bad aus Hemd und Anzug zu schlüpfen, frisierte mein Haar, kaschierte die wenigen Flecken im Gesicht mit Concealer und betrachtete prüfend meinen nackten Körper im Spiegel. Doch, das konnte sich definitiv sehen lassen.

Wie zuvor Leon schlang ich mir eines der großen Handtücher um die Hüften und machte mich auf den Weg zur Veranda, als ich mein Handy vibrieren hörte. Es steckte noch in meiner Jacketttasche. Unschlüssig zog ich es heraus und las Nadines Namen auf dem Display.

Ich zögerte, nahm aber schließlich an. »Ja?«

»He, ist alles okay?« Im Hintergrund vernahm ich gedämpfte Musik und Stimmen. »Du warst plötzlich weg.«

»Alles gut«, erwiderte ich. »Leon und ich sind hoch ins Chalet gegangen. Wir machen uns hier noch einen schönen Abend.«

»Ist was passiert? Jan wollte mir nicht sagen, was los ist.«

»Nein, es ist nichts. Vince ist Leon auf die Nerven gegangen und hat seine üblichen Sprüche

157

rausgehauen. Wir haben einfach ein bisschen … Ruhe gebraucht. Zeit für uns. Ich hoffe, du bist mir deswegen nicht böse.«

»Ach was, amüsiert euch gut. Kommt ihr morgen zum Brunch? Ab zehn Uhr.«

»Mal sehen«, wich ich aus. »Mach dir keine Sorgen, Naddie, okay? Es ist deine Hochzeit. Genieß die Feier und hab Spaß.«

»Mach ich.« Jetzt hörte ich sie durchs Telefon lächeln. »Euch noch einen schönen Abend. Ach, und Adrian: Leon ist echt klasse, ich mag ihn. Ihr seid ein tolles Paar.«

Ich blinzelte. Da war dieser merkwürdige Stich in meiner Brust, der mir für einen Moment den Atem raubte. »Danke«, stieß ich hervor. »Mach's gut, feiert noch schön.«

Ich legte auf und holte tief Luft.

Nur ein Spiel. Kontrolle, Adrian. Reiß dich zusammen.

Ich schob die Verandatür auf und trat nach draußen. Die Kälte boxte mir regelrecht ins Gesicht und meine nackten Füße brannten auf dem eisigen Holz.

Ich legte ein paar Scheite im Ofen unter der Wanne nach und tauchte zufrieden neben Leon ins warme Wasser. »O. Mein. Gott.«

»Perfekt, oder?«

»Allerdings.«

Leon nahm einen Schluck aus der Weinflasche und reichte sie mir.

»Wir trinken aus der Flasche?«

Leon verdrehte die Augen. »Willst du rausgehen und Gläser holen?«

»Nein, garantiert nicht.« Ein 2017er Pinot Noir – kein schlechter Tropfen. Reife Kirschen mit einem Hauch von Zitrusfrüchten.

Eine Weile saßen wir einfach nur schweigend nebeneinander, die Augen geschlossen, tranken Wein und genossen stumm die Hitze des Wassers.

Als ich die Augen wieder aufschlug, um erneut nach der Flasche zu greifen, stellte ich fest, dass Leon mich mit einem süffisanten Lächeln auf den Lippen musterte. Ich trank einen Schluck und reichte ihm den Rotwein weiter. »Was?«

»Nichts.« Er rutschte auf der Sitzbank in meine Richtung, bis sich unsere Hüften berührten. »Ich hab nur festgestellt, dass du scharf bist.«

»Was du nicht sagst.«

Er lachte. »Das wäre eine gute Gelegenheit für ein Gegen-Kompliment gewesen, aber die Chance hast du verpasst.«

»Ich hol's nach.« Ich betrachtete Leon einen Moment und fuhr mit den Fingerspitzen seinen Nacken und sein Brustbein entlang, bis zur Wasserober-fläche. »Ich bin lernfähig, also … deine Regeln?«

»Hm. Der Deal gilt für ein Wochenende und ich wüsste nicht, was dagegen spricht, meinen Freund scharf zu finden.«

»Ich hatte gehofft, dass du das sagst.« Ich zog seinen Kopf zu mir und presste meine Lippen hungrig auf seine. Er erwiderte den Kuss, ließ seine Hände über meine Brust und tiefer gleiten. Fuck, das war perfekt. Unsere kleinen Sexspiele im Büro waren heiß, kein Zweifel, aber das hier, das war die Königsklasse.

Unser Kuss wurde intensiver, fordernder. Leon drängte sich gegen mich, fuhr mit der Hand in meinen Schritt und streichelte meinen Schwanz, der im Nu hart wurde. Ich stöhnte in unseren Kuss und zog Leon auf mich, bis er direkt auf meinem Schoß saß. Seine Erektion drückte gegen meine und ich hätte ihn am liebsten sofort rücklings gegen die Wand des Whirlpools gepresst. Nein, heute nicht. Heute hatten wir Zeit.

Seine Lippen verließen die meinen, er küsste meinen Nacken und meine Brust. Ich schloss die Augen, tauchte meine Hand unter Wasser und begann ihm langsam, aber intensiv, einen runterzuholen.

Er keuchte, seine Stimme erklang ganz nah an meinem Ohr, bereits rau von Erregung. »Gott, ja. Mach weiter.«

Ich küsste ihn erneut und verschloss seine Lippen mit meinen. Er nahm den Rhythmus meiner Bewegung auf, drängte sich gegen mich. Ich streichelte unter Wasser seine Hoden, massierte die Eichel mit dem Daumen, bis er mir vor Erregung fast die Lippe abbiss.

»Fuck.« Er hielt inne und leckte mit der Zungenspitze über die empfindliche Stelle unter meinem Ohr. »Mach so weiter und wir veranstalten hier gleich eine ziemliche Sauerei.«

»Wär unfair gegenüber dem Reinigungspersonal, oder?«

»Also ... Schlafzimmer?«

»Hm.« Ich biss ihn ins Ohrläppchen. »Noch fünf Minuten.«

»Okay.« Wir versanken in einem weiteren langen Kuss, streichelten einander unter Wasser und heizten uns gegenseitig an. Ob auf dem Balkon meines Penthouse' ein Whirlpool Platz hatte? Ich sollte definitiv darüber nachdenken.

»Ich behaupte, das waren fünf Minuten«, brummte Leon und löste sich von mir. »Keine Lust mehr zu warten.«

Er stand auf, nahm noch einen Schluck Wein und kletterte mit der Flasche in der Hand aus der Wanne. Es schauderte ihn. »Fuck, ist das kalt.« Er griff nach dem Handtuch, rubbelte sich notdürftig trocken und zwinkerte mir zu. »Ich warte drinnen auf dich.«

Ich gönnte mir noch ein paar Augenblicke und stieg dann ebenfalls aus dem warmen Wasser. Scheiße, es war wirklich kalt. Hastig schaltete ich die Massagedüsen ab, überbrückte die wenigen Meter bis zur beschlagenen Verandatür und huschte hinein. Drinnen war es angenehm warm und der Duft von Holz und Rauch hing in der Luft. Ich trocknete mich ab, warf das Handtuch auf den Diwan und kramte aus meiner Tasche Kondome und Gleitgel – man war ja vorbereitet. Drüben im Schlafzimmer lag Leon bereits nackt auf dem Bett, die Hand zwischen seinen Beinen, und ich zögerte keinen Augenblick, um mich auf ihn zu werfen. Ich küsste ihn heftig, schob meine Zunge in seinen Mund und fuhr mit den Händen gierig über seinen schlanken Oberkörper.

Er löste sich aus dem Kuss, drückte seine Hüften und seinen harten Schwanz gegen mich und raunte mir ins Ohr: »Fick mich. Bitte.«

Sein Betteln machte mich extrem an – aber ich war noch nicht bereit, ihm seinen Wunsch zu erfüllen. Wir hatten Zeit.

»Sei nicht so ungeduldig.« Ich stemmte mich auf alle viere, fuhr mit den Lippen über seine Brust und seinen Bauch und nahm seinen Schwanz in den Mund. Ich ließ mir Zeit, massierte mit Druck Leons Damm und seine Rosette. Er wimmerte, bäumte sich unter mir auf. Gott, das war geil. So viel intensiver als die schnellen Nummern nach Feierabend. Es kam meiner Vision schon verdammt nahe, auch wenn wir hier kein Spielzeug zur Verfügung hatten. Schade eigentlich.

Ich griff nach dem Kondompäckchen und riss es demonstrativ vor Leons Augen auf. »Deine Regeln. Wie willst du's?«

»Genau so«, raunte er, zog eines der Kissen heran und schob es sich unters Becken. »Also, worauf wartest du noch?«

Langsam, genüsslich zog ich mir das Kondom über und ließ ihn dabei zusehen. »Mit oder ohne Gleitgel?«

Er zögerte kurz. »Mit. Und jetzt fick mich. Bitte.«

»Na schön.« Ich beugte mich über ihn, küsste ihn heftig und spreizte seine Oberschenkel mit meinem Körper. Ich trug eine kleine Menge Gleitgel auf meine Finger auf, rieb mir damit über den Schwanz und befeuchtete Leons Eingang. Er stöhnte zufrieden, bot sich mir an. Fuck, ich hatte keinen Bock mehr, zu warten. Ich nahm ihn, schnell und hart, meinen Körper eng an seinen gepresst. Leon schrie seine Lust hinaus, grub die Fingernägel in meine Schultern und stieß dagegen. Seine Erektion drückte hart gegen meinen Bauch. Ich lehnte mich an seine angezogenen Beine, presste die Lippen hungrig auf seine und schob meine Zunge in seinen Mund. Ich wollte ihn, alles, seine Lippen, seinen Schwanz, seinen engen Hintern. Und vor allem wollte ich ihn vor Lust schreien hören. Es sollte nicht weniger sein als der beste Fick seines Lebens.

Leon stöhnte laut in meinen Kuss. Er fuhr mit den Händen über meine Brust und ich spannte für ihn die Muskeln an. Ich drosselte mein Tempo, streichelte Leons Schwanz und seine Hoden.

Kontrolle. Erfüllung versprechen, nicht einhalten. Bloß nicht zu früh kommen.

Das war keiner dieser hektischen Quickies auf meinem Schreibtisch, wo es nicht darauf ankam, durchzuhalten. Langsame, tiefe Stöße, dann wieder schneller. Seine Prostata so lange reizen, bis er es vor Lust kaum noch aushielt und mich anbettelte, es zu Ende zu bringen.

Fuck, ich war selber schon so geladen.

Nein. Nein, zu früh. Kontrolle, Adrian, verdammt.

Ich holte tief Luft, lenkte meine Lust in andere Bahnen, da zog Leon meinen Kopf zu sich. Er grub die Finger in mein Haar und küsste mich intensiv. »Scheiß drauf«, flüsterte er, als hätte er meine Gedanken gelesen. »Spritz ab, wenn du willst. Du musst hier niemandem etwas beweisen, ich will einfach nur ficken.«

Verdutzt blickte ich ihn an und Leon lachte. »Warte, ich hab ne Idee.« Er richtete sich auf und zog mich zur Seite, bis ich neben ihm auf dem Rücken lag.

»Was hast du –?«

»Shht.« Er setzte sich über mich und kniff mich behutsam in eine Brustwarze. »Das wird dir guttun, glaub mir.«

Ich ließ ihn gewähren. Er massierte meinen Schwanz und nahm ihn schließlich in sich auf. Jetzt war mir klar, was er meinte – plötzlich musste ich ihm die Kontrolle überlassen, die Geschwindigkeit, die Tiefe. Das war ungewohnt, aber verdammt geil. Ich packte ihn um die Hüfte, bewegte mich mit ihm und gab mich seinem Rhythmus hin. Ich umfasste seinen Schwanz, rieb ihn mit festem Griff, während er mich weiter ritt. Ich war schon kurz davor, sehnte mich nach der Erlösung. Leon richtete sich über mir auf, sein Gesicht vor Anspannung und Lust gerötet. »Willst du kommen?«

Ich nickte nur stumm, packte seine Pobacken und der Höhepunkt war so heftig, dass ich nach Luft schnappen musste. Leon blieb auf mir sitzen, ein Grinsen auf den Lippen, und führte meine Hand erneut zu seinem Schwanz. Den Gefallen tat ich ihm und sah zufrieden zu, wie er stöhnte, die Muskeln anspannte und sich schließlich über meine Finger und meinen Bauch ergoss. Eine Weile verharrten wir beide keuchend in unserer Position, ehe sich Leon aufs Bett fallen ließ. Sein Körper an meinem war warm und verschwitzt und duftete nach Schweiß und Sex.

»Ich geh duschen«, raunte er mir zu und grinste. »Heizen wir den Whirlpool danach noch mal an?«

164

Ich lachte atemlos. »Gerade hab ich eher das Bedürfnis nach einem Eisbad. Aber klar. Warum nicht?«

Kapitel Acht

Natürlich führte die zweite Runde Whirlpool unweigerlich dazu, dass wir erneut die Finger nicht voneinander lassen konnten. Diesmal hüllten wir uns allerdings vor dem Kamin in warme Decken und brachten uns mit Zunge und Fingern zum Höhepunkt.

Adrian wirkte eigentümlich entspannt, als wir uns danach in die Daunenbettdecken schmiegten. Ein ungewohnter Anblick. Bei ihm hatte ich das Gefühl, dass er ständig unter Strom stand und nicht einmal beim Sex wirklich in der Lage war, abzuschalten. Nachdem wir uns entschieden hatten, ein zweites Mal in den Whirlpool zu steigen, hatte sein erster Blick im Bad dem Spiegel gegolten, um seine Frisur zu richten. Er tat das nicht für mich, davon war ich überzeugt. Er wusste, dass mir solche Kleinigkeiten nichts bedeuteten. Er tat es für sich. Für das Gefühl von Perfektion und Kontrolle. Und weil er sich nun einmal verdammt gern im Spiegel betrachtete.

Trotz des Zwischenfalls mit Vincent war ich mit dem Ausgang des Abends zufrieden. Von Adrian große Sprünge in puncto Mitgefühl zu erwarten, war utopisch, aber immerhin hatte er meine Grenzen akzeptiert und sich entschuldigt, nachdem er zu weit gegangen war. Dennoch grübelte ich immer noch über dieser merkwürdigen Wette. Warum hatte es Adrian so viel bedeutet, die Sticheleien seines Bruders zu entkräften? Steckte mehr dahinter, als ich sah? Oder interpretierte ich zu viel in das Ganze hinein und es war Adrian letztlich doch nur darum gegangen, recht zu behalten? In irgendetwas zu verlieren – egal ob im Job oder privat – war einfach nicht seine Stärke.

Ich zog mir die Decke bis zur Nasenspitze und schloss die Augen. Wie auch immer. Ich hatte meinen Spaß gehabt und es würde mir dennoch nicht schwerfallen, am Montag wieder in den Kollegenmodus zu schalten. Der Rest war unerheblich.

Im Halbschlaf musste ich an den Brautstrauß denken und grinste. Tobi würde Augen machen, wenn ich ihm davon erzählte. Wobei … Plötzlich kam mir ein Gedanke. Wir hatten nie explizit darüber gesprochen, nur manchmal im Scherz, aber warum eigentlich nicht? Ich liebte Tobi, ein Leben ohne ihn war für mich unvorstellbar geworden. Wir brauchten keine Eheringe, um uns dessen sicher zu sein, aber so eine Hochzeit war schon nett, irgendwie. Die meisten Freunde behaupteten ohnehin, wir verhielten uns wie ein altes Ehepaar. Nach vierzehn Jahren gar nicht so abwegig. In meinem Kopf baute sich ein Szenario auf. Ein schönes Abendessen, ein gemeinsamer Spaziergang und dann, zuhause,

Kerzenlicht und ein furchtbar kitschiger Antrag auf den Knien. Ja, doch das klang verlockend.

Andererseits ... wir hatten nie zusammen Hochzeitspläne geschmiedet, zumindest nicht ernsthaft. Was, wenn ich Tobi damit überfiel? Ihn zu einer Entscheidung drängte? Das war garantiert nicht meine Absicht. So wichtig war mir ein Eheversprechen auch wieder nicht.

Gut, vielleicht eine Spur kleiner. Ein schönes Abendessen und danach würde ich ihn ganz unverbindlich fragen, was er von der Idee hielt. Ohne Kniefall, Ring und all den Kitsch. Tobi war sowieso mehr der bodenständige Typ und ich auch. Nächstes Wochenende vielleicht? Es gab sicher ein nettes Restaurant, in das ich ihn am Samstagabend ausführen konnte. Mein Herz pochte schneller bei dem Gedanken. *Mein Ehemann.* Ich ließ mir das Wort auf der Zunge zergehen. Ja, es passte. Es stimmte. Es fühlte sich richtig an.

———————◆▶▶◀◀◆■———————

Als ich am nächsten Morgen aufwachte, weil die Sonne hell durch die dünnen Gardinen schien, war Adrian schon wach und nutzte den Wohnzimmerteppich für Sit-ups. Ich schüttelte ungläubig den Kopf. Vor der ersten Tasse Kaffee war ich zu nichts zu gebrauchen, schon gar nicht am Sonntag, und der Kerl riss eben fünfzig Sit-ups und Liegestützen runter. Grob geschätzt.

»Morgen«, brummte ich und rieb mir die Augen. »Kann ich ins Bad?«

Adrian setzte sich auf, ließ seine Schultern kreisen und nickte. »Sicher. Ab zehn gibt es Brunch
unten im großen Chalet, falls du willst.«

»Hm.« Ich dachte an den gestrigen Abend und an
Vincents unangenehme Fragen. »Hält sich in Grenzen. Wir können auch fahren, wenn du willst. Und
unterwegs irgendwo was essen.«

»Wäre mir tatsächlich lieber. Dann sag ich nur
rasch Nadine auf Wiedersehen und wir machen uns
auf den Heimweg.« Er sah mich mit einem undurchdringlichen Ausdruck an. Irgendwas war
seltsam an ihm seit gestern Abend, ich konnte den
Finger aber nicht darauf legen. Der Adrian, den ich
aus der Kanzlei kannte, trug stets diese kühle Ver-
achtung zur Schau, die er mit einer guten Portion
Sarkasmus garnierte. Selbst bei unseren Feier-
abend-Ficks hatte er stets emotionale Distanz
gewahrt. Diese Fassade war gestern gebröckelt,
zumindest ein wenig. Adrian hatte sie, so gut es
ging, repariert, aber ganz hatte er noch nicht zu
seiner alten Form zurückgefunden. Was auch
immer sein Bruder zu ihm gesagt hatte, es musste
tiefer eingeschlagen haben, als ich nachvollziehen
konnte.

»Sie mag dich übrigens«, warf Adrian unvermittelt ein. »Nadine, meine ich. Sie sagt, wir gäben
ein tolles Paar ab.«

Ich runzelte die Stirn. »Warum erzählst du mir
das?«

»Hat sie mir gestern am Telefon gesagt.« Er stand
auf und streckte sich. Natürlich trug er nur Shorts

und präsentierte mir so seinen gestählten Oberkörper. »Ich dachte, es interessiert dich.«

Ich zögerte und blieb im Türrahmen zum Badezimmer stehen. »Adrian – nur zur Sicherheit. Dir
ist klar, dass wir kein Paar sind und dass wir ab
morgen einfach wieder Kollegen sein werden?«

Er rümpfte die Nase. »Klar. Was denkst du denn?
Dass ich dir einen Antrag mache?«

»Ich mein ja nur. Das war der Deal. Ein Wochenende.«

»Ist mir klar.« Er wechselte von den Sit-ups zu
Dehnübungen und beachtete mich nur mit einem
halben Auge. »Sonst noch was?«

»Nein, schon okay. Ich … geh duschen.«

Gott, der Kerl war echt undurchsichtig wie eine
Wand. Manchmal fragte ich mich tatsächlich, ob es
hinter dieser kühlen, kontrollierenden Fassade noch
einen anderen Adrian gab. Vielleicht den, den ich
gestern Abend für ein paar Augenblicke erlebt hatte.

Ich stieg in die Dusche, drehte das Wasser auf
und wusch mir die Haare. Während ich meine Gedanken kreisen ließ, fiel mir die Geschichte wieder
ein, die Vincent mir erzählt hatte. Auch in der Kanzlei gab es Gerüchte, dass Adrian einige vielver-
sprechende Kandidaten für Partnerposten im Laufe
der Jahre ausgestochen hatte, weil sie ihm nicht
passten oder ihn nicht gut aussehen ließen. Manchmal fragte ich mich, ob mir dasselbe Schicksal
geblüht hätte, wenn wir uns nicht irgendwann näher
gekommen wären. Adrian sah offenbar keine Konkurrenz in mir. Lag das daran, dass er mittlerweile

beim Partnerstatus angekommen war und nichts mehr zu befürchten hatte? Oder dachte er wirklich, er hätte mich unter Kontrolle?

Seufzend schäumte ich meine Haare ein. Nein, ehrlich gesagt überraschte es mich nicht, dass Adrian bisher keine längere Beziehung in seinem Leben geführt hatte. Er konnte charmant sein, sehr sogar, er war heiß, gut im Bett und in kleinen Dosen fand ich seinen sarkastischen Humor unterhaltsam. Doch wirklich geborgen fühlte ich mich in seiner Nähe nicht. Ich konnte nie mit Gewissheit sagen, ob er mit mir spielte, ob er meine Grenzen austestete oder ob ihm etwas tatsächlich wichtig war. Eine Beziehung mit ihm musste sich wie ein ständiger Kampf anfühlen – außer, er fand jemanden, der ihm vollkommen hörig war. Und die Vorstellung klang ziemlich gruselig.

Ich spülte das restliche Shampoo aus meinen Haaren, trocknete mich ab und föhnte mir die Haare, ehe ich in frische Klamotten schlüpfte. Für die Heimfahrt würden Jeans und Pullover genügen.

Adrian hatte seine Trainingseinheit mittlerweile beendet und löste mich wortlos im Bad ab. Erwartungsgemäß brauchte er deutlich länger als ich, sodass ich mich irgendwann mit meinem Handy und einer warmen Decke auf die eisige Veranda hinaussetzte und die frische Luft genoss. Es war sonnig und klirrend kalt, einzelne Nebelschwaden hingen zwischen den Berggipfeln und die Bäume und Wiesen waren mit einer Schicht aus Raureif überzogen. Ich schoss ein Foto mit der Handykamera, um es Tobi zu schicken.

Wir machen uns demnächst auf den Weg, schrieb ich ihm. *Ich sollte also am Nachmittag wieder in MÜ sein. Ich ruf dich an, wenn ich da bin. Du fehlst mir.*

Die Antwort kam nur wenige Augenblicke später. *Komm gut heim. Vermiss dich auch. :-**

Ich lächelte versonnen. Nächstes Wochenende. Klare Sache.

»Dein Liebster?« Adrian stand in der Tür, fertig angezogen in Hemd und Jeans.

Ich nickte. »Hab ihm nur Bescheid gesagt, dass wir gleich losfahren. Meinetwegen können wir übrigens, ich hab alles.«

Schweigend packten wir unsere Sachen, nahmen noch einmal prüfend die ganze Hütte in Augenschein und schlenderten dann den Weg hinunter. Geschneit hatte es nicht mehr, dafür war es zu kalt. Sicher einige Grad unter null. Ein Eichhörnchen verschwand über uns im Geäst der Bäume, sonst war nichts und niemand zu sehen, ehe wir die übrigen Chalets erreichten. Ein paar Kinder tollten draußen herum, ich erkannte Kim wieder, Vincents Tochter, und den Neffen des Bräutigams. Wir verstauten gerade das Gepäck in Adrians Wagen, als ich eine überraschte Stimme hinter uns hörte: »Ihr fahrt schon?«

Nadine kam auf uns zu, eine Zigarette in der Hand. Sie hatte ihr Hochzeitskleid gegen ein knielanges Wollkleid mit dicker Strumpfhose und Stiefeletten getauscht, darüber trug sie einen gefütterten Anorak.

Adrian wandte sich zu ihr um. »Ja, wir wollen so früh wie möglich zuhause sein, damit wir noch ein paar Stunden Freizeit haben vor Montag. Wird wieder 'ne stressige Woche.«

»Ja, verstehe.« Sie drückte ihre Zigarette aus, steckte sie ein und kam die Stufen zum Parkplatz hinunter. »Schade, dass wir nicht mehr Zeit hatten. Ich hätte gerne noch ein bisschen gequatscht. Man sieht dich ja so selten.«

Adrian zuckte mit den Schultern. »Viel zu tun.«

»Klar.« Ihr Blick wurde unvermittelt ernst. »Hör mal, ich … weiß nicht genau, was da gestern vorgefallen ist, aber … ich hoffe, du bist nicht sauer wegen irgendetwas?«

»Nicht auf dich«, versicherte Adrian. »Es war was zwischen Vince und mir. Ich wollte dir nicht den Abend versauen, also dachte ich, so wär's das Beste.«

Sie nickte abwesend und schenkte uns beiden schließlich ein Lächeln. »Es hat mich trotzdem sehr gefreut, dass ihr da wart. Vielleicht habt ihr ja Lust, im Winter mal vorbeizukommen? Für ein Skiwochenende oder so? In ein paar Wochen wird unser Haus fertig, dann haben wir ein großes Gästezimmer.«

»Ich hab's nicht so mit Skifahren«, wich Adrian aus. »Aber apropos Urlaub … Hat Vince unser Geschenk überreicht?«

»Hat er.« Nadine strahlte. »Danke dafür, wir werden das Geld stilvoll auf den Kopf hauen. Nun ja, ich hoffe, ihr hattet trotz allem einen schönen Abend? Das Chalet ist echt nett, finde ich. Habt ihr den Whirlpool ausprobiert?«

»Wir konnten nicht widerstehen«, antwortete ich grinsend. »Allein der wäre es wert, noch einmal wiederzukommen.«

»Ihr seid jederzeit willkommen«, versprach Nadine. An ihren Bruder gewandt fügte sie hinzu: »Nimm das nicht zu ernst, was Vince sagt, okay? Du weißt, wie er ist. Er liebt es, sich über andere lustig zu machen.«

Adrian nickte. »Allerdings. Na ja, wenn's gut läuft, muss ich ihn jetzt bis zur nächsten Hochzeit oder Beerdigung nicht mehr sehen. Oder zumindest bis zur nächsten Taufe.«

Nadine grinste. »Mal sehen, wer schneller ist. Ihr wollt wirklich nicht mitkommen zum Brunch?«

»Nein, wir machen uns auf den Weg.« Er reichte Nadine den Schlüssel zum Chalet. »Ist besser so. Ich hab keinen Bock auf Vincent.«

Nadine wirkte enttäuscht, nickte aber tapfer. »Okay. Na ja, meld dich mal. Wär schön, dich nicht nur alle heiligen Zeiten auf Familienfeiern zu sehen.« Sie zog ihren Bruder an sich und wandte sich anschließend mir zu, um mich ebenfalls zu umarmen. »Es hat mich sehr gefreut, dich kennenzulernen. Ich hoffe, wir sehen uns bald wieder.« Sie knuffte mich sacht in die Seite. »Vielleicht bringst du Adrian ja dazu, mal anzurufen, du scheinst einen guten Einfluss auf ihn zu haben.«

Adrian hob die Augenbrauen. »So?«

»Auf jeden Fall.« Sie musterte ihren Bruder mit einem wissenden Lächeln. »Du hast so entspannt gewirkt gestern, das kenne ich sonst gar nicht von dir. Ich meine«, sie senkte verlegen den Kopf, »ich weiß, dass diese Feiern nicht leicht für dich sind und wie ätzend unsere Verwandtschaft sein kann. Es bedeutet mir viel, dass du da warst. Ehrlich.«

Adrian winkte ab. »Schon gut. Genießt den Tag und sag deinem Mann schöne Grüße.«

»Gerne.« Sie hauchte Adrian einen Kuss auf die Wange. »Mach's gut.« Sie winkte mir zu und ging dann die Treppe hinauf in Richtung Chalet.

»Sie ist nett«, bemerkte ich und stieg auf den Beifahrersitz. »Bist du sicher, dass ihr verwandt seid?«

Adrian schnaubte. »Soll ich ehrlich sein? Das hab ich mich auch schon gefragt.« Er ließ den Motor an, programmierte das Navi und fuhr vom Parkplatz. Ramsau wirkte heute, am Sonntag, noch verlassener als tags zuvor. Ein paar Familien machten einen Spaziergang, einige Seniorinnen starteten zu einer Wanderung und andere führten ihren Hund Gassi, aber sonst war kaum etwas los.

Ich betrachtete Adrian von der Seite und dachte an Nadines Worte: *Du scheinst einen guten Einfluss auf ihn zu haben.* Dann hatte ich mir das also nicht eingebildet. Schade, dass ich keine Gelegenheit gehabt hatte, länger mit Nadine zu plaudern. Es hätte mich brennend interessiert, was sie über Adrian zu erzählen hätte. Auch, wenn das reine Küchenpsychologie war, konnte ich mir vorstellen, dass sie als Nesthäkchen und einziges Mädchen unter den Geschwistern eine besondere Rolle eingenommen hatte. Ohne den ständigen Konkurrenzdruck und das Imponiergehabe zwischen den Brüdern. Immerhin praktizierten sie das offensichtlich bis heute, obwohl sie längst erwachsen waren und auf eigenen Füßen standen.

Nicht, dass ich das irgendwie hätte nachempfinden können. Ich hatte keine Geschwister, und die Beziehung zu meiner Mutter und meinen Großeltern war immer sehr harmonisch gewesen. Sogar mein grummeliger Großvater hatte mir nach meinem Coming-out die Hand auf die Schulter gelegt und gesagt: »Junge, wir wollen, dass du glücklich bist. Egal, wen du liebst.«

Bei Tobi war es ähnlich. Ich mochte seine Eltern und ich hatte manchmal das Gefühl, dass sie in mir so etwas wie einen zweiten Sohn sahen. Sein Papa rief mich regelmäßig an, wenn er juristische Fragen hatte – meist ging es dann um ein Blitzerfoto oder einen Strafzettel. Tobi und ich hatten schon mehrfach versucht, ihm zu erklären, dass ich nicht so ein Anwalt war, aber meistens konnte ich ihm doch irgendwie weiterhelfen.

Adrian drehte das Radio etwas lauter und so saßen wir wortlos nebeneinander. Erst kurz vor Salzburg brach Adrian das Schweigen mit nur einem einzigen Wort. »Danke.«

Ich sah ihn von der Seite an. »Wofür?«

»Na ja, dafür, dass du mitgekommen bist. Allein wär ich vermutlich durchgedreht. Oder gar nicht erst her gefahren.«

»Gern geschehen. Es war nett. Aber so bald wiederholen wir das hoffentlich nicht.«

»Nein.« Er verzog das Gesicht zu einem bitteren Lächeln. »Keine Sorge.«

Ich musterte ihn kritisch von der Seite. Seine Miene hatte wieder diesen kühlen, undurchdringlichen Ausdruck angenommen, den ich von ihm gewohnt war. Gott, der Kerl war echt anstrengend. Ich wusste nie, ob er seine Worte wirklich so meinte, wie er sie aussprach, oder ob sein Zynismus nur dazu diente, seine wahren Gefühle zu überspielen.

Was soll's, dachte ich bei mir und aktivierte die Sitzheizung, um ein bisschen zu entspannen. *Er ist erwachsen und ihr seid nicht einmal wirklich befreundet. Du bist nicht für ihn verantwortlich. Also, lass es gut sein.*

Wir stoppten zwischendurch an einer Raststätte, um dort zu frühstücken, und am frühen Nachmittag war ich schließlich wieder in meiner Wohnung. Ich packte meinen Koffer aus und setzte mich danach mit einer großen Tasse Kakao aufs Sofa. Manuela war ausnahmsweise gestern zum Putzen da gewesen und die Wohnung war picobello sauber. Was für ein Luxus – um nichts in der Welt hätte ich jetzt noch einen Staubsauger in die Hand genommen. Da wäre ich lieber an meinem eigenen Dreck erstickt.

Mit der Tasse neben mir rief ich Tobi an und schaltete auf Lautsprecher.

»Na«, fragte er, »wieder zuhause? Wie lief's?«

»War okay«, antwortete ich. »Weniger seltsam als gedacht. Wobei, na ja, ein paar Sachen waren schon schräg.«

»Zum Beispiel? Erzähl, ich bin neugierig.«

Kurz berichtete ich Tobi vom Streit zwischen Adrian und seinem Bruder und der seltsamen Wette, von der er mir nichts erzählt hatte.

»Du weißt schon, wie solche Geschichten normalerweise enden, oder?«, feixte Tobi, als ich fertig war. »Diese romantischen Komödien mit den Wetten …?«

Ich lachte. »Keine Chance. Wir hatten ein nettes Wochenende, aber unbedingt wiederholen muss ich das nicht. Apropos Wochenende: Du kommst am Freitag?«

»Jupp, das ist der Plan. Wie üblich irgendwann am späten Nachmittag.«

»Perfekt.« Mein Herz vollführte einen kleinen Sprung in meiner Brust. Ja, ich wollte es immer noch durchziehen. Unbedingt. »Was hältst du davon, wenn wir Samstagabend essengehen?«

Er lachte. »Schon wieder? Wobei, deine letzte Wahl war gut, das Thai-Restaurant war echt klasse.«

»Ich dachte nur. Dann müssen wir nichts kochen und könnten nachher vielleicht noch weggehen. Tanzen oder so. War ich ewig nicht mehr.«

»Ich auch nicht.« Er lachte. »Hier im Allgäu gibt's sowieso nur Bauerndiskos, und wenn ich Pech habe, treffe ich noch meine Schüler in der Kneipe, das ist eher hinderlich.«

Ich gluckste. »Vor allem, wenn du jemanden aufreißen willst, was?«

»Allerdings. Ich bin für alles offen, essengehen klingt gut und tanzen auch.«

»Prima. Hast du irgendeinen Wunsch, was das Restaurant angeht?«

»Überrasch mich. Dir fällt bestimmt was ein.«

Ich grinste breit und das Kribbeln in meiner Brust wurde stärker. Nur noch fünf Tage. Hoffentlich ging die Woche schnell vorüber.

Kapitel Neun

Montagmorgen hatte sich schon lange nicht mehr so beschwerlich angefühlt. Ich brauchte eine Ewigkeit, um in die Gänge zu kommen, und selbst die morgendliche Tasse Kaffee und ein paar Fitnessübungen halfen nicht.

Leon. Er spukte durch meine Gedanken, jede verdammte Sekunde, und hatte mich stundenlang wachgehalten. Eigentlich war die Sache doch klar, oder nicht? Das Wochenende war vorbei, er hatte seinen Teil der Abmachung eingehalten und ich würde beim nächsten Meeting meinen Teil erfüllen und Leon mit etwas mehr Nachdruck als Partner ins Gespräch bringen. Das war sowieso keine große Sache, er war der aussichtsreichste Kandidat, da musste ich nicht viel nachhelfen. Und dennoch ließ er mich nicht los.

Mein Hirn hatte sich einen Spaß daraus gemacht und mir all die Szenarien im Kopf vorgespielt, die wir am Samstag erfunden hatten. Ein Wochenende auf meinem Segelboot. Ein gemeinsamer Skiurlaub in einer kleinen Hütte in den Bergen. Ein Nachmittag im Schwimmbad und in der Sauna. Ein verschwitzter Abend im Club, ein paar Drinks und danach hemmungsloser Sex.

Je länger ich darüber nachdachte, desto verlockender fühlten sich diese Gedankenspiele an. Leon kannte meine Arbeit, er würde nicht jammern, wenn ich ein Date verschieben musste oder am Wochenende noch eine Sonderschicht einlegte. Er würde mich nie auffordern, zwischen ihm und meinem Job zu wählen, dafür liebte er die Arbeit selbst zu sehr. Er war witzig, schlagfertig, sah gut aus und es machte Spaß, ihn zu ficken. Ich war es leid, jeden Abend in dieser stillen, einsamen Wohnung zu sitzen und mich allein zu betrinken oder fremde Typen abzuschleppen, an die ich mich sowieso nie erinnern konnte. Leon war perfekt.

Scheiße. Wann war das passiert? Wann hatte ich dermaßen die Kontrolle über meine Gefühle verloren? Nur Sex. Nur ein Wochenende. Was war daran so schwer zu kapieren?

Missmutig betrachtete ich mich im Spiegel, kurz bevor ich ging. Ich sah erbärmlich aus. Die Augenringe konnte nicht einmal der Concealer zuverlässig kaschieren und mein Teint wirkte ungesund und fahl. Großartig. Normalerweise konnte ich meine schlechte Laune, immerhin mit glänzendem Aussehen wettmachen, heute gelang mir nicht einmal das. Egal. Ich musste diesen Idioten in der Kanzlei nichts beweisen. Ich war Teilhaber, ich verdiente mehr als die meisten von ihnen und wenn ich wollte, konnte ich alle, die mir auf die Nerven gingen, im Handstreich aus dem Team werfen.

Ich atmete tief durch, die Finger um den Rand des Waschbeckens gekrallt, und starrte mir selbst ins Gesicht. Spielregeln, Grenzen – pah. Wo blieb da der Spaß? Ich war gewohnt zu kämpfen und zu kriegen, was ich wollte. Und was ich wollte, war Leon. Was hatte ihm sein Freund schon zu bieten? Gut, die beiden waren lange zusammen, aber irgendwann schlich sich garantiert Langeweile ein, Alltagstrott, Sehnsucht nach mehr. Aus welchem Grund hätten sie sich sonst für eine offene Beziehung entschieden?

Wahrscheinlich war das Aufregendste, das sie noch miteinander teilten, der tägliche Klatsch aus dem Büro und Blümchensex am Wochenende. Im Gegensatz zu mir hatte Leons Freund keine Segeljacht und sicher auch nicht das Geld oder die Connections für einen spontanen Luxusurlaub im Spa oder einen Wochenendtrip nach Madrid. Mit dem Chalet am Dachstein und ein paar geschickt platzierten Zugeständnissen hatte ich Leon schon fast in der Hand gehabt, immerhin war von seinem Wir-tun-nur-so-als-ob-Vorsatz am Schluss nicht mehr viel übriggeblieben.

Ich schenkte mir selbst ein siegessicheres Lächeln. Augenringe hin oder her, ich sah immer noch gut aus. Der Anzug saß tadellos, die Frisur war perfekt, und egal, wie müde ich wirkte, die feine Kinnpartie und die markante Stirn verliehen meinen Zügen Kontur. Dieses Spiel würde ich gewinnen. Es war nur eine Frage der Zeit.

Der erste Montag im Dezember. Nachts hatte es ein bisschen geschneit, aber davon war am Montagmorgen nur noch grauer Matsch übrig, der an meinen Schuhen klebte. Keine Spur von Weihnachtsromantik. Als ich die Kanzlei wie üblich gegen neun betrat, winkte Eva mir vom Empfangstresen aus zu.

»Greifrath hat mich gebeten, dir Bescheid zu sagen«, sagte sie und senkte bedeutungsschwanger die Stimme. »Du hast ein Meeting zum Mittagessen, dreizehn Uhr im Café *Callas*.«

Irritiert runzelte ich die Stirn. »Mit Greifrath? Warum –?«

»Mit Greifrath und drei weiteren Partnern.« Sie grinste. »Klingt nach einer Beförderung in Reichweite.«

»Wow.« Ich musste erst einmal meine Gedanken sammeln, ehe ich zu einer geistreicheren Antwort ansetzen konnte. »Das kommt … überraschend. Ich bin gar nicht vorbereitet und –«

»Du machst das schon.« Eva zwinkerte. »Soll ich Greifrath Bescheid geben?«

»Nein, nicht nötig, ich kümmere mich drum. Danke, Eva. Drück mir die Daumen, ja?«

»Wird gemacht. Erzähl mir auf jeden Fall, wie's gelaufen ist.«

»Mach ich. Schönen Tag noch.«

Ich stieg in den Aufzug und fuhr direkt zu Adrians Büro. Er schien beschäftigt, zumindest hörte ich zweierlei Stimmen von drinnen. Gerade beschloss ich, ihn später anzurufen, da ging die Tür auf und Tatjana stürmte heraus. Unsere Blicke trafen sich für einen Moment und ich sah erschrocken, dass ihr Tränen über die Wangen liefen. Noch ehe ich fragen konnte, was passiert war, warf sie die Tür hinter sich zu und verschwand in Richtung Aufzug.

Irritiert blickte ich ihr hinterher, wagte aber nicht, ihr nachzulaufen. Wir waren nicht so besonders eng miteinander und vielleicht fühlte sie sich unwohl, wenn ich ihr auf die Pelle rückte. Ich würde ihr einfach nachher eine Mail schicken, falls sie reden wollte.

Stattdessen klopfte ich an Adrians Tür und trat ein.

»Hab ich mich nicht klar genug ausgedrückt? Sie sollen –« Er sah von seinem Schreibtisch auf und blinzelte. Als er mich erkannte, veränderte sich seine Haltung schlagartig. Er richtete sich auf und strich sich in einer beiläufigen Geste das Jackett glatt. »Oh, du bist's. Ich dachte, Mironova hätte was vergessen.«

»Was ist passiert?« Ich schloss die Tür hinter mir. »Sie hat geweint.«

Adrian zuckte mit den Schultern. »Sie hat Mist gebaut und eine Fristsache übersehen. Jetzt muss ich schauen, wie wir das ausgebügelt kriegen, dabei hab ich sowieso schon genug um die Ohren. So was kann ich in meinem Team nicht brauchen. Wer Mist baut, fliegt raus.«

»Komm schon, gib ihr noch eine Chance. Jeder macht mal Fehler.«

»Nicht bei mir.« Er atmete tief durch und wechselte abrupt das Thema. »Hast du die Einladung gekriegt?«

»Ja, Eva hat's mir gesagt. Das kommt … etwas plötzlich.«

»War eine spontane Idee. Das Mittagessen war schon länger geplant, also hab ich die anderen kurzfristig gefragt, ob du nicht dazukommen kannst. Die Entscheidung soll noch im Dezember fallen und … na ja.« Er lächelte fein. »Ich erfülle meinen Teil der Abmachung.«

»Danke«, erwiderte ich zögerlich. Wie erwartet fühlte sich das Ganze seltsam an. Als hätte ich mir einen unlauteren Vorteil verschafft. Andererseits wollte ich diese Beförderung – und letztlich war es ja nur ein Mittagessen. »Dann sehen wir uns um eins. Soll ich mir diese Fristsache noch einmal ansehen? Vielleicht kann ich was drehen.«

»Wenn du unbedingt willst«, konterte Adrian beiläufig. »Aber ich fürchte, da kommen wir jetzt nicht mehr raus. Bedank dich bei Mironova und ihrer Unfähigkeit.«

Ich biss mir auf die Unterlippe, schluckte einen giftigen Kommentar hinunter, und verabschiedete mich. Adrian konnte so ein Arschloch sein. Wurde man automatisch so, wenn man länger in diesem Job arbeitete? Und wenn ja, wollte ich unter diesen Umständen überhaupt Partner werden? War ich bereit, den Preis zu bezahlen? Meine Knie fühlten sich weich an, als ich in den Aufzug stieg. Diese Zweifel waren neu – und sie verunsicherten mich.

Wahrscheinlich lag es nur daran, dass der Tag der Wahrheit langsam näher rückte und ich kalte Füße bekam. Ich war nicht wie Adrian, und letztlich war es meine Entscheidung, wie ich diesen Job machte und wo ich meine Grenzen setzte.

Statt in mein Büro zu gehen, bog ich links ab und klopfte an Tatjanas Tür. Von drinnen ertönte ein ersticktes »Herein.«

»He.« Ich trat zögerlich ein und schenkte Tatjana ein Lächeln. Sie war am Schreibtisch zusammen-gesunken und sah aus wie ein Häuflein Elend. »Ich war gerade bei Greifrath und er hat mir erzählt, was passiert ist. Wenn du willst, gehen wir das zusammen noch mal durch, vielleicht finden wir eine Lösung?«

Tatjana schniefte. »Das ist lieb von dir, Leon, aber ... ich glaube, das bringt nichts. Greifrath war sehr ... *deutlich,* was das angeht.«

Ich schluckte. »War er arg fies zu dir?«

»Keine Ahnung. Hab's verdient, denke ich. Das war saudumm von mir.«

»Fehler passieren«, tröstete ich sie. »Selbst den Besten unter uns. Also wollen wir's uns gemeinsam ansehen?«

Tatjana lächelte dünn. »Ja, sehr gerne.«

»Dann hol ich uns zwei Kaffee und bin gleich wieder da.«

Um Punkt dreizehn Uhr betrat ich den Windfang im Café *Callas* und hängte meinen Mantel an die

Garderobe. Adrian und drei weitere Partner saßen an einem der Fenstertische. Er war bei Weitem der Jüngste in der Runde; Frau Seifert war Mitte vierzig, Frau Asahara in den Fünfzigern und Herr von Stein hatte die Sechzig hinter sich gelassen und näherte sich dem Ruhestand. Sie alle waren top gekleidet, in Hosenanzug, Stiftrock oder Anzug und Krawatte. Ich nickte schüchtern in die Runde und begrüßte die Anwesenden – auch Adrian – mit Handschlag.

»Schön, dass Sie Zeit haben«, sagte Asahara und lächelte. Sie war schlank und zierlich mit schulterlangem schwarzem Haar, das ihr Gesicht wie ein glatter Vorhang umfing. Ihre schmalen dunklen Augen wirkten aufgeweckt und klug. »Ich denke, es ist kein Geheimnis, dass wir derzeit über Ihre Ernennung zum Partner beraten. Das hat Ihnen Herr Greifrath sicher schon mitgeteilt.«

Ich nickte. »Es ist eine große Ehre für mich, dass Sie mich in Erwägung ziehen.«

»Sie haben in den letzten Jahren hervorragende Arbeit geleistet«, warf von Stein ein. Er war ein dicklicher älterer Herr mit schütterem weißem Haarkranz und einem ebenso weißen Schnauzbart, den man sich gut in Trachtenjanker und Lederhose vorstellen konnte. Der starke oberbayerische Dialekt, den er nie ganz ausschalten konnte, trug auch seinen Teil dazu bei. »Die Abteilung M&A hat der Sozietät in den vergangenen Jahren ein ordentliches Umsatzplus beschert. Nicht zuletzt dank Ihnen. Was Sie da im *BioLogic*-Fall auf die Beine gestellt haben, ist beachtlich.«

Ich spürte, wie ich errötete. Komplimente waren in der Kanzlei ein rares Gut, Adrian ging sehr sparsam damit um. Insbesondere seit wir miteinander schliefen. »Vielen Dank. Ich arbeite gerne für *Greifrath & Löw* und je komplexer die Fälle werden, desto besser gefällt es mir. Ich liebe Herausforderungen.«

»Und das meint er ernst«, ergänzte Adrian und nippte an seinem Wasserglas. »Ich weiß, das erzählen viele junge Anwälte, wenn sie bei uns anfangen, aber bei Herrn Stelzer stimmt es. Er arbeitet effizienter, je schwieriger seine Aufgaben sind.«

Ich wollte etwas erwidern, da trat die Bedienung an unseren Tisch und nahm die Bestellung auf. Ich hatte gar nicht die Zeit gefunden, in die Karte zu gucken, also beließ ich es bei einem Glas Mineralwasser. Ein Mittagessen würde ich gerade sowieso nicht runterkriegen.

Tapfer beantwortete ich die Fragen der Partner, konterte ihre Provokationen so souverän wie möglich und versuchte, einen unverbindlich-professionellen Eindruck zu hinterlassen. Ich wollte mich diesen Leuten nicht anbiedern oder ihnen gar in den Arsch kriechen. Entweder honorierten sie meine Leistungen oder ich verzichtete gerne auf diese Beförderung. Adrian war mir eine große Stütze. Er schüttete keine Lobeshymnen über mich aus, aber erwähnte immer wieder einzelne Erfolge, die ich in seinen Projekten durch Eigeninitiative oder Detailkenntnis erzielt hatte, und er wusste genau, mit welchen Informationen er die anderen Partner locken konnte. Er kannte sie eben besser als ich.

Rund eine Stunde lang stand ich den Anwesenden Rede und Antwort und war danach komplett
schwurbelig im Kopf. Es war anstrengend, im
Gespräch ständig fokussiert zu bleiben und jeden
Satz auf die Goldwaage zu legen. Außerdem fühlte
sich mein Magen flau an. Nachher sollte ich mir
doch noch irgendeine Kleinigkeit zu essen besorgen.

Ich war erleichtert, als von Stein auf die Uhr sah
und feststellte, dass er zügig zurück ins Büro musste, für eine Telefonkonferenz. Die anderen Partner
– außer Adrian – schlossen sich ihm an und verabschiedeten sich höflich.

Asahara sah mir beim Händedruck tief in die
Augen. »Vielen Dank für das Gespräch, Herr
Stelzer. Ich schätze, Sie hören demnächst von uns.«

Ich kam mir vor wie beim Bewerbungsgespräch,
bedankte mich aber höflich. »Sie hören von uns«
konnte alles bedeuten – inklusive der Tatsache,
dass ich nichts hören würde. Egal, ich war zufrieden mit dem Meeting. Wenn meine Arbeit und
meine Fortschritte die Partner nicht überzeugten,
war es eben so. Ich hatte mir nichts vorzuwerfen.

Adrian blieb noch einen Moment sitzen, während der Rest das Café verließ, und nickte mir
aufmunternd zu. »Das lief doch gut.«

»Ja, finde ich auch. Danke für deine Unterstützung, das war echt hilfreich. Ich hab immer ein
schlechtes Gefühl, wenn ich mich selbst loben
muss.«

»Das solltest du ablegen«, erwiderte Adrian und
bestellte ungefragt zwei Gläser Sekt. »Du solltest

wissen, was du kannst und worin du gut bist. Falsche Bescheidenheit bringt dich nicht weiter.«

»Falsche Selbstbeweihräucherung aber auch nicht.«

Adrian lachte. »O doch, glaub mir. Denkst du, die CEOs unserer Mandanten sind da gelandet, wo sie sind, weil sie so ehrlich und selbstkritisch ihre Leistungen begutachtet haben? Garantiert nicht. Leg dir Ellbogen zu, wenn du Partner werden willst. Du bist nicht mehr der kleine Junge vom Land, der allen gefallen muss.«

Ich schwieg und verdrehte die Augen. Adrians Nihilismus konnte echt anstrengend sein. Ja, ich wollte, dass Menschen mich mochten – und? War das so falsch? Ich war nicht bei *Greifrath & Löw* eingestiegen, um das große Geld zu machen oder mit einem teuren Auto durch die Gegend zu cruisen, sondern weil ich die Fälle mochte, die Herausforderungen und das Risiko. Dass ich dabei noch gut verdiente, war ein Bonus.

Die Bedienung brachte die beiden Gläser Sekt und ich beäugte meines kritisch. »Auf nüchternen Magen? Ich weiß nicht …«

»Ach, komm schon. Lass uns anstoßen. Auf deine Beförderung.«

»Bisschen früh oder? Noch ist nichts entschieden.«

»Nur eine Frage der Zeit, wenn du mich fragst. Du liegst weit vorne im Rennen, nicht nur bei den dreien, sondern auch bei den anderen Partnern. Selbst wenn sie dich im Dezember noch nicht auswählen, dann spätestens nächstes Jahr.«

»Na schön.« Ich griff nach dem Glas und prostete Adrian zu. »Trinken wir drauf.«

Adrian lächelte gönnerhaft, stieß mit mir an und nahm einen Schluck.

»Danke auf jeden Fall, dass du das möglich gemacht hast.«

»Eine Hand wäscht die andere«, entgegnete er. »So war der Deal. Und abgesehen davon ... ich brauche gute Leute. Und du bist gut. Es wäre ein Jammer, wenn du gingst. Alles, was nachkommt, ist ... na ja.« Er beendete seinen Satz nicht, sondern seufzte nur theatralisch.

Ich schüttelte ungläubig den Kopf. »Früher war mehr Lametta oder wie?«

»Möglich. Oder ich werde einfach anspruchsvoller.« Er nahm einen weiteren Schluck Sekt und sah mich über den Rand des Glases hinweg an. »Ganz abgesehen davon, wie sieht's mit Mittwoch aus? Wie üblich?«

»Ich kann Mittwoch nicht«, entschuldigte ich mich. »Da treff ich mich mit meiner Mutter am Weihnachtsmarkt. Diese Woche sieht's generell eng aus, ich hab 'ne Menge Fristzeug auf dem Tisch, aber nächste Woche wieder?«

Irrte ich mich oder hatte Adrian für einen Moment das Gesicht verzogen? Normalerweise war er derjenige mit dem straffen Zeitplan, der kurz vorher noch absagte, weil ihm ein Telefonat dazwischenkam. Dass er enttäuscht war, weil ich unser Treffen verschob, war neu. Und es gefiel mir nicht. Nicht nach diesem Wochenende.

Adrian fing sich rasch und nickte. »Klar, nächste Woche. Bei mir würde es wahrscheinlich auch knapp. Auf welchen Weihnachtsmarkt geht ihr? Den am Marienplatz?«

»Ja, denk schon. Mal sehen.«

»Ich würde den im Kaiserhof nehmen, der ist schöner. Und gestopft voll sind sie abends beide.«

»Die sind ja nur zehn Minuten auseinander, vielleicht schauen wir uns beide an. Ich glaub, meine Mutter will sowieso einfach nur Bummeln und Glühwein trinken.«

Adrian grinste. »Wenigstens muss sie die kitschige Weihnachtsmusik dort nicht ertragen.«

Ich zog die Augenbrauen hoch. »Ernsthaft?«

»Gott, das war doch nur ein Witz.«

»Sehr geistreich.« Ich leerte mein Sektglas und wollte gerade die Bedienung herüberwinken, um zu zahlen, da kam mir noch ein Gedanke. »Sag mal, Adrian, du kennst dich doch gut aus mit Restaurants und so. Kannst du mir vielleicht eins empfehlen?«

»Klar. Wann, wofür, welche Küche?«

»Für nächstes Wochenende, ich wollte mit Tobi essengehen. Küche ist egal, irgendwas Nettes, wo man ungestört quatschen kann. Am besten nicht zu laut.«

»Hm.« Er dachte kurz nach und fragte dann: »Kennst du das *Le Marocain*?«

»Nein, sagt mir nichts. Wo ist das?«

»Sendling, in der Nähe des Tierparks. War da auch schon ewig nicht mehr, aber es ist sehr gemütlich und die Küche ist super. Hat mir ein Bekannter empfohlen, der selbst marokkanische Wurzeln hat, das kam mir überzeugend vor.«

»Ja, klingt gut. Marokkanisch ist lecker, hatte ich ewig nicht.«

»Eva dürfte den Laden kennen, sie hat da schon mal für mich reserviert. Macht sie sicher auch für dich.«

»Perfekt, danke.« Ich winkte die Bedienung herüber, doch Adrian schüttelte den Kopf und zückte seine Brieftasche.

»Lass nur, ich übernehm das. Schreib ich als Spesen ab.«

Ich ließ ihn gewähren, auch wenn mir seine gönnerhafte Masche auf die Nerven ging. Ich war keine seiner blutjungen Eroberungen, die er mit einer Kreditkarte beeindrucken konnte. Ich verdiente genug, um meine Getränke selbst zu bezahlen. Insbesondere dann, wenn es nur um ein Wasser und ein Glas Sekt ging.

Gemeinsam verließen wir das Café und ich ging im Büro schnurstracks zu Evas Tresen, um sie um die Reservierung für Samstag zu bitten.

»Wird erledigt, mein Lieber«, versprach sie und lächelte breit. »Wie lief's?«

»Bin zufrieden«, erwiderte ich. »Sie entscheiden voraussichtlich im Dezember und Greifrath meint, es sähe gut aus für mich.«

»Das will ich meinen. Ich drück dir weiter die Daumen, ja? Wenn sie dich nicht befördern, wären sie schön blöd.«

Ich wartete mit etwas Abstand in der Nähe des Tresens und tat so, als würde ich auf meinem Handy ein paar wichtige Nachrichten checken, ehe der Aufzug kam.

Samstagabend also. Gut. Genug Zeit, alles in die Wege zu leiten.

Der Lift hielt mit einem leisen *Pling* und ich fuhr nach oben in mein Büro. Zügig erledigte ich die wichtigsten Punkte auf meiner To-do-Liste, anschließend gab ich das *Marocain* am PC in die Suchmaschine ein und tippte die Telefonnummer ab.

Es klingelte ein paar Mal, ehe jemand abnahm.

»Guten Tag«, begann ich förmlich, »hier ist die Kanzlei *Greifrath & Löw*. Eine Kollegin hat vorhin angerufen wegen einer Reservierung am Samstag.«

»Einen Moment.« Der Mann mit dem französischen Akzent schien kurz abwesend, dann sagte er: »Ja, das ist eingetragen. Zwanzig Uhr.«

Ich hob triumphierend einen Mundwinkel. »Hätten Sie um die gleiche Zeit vielleicht noch einen Tisch für zwei?«

»Tut mir leid«, erwiderte der Mann bedauernd, »wir sind komplett voll. Außer, Sie wären bereit, mit Ihren Kollegen einen Tisch zu teilen? Dann könnte ich umdisponieren.«

Ein Grinsen huschte über mein Gesicht. Das lief ja besser als gedacht. »Ja klar, gar kein Problem.«

Der Mann schien kurz etwas zu notieren. »Also vier Plätze für *Greifrath & Löw,* am Samstag um zwanzig Uhr. Richtig?«

»Perfekt, ich danke Ihnen. Auf Wiederhören.«

Ich legte auf und dehnte meine Finger. Ideal, zwei Fliegen mit einer Klappe. Ich konnte einen Blick auf meine Konkurrenz werfen und persönlich ausloten, wie solide die Beziehung der beiden tatsächlich war. Tja, wie ärgerlich, dass das Restaurant unsere Reservierungen zusammengeworfen hatte. Fehler passierten. Das hieß, ich musste nur noch eine Begleitung für Samstag auftreiben, damit ich dort nicht allein aufkreuzte und Verdacht erregte. Leon sollte nicht merken, dass ich ihn im Auge behielt. Vielleicht würde er misstrauisch werden, aber solange er mir nichts beweisen konnte, machte ich mir keine Sorgen.

Ich nahm mein Handy zur Hand, scrollte durch die Kontakte und blieb an Kadir hängen, meinem One-Night-Stand von vor zwei Wochen. Fraglich, ob er sich noch an mich erinnerte. Aber einen Versuch war es wert.

Ich entschied mich, ihn direkt anzurufen, statt eine Nachricht über WhatsApp zu schicken, schließlich hatte ich keine Lust, auf eine Antwort zu warten. Wenn er ablehnte, brauchte ich einen Plan B.

Es klingelte einmal, zweimal … Nach dem fünften Mal nahm Kadir ab. Er klang atemlos, ich vernahm Geräusche fahrender Autos im Hintergrund. »Hallo?«

»Hey Kadir, hier ist Adrian. Wir haben uns vor zwei Wochen im NY getroffen, weißt du noch? Du hast bei mir übernachtet.«

Kurz war es still. »Adrian? Hey, ähm, schön von dir zu hören. Ich dachte … also … dass du –«

»Ich weiß, ich hätte mich eher melden sollen. Sorry. Viel zu tun.«

»Kein Problem«, erwiderte er hastig. Seine Stimme wurde ein paar Nuancen höher und ich lächelte zufrieden. Treffer. »Versteh ich voll, bei deinem Job und so.«

»Ich dachte, wir könnten uns noch einmal sehen«, schlug ich vor. »Was hältst du von Samstag? Ich lad dich zum Essen ein.«

»Echt?« Er klang überrascht. »Du meinst … auf ein Date?«

»Klar. Danach können wir im Club noch die Nacht durchfeiern.«

»Cool. Ähm, ja, klar, Samstag ist super. Treffen wir uns bei dir oder …?«

»Ich reservier uns einen Tisch im *Le Marocain*«, antwortete ich beflissen, »das ist ein nettes Lokal in Sendling. Die Rechnung geht auf mich. Um zwanzig Uhr?«

»Wow.« Kadir war so überwältigt, dass er kurz Luft schnappen musste. »Klasse. Ähm, gibt es da … einen Dresscode oder so?«

»Na ja, ist schon eher ein gehobenes Lokal, also Hemd und Sakko wäre angebracht. Hast du so was?«

»Ja, klar. Kein Problem. Wow, krass, ich … freu mich. Ich hatte echt gedacht, du willst nichts mehr von mir wissen. Ich meine, das wäre okay gewesen, wir haben ja nur –«

»Unsinn. Also, Samstag zwanzig Uhr? Sorry, ich hab zu tun, ich muss wieder auflegen.«

»Klar, hab's eingetragen und werde da sein. Mach's gut.«

Ich legte auf und stellte mir vor, wie Kadir gerade triumphierend die Faust ballte und all seinen Kumpels von der Einladung erzählte. Jungs wie er waren so leicht zu beeindrucken. Kinderspiel.

Jetzt hieß es nur noch abwarten und Leon bis Samstag möglichst viel Honig ums Maul schmieren, ohne, dass es ihm auffiel. Ich durfte nicht zu schnell vorpreschen, sonst würde er garantiert einen Rückzieher machen. Er musste den ersten Schritt gehen, das war der Clou. Ich musste ihn dazu bringen, seine eigenen Regeln zu brechen – aus freien Stücken. Weil er es wollte. Nicht, weil ich ihn zwang. *Herausforderung angenommen.*

Kapitel Zehn

Ha, siehst du? Da ist es.« Triumphierend deutete Tobi auf das Gebäude vor uns und ich hob resigniert die Schultern.

»Okay, ja, du hattest recht. Ich war mir trotzdem sicher, dass –«

»Schatz.« Tobi musterte mich mit theatralischer Miene und schob sogar seine Brille auf die Nase, um den perfekten Lehrerblick aufzusetzen. »Du bist ganz sicher ein hervorragender Anwalt, aber du hast den Orientierungssinn eines blinden alten Ochsen. Ehrlich.«

Ich knuffte ihn in die Seite. »Sei nicht so fies, wir haben's doch gefunden. Und wir sind nur«, ich schaute auf mein Handy, »zwölf Minuten zu spät. Da werden sie unseren Tisch hoffentlich noch nicht weggegeben haben.«

»Falls doch gehen wir zu McDonalds und du zahlst.«

Ich lachte. »Na schön. Deal.«

Das *Le Marocain* lag im Erdgeschoss eines Wohngebäudes und hatte eine kleine Terrasse mit zugeklappten Schirmen, auf der bei diesem nassgrauen Wetter natürlich niemand saß. Es war zwar mild heute mit fast zehn Grad, aber die Sonne zeigte sich kaum. Die Ornamentik der Fenster und Türen des *Marocain* ahmte nordafrikanische Stile nach und im Inneren duftete es angenehm nach scharfen und süßlichen Gewürzen. Die weinroten Polster harmonierten mit den dunklen Hölzern der Wandvertäfelungen und Tische, an den Wänden hingen aufwendig gewebte Berberteppiche und Landschaftsgemälde. Das Lokal war brechend voll, nur an der Bar schienen noch freie Plätze. Shit, hoffentlich hatten die unseren Tisch nicht wirklich schon weggegeben.

Eine junge Schwarze Bedienung in Bluse und taillierter Weste trat auf Tobi und mich zu und schenkte uns ein breites Lächeln. »Guten Abend. Haben Sie reserviert?«

»Ja«, antwortete ich, »für *Greifrath & Löw*, um acht. Wir sind etwas spät dran.«

Sie zog ein kleines Tablet aus der Tasche und klickte ein paar Mal. »Ah ja, da haben wir es. Folgen Sie mir bitte.«

Sie führte Tobi und mich durch den Raum hinüber zu einigen Tischen am Fenster, die allesamt besetzt waren. Vor einem runden Tisch mit vier Sitzplätzen blieb sie stehen. »Bitte schön.«

Irritiert starrte ich auf die zwei Männer, die an eben diesem Tisch saßen. Den Jüngeren kannte ich nicht, den Älteren dagegen sehr wohl. »Adrian?«

Er wandte sich zu mir um und lächelte überrascht. »Hey, Leon. Das ist ja ein Zufall.«

»Allerdings.« Mein Herz schlug mir unvermittelt in der Kehle. Es war schräg ihn hier zu sehen, als hätte er sich aus einer Welt in eine völlig andere geschlichen, in der er wie ein Leuchtfeuer herausstach. Die eine Welt war die Arbeit, die andere war Tobi und unsere gemeinsamen Wochenenden. Es fühlte sich komisch an, wie das eine plötzlich in das andere überging. Aus einer harten Grenze war eine durchlässige Membran geworden. »Ähm, Tobi, das ist Adrian, ein Kollege aus der Kanzlei. Mein Freund Tobi.«

Tobi nickte ihm zu und blickte dann fragend zu mir.

»Da muss ein Irrtum vorliegen«, erklärte ich der Bedienung. »Wir hatten einen Tisch für zwei reserviert.«

Die Frau blinzelte und schaute noch einmal auf ihr Tablet. »Tut mir leid, ich hab hier nur eine Reservierung für *Greifrath & Löw* für vier Personen.«

»Oh, Shit.« Adrian sah pikiert zwischen mir und der Bedienung hin und her. »Kann es sein, dass Ihr Kollege die Reservierungen zusammen verbucht hat?«

Die Frau wirkte nervös und scrollte durch ihr Tablet. »Das kann ich Ihnen nicht sagen. Wir haben hier nur eine Reservierung für vier, sonst nichts.« Unschlüssig blickte sie von mir zu Tobi und schließlich zu Adrian. »Das tut mir wirklich sehr leid, wenn der Kollege einen Fehler gemacht hat. Ich fürchte nur, wir haben keine Tische mehr frei, wir sind komplett ausgebucht.«

»Schon okay.« Adrian stand auf und griff nach seinem Jackett, das er über die Stuhllehne gehängt hatte. »Wir setzen uns an die Bar, vielleicht wird noch was frei.«

»Das muss doch nicht sein«, warf Tobi von der Seite ein. »Ihr könnt ja nichts dafür, dass das schiefgegangen ist. Wir teilen uns einfach den Tisch und falls was frei wird, können wir umdisponieren. Oder?«

Er warf mir einen fragenden Blick zu und ich kaute auf meiner Unterlippe. Schon ein schräger Zufall, dass Adrian am selben Tag zur selben Uhrzeit hier aufkreuzte. Und das ausgerechnet heute. Zum Glück war ich nicht abergläubisch, man hätte es als Wink des Schicksals begreifen können. Verdammt, ich hatte mir das so schön ausgemalt. Heimlich hätte ich bei der Bedienung zwei Gläser Sekt bestellt – vielleicht sogar Champagner – und die leere Ringschachtel ausgepackt, die ich in der Tasche hatte. Einfach nur aus symbolischen Gründen. Nun ja, es konnte warten, wir hatten es ja nicht eilig. Trotzdem, es fühlte sich nach einer verpassten Chance an.

»Klar«, antwortete ich schließlich und überwand mich zu einem Lächeln, um Tobi nicht zu beunruhigen. »Dann machen wir es so. Wenn das für euch passt?«

»Sicher.« Adrian nahm wieder Platz, seinen Begleiter hatte er nicht einmal gefragt, doch der machte auch keine Anstalten zu protestieren.

Stattdessen reichte er mir und Tobi die Hand, als wir uns setzten, und strahlte uns an. Er war unfassbar jung, höchstens Anfang zwanzig, hatte ebenmäßige braune Haut, ein glattrasiertes Gesicht und schwarzes Haar, das er zu einer verwegenen Lockenfrisur aufgestylt hatte, an den Seiten war es ausrasiert. Er trug ein Piercing in der rechten Augenbraue und einen Tunnel im linken Ohrläppchen. Im Vergleich zu Adrian wirkte er in Hemd und Sportsakko underdressed, hatte sich aber offenbar Mühe gegeben, mitzuhalten. »Hi, ich bin Kadir. Freut mich. Ihr seid … Kollegen von Adrian?«

»Ich schon«, antwortete ich. »Tobi ist mein Freund. Und ihr beide …?«

»Wir haben uns vor zwei Wochen im Club kennengelernt«, erzählte Kadir. Die bewundernden Blicke, die er Adrian zuwarf, erinnerten mich schmerzlich an einen Welpen, der sein Herrchen anhimmelte.

Adrian lächelte gönnerhaft. »Exakt. Und nachdem ich dir das Lokal hier empfohlen hatte, dachte ich, es wäre nett, hier mal wieder reinzuschauen. Konnte ja nicht ahnen, dass wir auch noch zur selben Zeit hier aufkreuzen würden.«

»Hm«, machte ich unschlüssig und griff nach der Menükarte. Mir gefiel das nicht. Derselbe Tag, dieselbe Zeit, derselbe Tisch – da kam schon einiges zusammen. Ob Adrian das eingefädelt hatte? Aber wieso? Er konnte nicht wissen, was ich vorhatte, von dem geplanten Antrag hatte ich niemandem erzählt, nicht einmal meiner Mutter oder Eva. Und selbst wenn – es ging ihn nichts an. Er war nur ein Kollege, nur ein Kerl, mit dem ich vögelte. Grenzen, verdammt.

»Habt ihr schon bestellt?«, fragte ich und Adrian schüttelte den Kopf.

»Hatten wir gerade vor. Wir wollten die Vorspeisenplatte nehmen, soll ich sie direkt für vier bestellen?«

Tobi studierte die Karte und nickte. »Klingt gut. Was meinst du, Leon?«

»Ja, klar«, antwortete ich hastig, »gerne. Wein dazu?«

»Den suchst du aus.« Tobi lachte. »Ich kann Wein nur nach der Farbe unterscheiden.«

Ein Zucken huschte über Adrians Gesicht, er sagte aber nichts. Besser so.

Ein dummer Spruch, dachte ich bei mir und fixierte ihn, als könne ich ihn hypnotisieren, *und der Abend ist vorbei.*

ADRIAN

Wir bestellten, wie abgemacht, die Vorspeisenplatte mit Fladenbrot, verschiedenen Dips, Hummus, Möhrensalat und Ziegenkäse, dazu zwei Flaschen Rotwein. Ich verkniff mir das Grinsen und war sehr zufrieden damit, wie mein Coup verlaufen war. Leon schien nicht ganz überzeugt von der Verwechslungsgeschichte, aber nun, er würde mir das Gegenteil nicht beweisen können. Und immerhin hatte sein Freund vorgeschlagen, den Tisch zu teilen. Nicht ich.

Während wir auf die Getränke warteten, betrachtete ich Tobi, der mir gegenüber saß. Ich hatte ihn schon einmal flüchtig gesehen, auf einer Firmenfeier in der Kanzlei, und er war genauso unscheinbar, wie ich ihn in Erinnerung hatte. Kein Typ, der mir auf der Straße auch nur aufgefallen wäre, geschweige denn, mein Interesse geweckt hätte. Er trug Glatze, eine eckige Brille, einen Kinnbart und hatte große Segelohren. Weder wirkte er sonderlich sportlich noch muskulös, im Gegenteil, unter dem Hemd deutete sich ein gewisser Wohlstandsbauch an. Auch sonst machte seine Ausstrahlung keinen Eindruck auf mich. Was hatte dieser Kerl, das Leon dermaßen in seinen Bann zog?

Die Bedienung brachte den Wein und ich schenkte allen am Tisch ein, um anzustoßen. »Auf diesen etwas … unglücklichen Zufall?«

»Wir machen das Beste draus«, erwiderte Tobi und prostete in die Runde. »Sag mal, bist du der Adrian, dessen Schwester letztes Wochenende geheiratet hat?«

Ich nickte und nahm einen Schluck Rotwein. Also wusste er doch Bescheid, interessant. Wie viel hatte Leon ihm wohl erzählt? Angeblich sprachen sie ja nicht über Details. »Genau der. Es ist schön, dich kennenzulernen. Wie war das, du bist Lehrer?«

»Genau, Englisch und Erdkunde am Gymnasium. Ruhiger Job, alles in allem.«

Ich zog einen Mundwinkel hoch. »Vormittags recht haben und nachmittags frei?«

Tobi lachte. »Wenn's halt so wäre, aber meistens hab ich weder das eine noch das andere. Und fürs Rechthaben seid ja eigentlich ihr Juristen zuständig.«

»Was ist mit dir?«, fragte Leon an Kadir gewandt, der etwas verloren am Tisch saß und an seinem Glas nippte. Nun, er durfte sich nicht beschweren, er bekam ein Abendessen umsonst und vielleicht hatte ich ja später sogar noch Lust, ihn mit nach Hause zu nehmen. Je nachdem, wie sich der Abend entwickelte. »Was machst du?«

»Studieren«, antwortete Kadir und räusperte sich. »Wobei, na ja, eigentlich leg ich gerade 'ne Pause ein. Ich hab zwei Semester Maschinenbau gemacht, aber das ist einfach nicht mein Ding, deswegen orientiere ich mich jetzt neu. Ich würde gerne was Kreatives anfangen, was mit Design oder so. Mal schauen.«

Ich spürte Leons spöttischen Blick auf mir kleben und musste mich zusammenreißen, keine Miene zu verziehen. Ich wollte den Jungen nicht heiraten und sein Werdegang interessierte mich nicht. Er war schließlich nicht hier, um tiefgreifende Gespräche mit mir zu führen, sondern bot mir ein geeignetes Alibi.

Unsere Unterhaltung wandte sich Belanglosigkeiten zu: dem Essen, dem Wetter, unseren Jobs und Freizeitaktivitäten. Wir bestellten Hauptgerichte und ich zog mich kurz davor auf die Toilette zurück. Im Hinausgehen warf ich noch einen Blick in den Spiegel und richtete meinen Kragen. Perfekt. Keine Augenringe, keine nervigen Fältchen, keine widerspenstigen Haarsträhnen.

Neben mir ging die Tür auf und Leon betrat die Toilette. Er checkte kurz, ob wir allein waren, dann verschränkte er die Arme vor der Brust und sah mich an. »Also, Klartext: Was für ein Spiel spielst du hier?«

Ich runzelte die Stirn, bemüht um mein bestes Pokerface. Kontrolle. Nichts anmerken lassen. »Was meinst du?«

»Ach, komm schon. Willst du echt behaupten, das wäre Zufall? Du wusstest, dass Tobi und ich hierher wollten.«

»Ja, aber doch nicht wann. Abgesehen davon, ich bin mit meinem eigenen Date hier, ich hatte mir das auch anders vorgestellt.«

»Dein Date«, wiederholte er spöttisch. »Wie alt ist er? Zwanzig?«

»Was geht dich das an?«

»Okay, touché.« Er musterte mich finster. »Du bleibst also dabei, du hast das hier nicht eingefädelt?«

»Warum sollte ich?«

»Keine Ahnung. Du bist … komisch seit dem Wochenende.«

»Inwiefern?«

»Weiß nicht.« Er rieb sich die Nase und fragte in ernstem Tonfall: »Zwischen uns ist doch alles geklärt, oder nicht? Es hat sich nichts geändert. Du kennst die Regeln.«

Die Regeln. Ich verdrehte innerlich die Augen. Okay, andere Taktik, Defensive. Manchmal musste man einen Schritt zurückgehen, um weiter nach vorne zu kommen.

»Ja, ich weiß. Es tut mir leid, dass das so gelaufen ist, ehrlich. Wenn du willst, bezahl ich und wir gehen. Dann könnt ihr den Rest eures Abends noch genießen. Ich wollte mich euch echt nicht aufdrängen.«

Leons Miene wurde etwas weicher. »Schon gut, hast du nicht. Es war ja Tobis Vorschlag mit dem gemeinsamen Tisch. Egal. Verbuchen wir es unter dumm gelaufen.«

»Gute Idee.«

Er lächelte entwaffnend. »Sorry, dass ich … Na ja. Es war nur irgendwie … schräg.«

»Ja, versteh ich. Ich hoffe, das ruiniert euch jetzt nicht den Abend.« Ich trocknete mir die Hände mit zwei Papiertüchern ab und trat zur Tür, nicht aber, ohne Leon im Gehen beiläufig an der Schulter zu berühren. »Bis gleich.«

Zurück am Tisch diskutierten Kadir und Tobi über die *Witcher*-Serie, die Ende Dezember anlaufen sollte, und ich überließ sie ihren Nerdgedanken. Leon hatte Lunte gerochen, das war nicht gut. Ich hätte vorsichtiger sein müssen, subtiler. Scheiße. Na gut, noch war das Projekt nicht verloren. Immerhin hatte ich die Chance ergriffen, mal einen Blick auf Tobi zu werfen und mich zu vergewissern, dass er alles andere als besonders war. Vielleicht war Subtilität auch nicht die richtige Waffe. Leon war zu clever, um solche Schachzüge nicht zu durchschauen. War es klüger, mit offenen Karten zu spielen, auch auf die Gefahr, ihn zu verprellen? Heute nicht, so viel stand fest, aber in der nahen Zukunft? Oder sollte ich eine ganz neue Taktik auffahren und bei Tobi ansetzen. Sicher gab es Streitpunkte in ihrer Beziehung, Konflikte, vielleicht sogar Geheimnisse. Nur, wie sollte ich da rankommen?

Leon kehrte von der Toilette zurück und die Bedienung servierte unsere Hauptgerichte.

Beim Dessert fragte Kadir in die Runde: »Kommt ihr noch mit ins NY nachher? Wir wollten ein bisschen feiern gehen.«

Tobi lachte. »Wow, im NY war ich seit einer Ewigkeit nicht mehr.« Er warf Leon einen fragenden Blick zu. »Was meinst du? Du hattest Bock auf tanzen oder nicht?«

»Schon«, erwiderte Leon gedehnt. »Ich richte mich da ganz nach dir.«

»Dann lass uns doch mitgehen. Wird sicher lustig.«

Ich beobachtete Leon genau. Er war offenbar nicht besonders erfreut über Tobis Vorschlag, aber wollte ihm auch nicht widersprechen. Tja, so musste er wohl in den sauren Apfel beißen. Und ich bekam noch ein bisschen Zeit.

<hr />

Wir kamen viel zu früh im Club an, vor Mitternacht war nie was los. Dennoch, die Beats waren gut und die DJane verstand ihr Handwerk. Wir suchten uns zu viert einen Platz an der Bar, bestellten eine Runde Drinks und ich legte demonstrativ einen Arm um Kadirs Taille.

Darüber hinaus gab ich mir Mühe, Leon und Tobi nicht zu exzessiv zu beobachten. Seit wir den Club betreten hatten, ließen sie die Hände gar nicht mehr voneinander. Es dauerte eine Weile, bis sich eine Gelegenheit ergab, Tobi allein zu sprechen. Leon hatte offenbar zwei alte Bekannte getroffen und ließ sich von ihnen in ein Gespräch verwickeln. Sein Freund blieb an der Bar zurück, um ein weiteres Bier zu bestellen.

Ich entschuldigte mich bei Kadir und prostete Tobi zu. Hier an der Bar war es etwas ruhiger, doch ich musste trotzdem laut sprechen, damit er mich verstand. »Darf ich dir eins ausgeben? Ich hab ein schlechtes Gewissen, dass ich euch den Tisch im *Marocain* abspenstig gemacht habe. Na ja, und weil ich mir letzte Woche deinen Freund ausgeliehen habe.«

Tobi lachte. »Leon ist erwachsen, der kann das gut für sich selbst entscheiden.«

»Trotzdem.« Ich zückte meine Kreditkarte und bezahlte nicht nur Tobis Bier, sondern auch einen weiteren Gin Tonic für mich. »Ich finde das erstaunlich, wie ihr das hinkriegt. Ehrlich. Ich glaube, wenn Leon mein Freund wäre, ich hätte ein Scheißgefühl, wenn er ein Wochenende mit 'nem anderen Kerl verbringt.«

Tobis Miene gefror und er griff nach seinem Bier. »Wieso? Ich vertraue Leon.«

»Trotzdem, ich meine … bist du nie eifersüchtig?«

Er lachte. »Deinetwegen? Nein.«

Ich musste mich beherrschen, nicht das Gesicht zu verziehen. Was war daran bitte schön witzig? Glaubte er ernsthaft, ich könnte Leon nicht für mich gewinnen, wenn ich wollte? Da würde er sich noch wundern.

Ich zuckte nur beiläufig mit den Schultern und ignorierte seine Spitze. »Krass. Ich fänd's schräg, mit 'nem Typen zu quatschen, der meinen Freund vögelt.«

Tobi seufzte und fixierte mich eindringlich. »Was willst du von mir hören? Erwartest du, dass ich jetzt rumjammere, wie furchtbar das ist, dass mein Freund mit anderen Männern schläft? Ich tu das auch. Keiner von uns hatte damit je ein Problem.«

»Und du warst nie in einen von denen verknallt?«

»Nein. Das heißt ... mein Gott, manchmal kommen Gefühle auf, ja, aber ich hatte nie das Bedürfnis, Leon deswegen zu verlassen oder irgendwas an unserer Beziehung zu ändern. Ich liebe ihn, er ist mein Partner und wir vertrauen einander.«

»Aber ihr seht euch ja gar nicht so oft.«

»Und?« Er nahm einen Schluck Bier. »Ganz ehrlich: Wenn du Angst hast, dass dich dein Partner verlässt, weil du ihn nicht rund um die Uhr kontrollieren kannst, dann stimmt irgendwas an der Beziehung nicht. Und jetzt entschuldige mich bitte.«

Er stand vom Tresen auf und schob sich an einigen Umstehenden vorbei in Leons Richtung. Ich starrte ihm nach. Hatte mich der Kerl einfach sitzen lassen? Aus den Augenwinkeln sah ich zu, wie sich Tobi zu Leon gesellte und demonstrativ den Arm um ihn legte. Zorn brodelte in mir. Was bildete sich der Kerl eigentlich ein?

Du fühlst dich verdammt sicher, was?, dachte ich grimmig und umklammerte mein Longdrinkglas fester. *Ich wette, das wird dir noch leidtun.*

Ich drehte mich auf dem Hocker zur Seite und beobachtete Tobi und Leon, die sich nach einer Weile von ihren Bekannten verabschiedeten und auf die Tanzfläche wechselten. Jede Berührung, jedes Lachen, jeder Kuss wirkte vertraut und perfekt aufeinander eingestimmt. Mein Magen zog sich schmerzhaft zusammen und ich leerte hastig meinen Drink, um das flaue Gefühl in der Brust zu überdecken.

Adrian hat es nicht so mit Romantik.

Fuck, plötzlich war Vincent wieder in meinem Kopf. Das war nicht fair. Ich hatte alles: Geld, Erfolg, gutes Aussehen, doch diese eine verdammte Sache schnürte mir die Luft ab. Diese eine Sache, die ich nicht kontrollieren konnte, die mir zur Perfektion fehlte. Leon. Leon war die eine Sache, die fehlte.

»He.« Kadir stand plötzlich neben mir. »Willst du tanzen?«

Ich musterte ihn skeptisch, doch schließlich nickte ich und stand auf. Ablenkung war gut – außerdem konnte ich Tobi und Leon aus der Nähe beobachten.

Die Tanzfläche füllte sich langsam, es wurde enger und intensiver. Kadir hatte die obersten Knöpfe seines Hemds geöffnet und schob seine Hüften auffordernd gegen meine. Mein Blick huschte jedoch immer wieder hinüber zu Leon und Tobi, die sich eng umschlungen zu den Beats bewegten und kaum die Finger voneinander lassen konnten.

Mit Mühe gelang es mir, einen Moment abzupassen, in dem Tobi die Tanzfläche in Richtung Toilette verließ. Unauffällig löste ich mich von Kadir und schob mich zu Leon hinüber.

»Hey.« Er grinste mich an, seine Wangen waren gerötet und sein Hemd klebte ihm verschwitzt am Körper. Fuck, er sah heiß aus. Damit ich ihn verstehen konnte, neigte er seine Lippen ganz nah an mein Ohr. »Danke für den Tipp, war echt 'ne gute Idee mit dem Club.«

»Gern geschehen.« Ich streifte beiläufig seine Schulter. »Dein Freund ist ein netter Kerl.«

Leon grinste. »Ich weiß, ich hab's gut getroffen. Wie ist das mit dir und Kadir? Habt ihr was Ernstes am Laufen oder ...?«

Ich zuckte mit den Schultern. »Mal sehen. Er ist ganz süß, aber wie du sagst, verdammt jung. Ich glaube nicht, dass da mehr draus wird.« Ich nickte zur Bar. »Ich hol mir noch 'nen Drink, willst du auch?«

»Nein, danke. Ich warte auf Tobi und dann machen wir uns vom Acker.«

»Wie? Jetzt schon?«

»Wir haben noch was vor.« Sein Grinsen wurde breiter. »Aber euch noch viel Spaß.«

Das Ziehen in meinem Magen wurde stärker. Ich wollte nicht, dass er ging – bisher war der Abend nicht so gelaufen, wie ich es mir vorgestellt hatte. Wobei, was hatte ich mir eigentlich vorgestellt? Dass Leon seinem langjährigen Freund vor meinen Augen den Laufpass gab und sich mir an den Hals warf? Das war lächerlich. Fuck, es fühlte sich scheiße an, die beiden miteinander turteln zu sehen. Und die Vorstellung, was sie heute Abend noch so anstellen würden, erst recht.

Ich hielt kurz inne und die Worte drängten mir regelrecht über die Lippen. »Ihr habt nicht zufällig Lust auf einen Dreier?«

Leon lachte, doch dann runzelte er unvermittelt die Stirn. »Oh, das war ... kein Witz?«

»Nein, wieso? Ihr seid heiß. Ich weiß, was du im Bett willst, und ich schätze, dein Freund weiß das auch.« Als Leon zögerte, fragte ich: »Habt ihr's noch nie zu dritt gemacht? Trotz eures Arrangements?«

»Doch, schon, aber … Nein, sorry. Das wäre eine schlechte Idee.«

»Wieso? Wir könnten zu mir gehen. Mein Bett ist groß und ich hab eine nette Auswahl an Toys.«

»Wir können.« Tobi trat neben Leon und reichte ihm seinen Mantel. Irritiert blickte er von mir zu Leon. »Hab ich was verpasst?«

Ich wollte eben antworten, da kam Leon mir zuvor. »Adrian fragt, ob wir Lust auf einen Dreier haben.«

Tobis Augen weiteten sich und er gluckste amüsiert. »Ernsthaft? Sorry, nein, danke.« Er legte Leon einen Arm um die Hüften. »Nichts gegen deinen Männergeschmack, aber ich fürchte, Adrian ist nicht mein Typ.«

Trifft sich gut, dachte ich erbost, *du bist auch nicht meiner.*

»Sorry«, konterte Leon und klopfte mir auf die Schulter. »Schönen Abend noch. Wir sehen uns Montag.«

»Klar«, erwiderte ich lahm. »Bis Montag.«

Arm in Arm verschwanden die beiden Richtung Ausgang und ich blieb allein zurück. Das flaue Gefühl in meinem Magen wurde stärker und weckte das dringende Bedürfnis nach einem weiteren Drink.

Ich holte mir einen Gin Tonic an der Bar, und einen zweiten für Kadir, und machte mich auf die Suche nach ihm. Ich fand ihn nicht auf der Tanzfläche, sondern draußen auf der Terrasse, wo er mit zwei Männern seines Alters plauderte.

Ich gesellte mich zu ihnen, obwohl es reichlich kalt war, reichte Kadir das Glas und strich ihm provokant über den Hintern. Er nahm den Drink entgegen und sah mich mit einem seltsam versteinerten Gesichtsausdruck an. »Danke. Können wir kurz reden?«

»Klar.«

Er nickte den anderen beiden zu. »Bin gleich wieder da.«

Wir entfernten uns ein paar Schritte von der Gruppe und Kadir schob die Hände in die Hosentaschen. »Okay, hör zu. Ich bin kein Vollidiot, ich sehe genau, was hier läuft. Wenn du mich nur mitschleppen wolltest, um deinen Schwarm eifersüchtig zu machen, schön. Aber dann spar dir die Schmeicheleien, darauf steh ich nicht.«

Verwirrt starrte ich ihn an. Was sollte das denn jetzt? Was hatte ich ihm getan? »Ach ja? Ich hatte das Gefühl, es käme dir ganz gelegen, dich von mir aushalten zu lassen.«

Kadir verzog das Gesicht. »Ja, zugegeben, es war nett, so viel Aufmerksamkeit zu kriegen, aber ich bin nicht dein Spielzeug, okay? Wenn du nur vögeln willst, meinetwegen, dann sag es einfach, aber lass mich nicht ständig irgendwo stehen, sobald du was Besseres gefunden hast. Ich hab auch meinen Stolz.«

»Deinen Stolz?« Ich lachte. »Kleiner, ich suche keinen stolzen Kerl. Ehrlich nicht. Du bekommst ein paar Zuwendungen von mir und ich krieg deinen süßen Arsch. Ganz simpel. Also stell dich nicht so an.«

Kadir starrte mich an. Er öffnete den Mund, schloss ihn wieder und platzierte demonstrativ seinen Drink auf einem der Tische. »Fick dich. Ich bin nicht dein Callboy.«

»Komm schon.« Ich stellte mein Glas ebenfalls weg und zog ihn zu mir. »Wir hatten doch Spaß bisher, oder nicht?«

»Keine Ahnung.« Kadirs Miene blieb undurchdringlich. »Weißt du, ich glaube, das mit uns macht keinen Sinn. Ich wette, du findest 'nen anderen Kerl, den du aushalten und vögeln kannst. Ich bin dann weg.«

»Warte.« Ich hielt ihn fest. Nein! Nein, das konnte er nicht mit mir machen. Nicht heute. Nicht nach dem ganzen Desaster mit Leon. »Du hast recht, ich war nicht bei der Sache. Aber ich gelobe Besserung, ehrlich. Lass es uns noch einmal versuchen.« Ich neigte mich zu ihm und ließ meine Hände mit festem Griff seine Taille hinunter gleiten. »Ich mach's wieder gut. Versprochen.«

Er zögerte und entwand sich meinem Griff. »Zu spät, sorry.«

»Gib mir eine Chance.« Ich hauchte ihm einen Kuss auf den Nacken und griff ihm fordernd in den Schritt. Zufrieden spürte ich, wie er langsam unter meinen Berührungen dahinschmolz. »Wir können zu mir gehen, wenn du willst. Nur wir beide. Jetzt sofort.«

»Hm.« Er kaute auf seiner Unterlippe, zögerte und schüttelte den Kopf. »Nein, sorry. Du findest bestimmt jemanden.«

»Das ist nicht dein Ernst.« Meine Stimme zitterte plötzlich. Dieser kleine, anmaßende Idiot glaubte wirklich, er könnte Nein sagen? Zu mir?

Junge, ich spiele so weit über deiner Liga, du solltest mir die Füße küssen, weil ich dich will.

»Doch«, erwiderte Kadir brüsk, »ist es. Danke für die Drinks und das Essen. Mach's gut.« Er wandte sich um, ließ den Gin Tonic stehen und kehrte zu den beiden Männern zurück, mit denen er vorhin gesprochen hatte. Meine Knie zitterten so heftig, dass ich fast den Halt verlor. Dieser miese kleine Bastard. Wie konnte er es wagen, mich dermaßen vor den Kopf zu stoßen? Ich hatte ihn eingeladen, ich hatte ihm das Essen bezahlt und seine Drinks.

Das wird dir noch leidtun.

Ich leerte meinen Gin Tonic auf ex, nahm das zweite Glas mit und marschierte nach drinnen. Die Tanzfläche war voll von jungen knackigen Typen, wäre doch gelacht, wenn ich keine bessere Partie aufreißen könnte. Kadir war Geschichte. Leon hingegen noch nicht.

LEON

Wir hatten die Wohnungstür kaum hinter uns geschlossen, da zog mich Tobi bereits in seine Arme und rang mir einen heftigen Kuss ab. Seine Lippen schmeckten nach Bier und er roch verlockend nach Schweiß.

»Ich liebe dich«, raunte er und schmiegte seine Wange gegen meine.

»Ich dich auch«, flüsterte ich zurück. »Wir sollten echt öfter ausgehen.«

»Aber nächstes Mal gehen wir wieder allein.«

Ich lachte. »Darauf kannst du Gift nehmen.« Ich knipste das Licht an und schlüpfte aus meinem

Mantel und den Schuhen. »Hat Adrian irgendwas zu dir gesagt?«

»Allerdings. Ziemlich viel schräges Zeug.« Er hängte seine Jacke ebenfalls an die Garderobe. »Ich glaube, der Kerl steht auf dich.«

»Adrian?« Ich lachte. »Kann sein, dass er mich heiß findet, aber mehr ist da nicht. Ich bin mir nicht einmal sicher, ob romantische Gefühle für ihn überhaupt ein Thema sind.«

»Hatte schon den Eindruck, um ehrlich zu sein.«

Unschlüssig sah ich Tobi an. »Denkst du, ich sollte ihn abschießen?«

»Das musst du wissen, ich misch mich da nicht ein. Ich hab nur das Gefühl, dass es dem Kerl ausschließlich um sich geht und er sich einen Scheiß um deine Grenzen oder deine Bedürfnisse schert.«

»Ja, das kann gut sein.« Ich seufzte. »Adrian ist … schwierig. Ich weiß bei ihm nie, woran ich bin. Vielleicht ist er ein manipulatives Arschloch, das sich sehr gut verstellen kann, vielleicht ist er aber auch ein extrem einsamer Mensch, der nicht weiß, wie er mit seinen Gefühlen umgehen soll. Oder irgendwas dazwischen.«

Tobi legte den Kopf schief. »Darf ich dich was fragen? Du musst auch nicht antworten, wenn du nicht willst.«

»Okay, nur zu.«

»Was findest du an ihm? Ich meine, ja, es war nur Sex, aber … keine Ahnung. Er ist so unangenehm.«

Ich musste lachen. »Bist du sicher, dass du die Antwort hören willst? Auch auf die Gefahr hin, dass du mich danach für einen oberflächlichen Idioten hältst?«

»Okay, keine weiteren Fragen, Euer Ehren. Es ist dein Ding, ich war nur neugierig.«

Ich zuckte verlegen mit den Schultern. »Sorry. Er sah gut aus, er war verfügbar und wir hatten Spaß. Es war nie der Plan, dass das alles so kompliziert werden würde.« Sacht legte ich die Arme um Tobi und schenkte ihm ein Lächeln. »Ein Glück, dass ich dich habe.«

Er gab mir einen Kuss auf die Stirn und ich schmiegte mich an ihn. Eine Weile hielten wir uns schweigend im Arm, bis ich mich zaghaft von ihm löste. »Wollen wir ins Bett gehen? Oder hast du noch was vor?«

»Weiß nicht.« Tobis Hände glitten meinen Rücken hinunter bis zu meinem Hintern. »Hab schon so eine Idee, aber das ist mit Bett gut vereinbar.«

Mit einem Grinsen legte er den Arm um meine Hüften und zog mich Richtung Schlafzimmer. Sanft bugsierte er mich zum Bett, küsste mich erst auf den Mund, dann auf den Nacken. Mit der Zungenspitze tastete er über die weiche Stelle unter meinem Ohr und entlockte mir ein glückliches Seufzen. Das war das Wunderbare an den Nächten mit Tobi. In seiner Gegenwart konnte ich mich einfach fallenlassen und darauf vertrauen, dass er genau wusste, was mir gefiel. Und ich kannte seine Bedürfnisse ebenso gut.

Zaghaft knabberte er an meinem Ohrläppchen und seine warmen Finger glitten langsam unter mein Hemd. Ich rang ihm einen weiteren, sehnsüchtigen Kuss ab, die Hand in seinem Nacken, um ihn fester an mich zu ziehen. Er duftete verführerisch nach einer Mischung aus Bier, Schweiß und einem Hauch von Vanille.

Ungeduldig zupfte er an meinem Hemd. »Na los, runter damit.«

Den Gefallen tat ich ihm gern, wir befreiten uns gegenseitig aus den störenden Klamotten und sanken eng umschlungen aufs Bett. Ich drückte Tobi rücklings in die Kissen, zeichnete mit den Lippen eine Spur von seinem Hals bis hinunter zu seinem Bauchnabel und er schloss zufrieden die Augen. Ich ließ mir Zeit, streichelte seine Brust und die empfindliche Innenseite seiner Oberschenkel, ehe ich die Hand um seinen Schaft legte. Tobi stöhnte leise. Wie ich das Gefühl seiner weichen Haut unter meinen Fingern liebte! Ich spürte, wie er in meinem Griff langsam hart wurde, wie sich sein Körper genüsslich straffte, mehr verlangte als zaghafte Berührungen.

»Fester«, raunte er leise und ich tat ihm den Gefallen, packte zu und massierte mit der freien Hand seine Hoden, bis er vor Lust wimmerte. Allein der Anblick sorgte dafür, dass meine eigene Erektion bald hart gegen Tobis Oberschenkel drückte. Ich rieb mit dem Daumen über seine Eichel, heizte ihn weiter an und sah genüsslich zu, wie er sich unter mir wand.

»Gott, du machst mich so geil.« Er setzte sich auf, zog mich an sich und küsste mich heftig. »Ich will dich.«

Ich kroch zur Seite, zog die oberste Schublade des Nachttischs auf und fischte ein Kondompäckchen heraus. »Na dann …«

Mit weichen Knien stand ich auf, ging ein paar Meter hinüber zur Kommode und lehnte mich rücklings dagegen. Süffisant grinsend wedelte ich mit dem Kondom. »Komm und hol's dir.«

Tobi musste lachen. Er rappelte sich auf, durchmaß den Raum und zog mich in eine feste, hungrige Umarmung. Seine Finger gruben sich in meinen Hintern und ich fühlte seine Erektion an meinem Bauch. Mit rauer Stimme flüsterte er mir zu: »Hier?«

Ich nickte, drückte Tobi das Kondompäckchen in die Hand und drehte mich um, um ihm meinen Hintern zu präsentieren. »Fick mich.«

Von Tobi kam ein sonores, zufriedenes Brummen. Er beugte sich über mich, küsste meinen Nacken und ich fühlte, wie sich sein Schwanz hart gegen meinen Hintern presste. Fuck, ich wollte ihn. So dringend. Ich lehnte mich nach vorne, bot mich ihm an, im Wissen, dass die Kommode die perfekte Höhe dafür hatte.

Tobi massierte mit sanftem Druck meine Rosette, stimulierte die Nervenenden mit feuchten Fingern und drang dann langsam in mich ein. Er ließ sich Zeit, wartete, bis sich meine Muskeln an seine Größe gewöhnten, und streichelte meinen Schwanz und meine Hoden, um mich weiter anzuheizen.

»Gut so?« Ich nickte heftig. Tobi kannte jede Reaktion meines Körpers, er wusste genau, wie ich ihn wollte. Erst, als ich mich komplett entspannt hatte, ließ er mich seine volle Härte spüren. Ich stöhnte laut auf, spreizte die Beine weiter und führte Tobis Hand zu meinem steifen Schwanz. Die Einladung nahm er an, massierte ihn mit festem Griff und entlockte mir einen lustvollen Aufschrei. Ich ließ mich fallen, ergab mich restlos in Tobis Arme. Mein Schwanz pochte unter seinen Fingern und sein erregtes Keuchen an meinem Ohr heizte mich noch weiter an.

»Scheiße.« Er hielt inne und leckte den Schweiß von meinem Nacken. Eine Gänsehaut kroch meinen Rücken hinunter. »Ich bin schon kurz davor.«

Ich warf ihm über die Schulter einen anzüglichen Blick zu. Seine Wangen waren vor Lust gerötet und Schweiß glänzte ihm auf der Stirn. »Nur zu. Nimm dir, was du willst.«

»Bist du sicher?«

»Und wie. Mach weiter. Bitte.«

Tobi nickte und nahm seinen Rhythmus wieder auf. Ich spürte regelrecht, wie sein Schwanz in meinem Inneren pulsierte, wie sein ganzer Körper vor Lust bebte. Ich spannte die Muskeln an, verstärkte die Kontraktionen. Tobi stieß einen heiseren Schrei aus, seine Finger gruben sich in meine Hüfte und schon im nächsten Moment fühlte ich die Hitze seines Höhepunkts in mir. Er gönnte sich noch ein, zwei Stöße, bis sein Schwanz erschlaffte und er sich aus mir zurückzog. Er drehte mich herum, küsste mich heftig, und ließ erneut die Hand zwischen meine Beine gleiten.

Ich stöhnte in unseren Kuss. »Warte. Würdest du …?«

Er unterbrach mich und grinste. »Aber sicher.«
Unvermittelt sank er vor mir auf die Knie, beugte
sich nach vorne und schloss die Lippen begierig um
meinen Schwanz. Ich öffnete die Beine weiter, lud
ihn ein. Er folgte meiner Aufforderung, schob einen
Finger in meinen After und sog gleichzeitig noch
heftiger an meiner Eichel.

Ich musste mich an der Kommode festhalten,
um nicht einzuknicken. Die feuchte Wärme, die
meinen Schwanz umfing, das intensive Pochen in
meinem Inneren, es war so verdammt gut. Ich
packte Tobi im Genick, dirigierte ihn, lud ihn ein,
meinen Schwanz weiter in den Mund zu nehmen,
den Finger noch etwas tiefer in mich zu schieben.

Keuchend warf ich den Kopf in den Nacken.
»Bitte«, wimmerte ich, »bitte, hör nicht auf, ich k–«
Meine Worte zerflossen in einem kehligen Aufschrei, ein Beben überlief meinen Körper und ich
ergoss mich stöhnend in Tobis Mund. Er blieb, wo
er war, vor mir auf den Knien und als unsere Blicke
sich trafen, schluckte er demonstrativ. Allein der
Anblick ließ mich vor Lust erschaudern.

Die Euphorie des Höhepunkts toste immer noch
durch meine Adern und ich konnte nicht anders, als
Tobi auf die Beine zu ziehen und ihn zu küssen. Ich
schmeckte meinen Saft auf seinen Lippen, mein Herzschlag raste und meine Knie fühlten sich weich an.

Seite an Seite fielen wir in die Laken. Tobi war
noch geistesgegenwärtig genug, das Kondom abzu-
streifen und mir ein Taschentuch zu reichen, damit
wir nicht das ganze Bett einsauten.

Zufrieden krabbelte ich neben ihn und schmiegte den Rücken gegen seine Brust. Er roch so intensiv nach Schweiß und Moschus, dass ich direkt wieder wuschig davon wurde. »Gott, ich liebe dich.«

Er lachte rau und küsste meinen Hals. Seine Bartstoppeln kitzelten mich angenehm auf der Haut. »Ich dich auch.«

Sacht schmiegte ich meine Wange gegen seine. »Schlafen?«

»Hm. Klingt vernünftig.« Er zog mich an seine warme Brust, hielt mich fest und gab mir einen Kuss. »Gut so?«

Ich nickte und schloss die Augen. Die Energie flaute langsam ab und zufriedene Müdigkeit ließ meine Glieder schwer werden. »Absolut perfekt.«

ADRIAN

Mein Körper war schwer wie Blei. Ich konnte meine Glieder kaum bewegen, geschweige denn, meine Lider öffnen. Fuck. Mein Kopf dröhnte und mein Mund war staubtrocken, aber ich brachte die Kraft nicht auf, mich aufzurappeln, um etwas zu trinken.

Nach einigen Minuten – waren es Minuten? Ich hatte kein Zeitgefühl – gelang es mir, die Augen aufzuschlagen. Mein Apartment, immerhin. Tageslicht schien durch die Fenster und ich hatte keine Ahnung, wie spät es war. Ich lag nicht in meinem Bett, sondern auf dem Sofa, komplett nackt. Wie verdammt noch mal war ich hierher gekommen?

Mit viel Mühe schaffte ich es, mich aufzurichten. Fuck, mein Kopf fühlte sich an, als würde er gleich zerplatzen, meine Nase brannte wie Feuer und ich hatte schrecklichen Durst. Das Chaos vor mir auf dem Wohnzimmertisch bewies eindrucksvoll, wie heftig ich gestern Abend die Kontrolle verloren hatte: eine leere Flasche Gin, eine offene Packung Kondome – ein gebrauchtes auf dem Boden – und Spuren eines weißen Pulvers auf der Glasplatte.

Adrian, du Vollidiot.

Alkohol, okay, ein paar Poppers für mehr Spaß im Bett, auch gut, aber von harten Drogen ließ ich seit Jahren die Finger. Der Kick war reizvoll, ja, das wusste ich noch aus Erfahrung. Den Spagat zwischen Staatsexamen und Nachtleben hatte ich zum Ende meines Studiums nur mithilfe von Aufputschmitteln geschafft. Dennoch, das Zeug war unberechenbar, gefährlich und vor allem konnte es meine Karriere ruinieren, wenn mich jemand damit erwischte. Offenbar hatte mich das gestern Abend nicht interessiert. Was hatte ich genommen? Speed? Koks? Und vor allem – mit wem?

Ich rappelte mich stöhnend auf, taumelte durch den Flur zum Bad und schaffte es gerade noch zur Toilette, ehe ich mich erbrach.

Fuck, so dreckig war es mir ewig nicht mehr gegangen. Kalter Schweiß rann über meinen Rücken, mir war schwindlig und beim Blick in den Spiegel überkam mich nacktes Grauen. Neben den Augenringen und der fahlen Haut war meine Nase rot geschwollen und meine Augen so glasig, als wäre ich nur halb bei Bewusstsein.

Ich umklammerte das Waschbecken, drehte den Hahn auf und trank gierig. Das kalte Wasser tat gut. Ich wusch mir mit zitternden Fingern das Gesicht, kühlte meine schmerzende Nase und ließ mir etwas Wasser über den Nacken und den Rücken laufen. Auf der Digitaluhr war es halb zwei nachmittags. Scheiße, mir fehlten Stunden.

Angestrengt versuchte ich, mir den gestrigen Abend ins Gedächtnis zu rufen. An Kadirs Abfuhr erinnerte ich mich noch, aber danach …

Ich rieb mir angespannt die pochenden Schläfen. Ein paar Fetzen konnte ich rekonstruieren. Ich hatte mit irgendeinem Typen getanzt und war später mit ihm im Darkroom verschwunden. Hatte ich mir dort schon irgendwas reingezogen? Verflucht, ich erinnerte mich an gar nichts mehr. Offensichtlich hatte ich irgendeinen Kerl später mit hierher gebracht, um hier weiter zu feiern. Mindestens einen. Sicherheitshalber schleppte ich mich einmal durch die gesamte Wohnung, um festzustellen, ob ich wirklich allein war. Das Schlafzimmer war aufgeräumt und das Bett unberührt. In der Küche stand eine offene Flasche Wein und ich fand mein Handy auf dem Tisch.

Keine Nachrichten oder andere Hinweise auf den gestrigen Abend. Auch keine Fotos oder neue Kontaktdaten. Nun gut, egal. Ich musste die Sache einfach abhaken und hoffen, dass sie keine negativen Folgen hatte.

Aus dem Bad holte ich eine Aspirintablette, warf sie in ein Wasserglas und ließ mich damit wieder aufs

Sofa fallen. Die Spur der Verwüstung und die wenigen Erinnerungsfetzen, die ich noch besaß, waren ein klares Indiz dafür, wie beschissen es mir gestern Abend gegangen war. Ich hatte den Kick gebraucht, das Adrenalin, die Euphorie und vor allem das Gefühl, niemandem im Raum unterlegen zu sein. Wahrscheinlich waren das die geilsten Stunden meines Lebens gewesen, aber jetzt war nichts mehr davon übrig, außer Schmerz, Leere und Apathie. Genau das war der Grund, warum Junkies direkt nach einer durchgefeierten Nacht die nächste Dosis einwarfen – damit dieses großartige Hochgefühl nie verflog. Denn sobald das passierte, schien der ganze Trip mit einem Schlag bedeutungslos. Scheiße, jetzt verglich ich mich schon mit Drogenopfern. Wie tief war ich gesunken?

Leon. Leon war schuld, dass ich in letzter Zeit ständig die Kontrolle über mich verlor. Ich wollte ihn, ich *brauchte* ihn. Nur wie, verdammt? Wie konnte ich ihm beweisen, dass ich der Richtige für ihn war? Noch dazu nach dem Desaster gestern Abend …

Ich trank in langsamen Schlucken das Wasser mit Aspirin und hoffte, dass es meinem dröhnenden Schädel etwas Linderung verschaffte. Ich hatte nur einen Nachmittag Zeit, um wieder in die Gänge zu kommen und morgen pünktlich – und nicht vollkommen überfahren – in der Kanzlei aufzutauchen. Ich würde garantiert nicht blaumachen, nur weil ich einen beschissenen Kater hatte. Aber die Blöße, wie ein Stück Scheiße auszusehen, würde ich mir auch nicht geben.

Fitnessstudio kam heute nicht in Frage, dafür war ich viel zu fertig, aber eine Runde joggen vielleicht.

Frische Luft, den Kopf freikriegen … Ja, das klang gut. Und nachher eine Badewanne einlassen und mich mit ein wenig Arbeit ablenken. Nachdenklich starrte ich auf mein Handy. Sollte ich Leon noch einmal schreiben? Mich entschuldigen für gestern Abend? Ich war zu forsch gewesen, das begriff ich jetzt, aber verdammt, ich konnte ja auch nicht einfach abwarten und zusehen.

Egal, nicht übertreiben. Wir trafen uns morgen in der Kanzlei und gut. Dann konnten wir auch über unser Treffen am Mittwoch reden – und dafür würde ich mir etwas Besonderes einfallen lassen.

Kapitel Elf

Unangenehmer Nieselregen begleitete mich am Montagmorgen auf dem Weg zur Kanzlei. Beim Teammeeting um zehn besprachen wir die Strategie für die kommende Woche und ich stellte fest, dass Adrian kränklich wirkte. Er war blasser als sonst, seine Nase sah gerötet aus und selbst der Concealer konnte die Augenringe nicht gänzlich überdecken. Hatte er am Samstag ein bisschen zu exzessiv gefeiert? Oder nur schlecht geschlafen? Das schien bei ihm ja öfter vorzukommen.

Nach der Mittagspause brachte ich ihm ein paar Dokumente ins Büro. »Ich hab mir was überlegt wegen der Fristsache, du weißt schon, die Tatjana übersehen hat.«

Er sah mich skeptisch an. »Ich höre?«

Anhand der Unterlagen erläuterte ich ihm meine Strategie. »Ich hab's geprüft, ist wasserfest, wenn du mich fragst.«

Er nickte langsam. »Ja, das könnten wir versuchen. Klär das aber lieber noch mit den Kapitalmarktrechtlern ab.«

»Mach ich. Danach setze ich mich wieder an *Vibrant*, sofern es nichts Dringenderes gibt?«

Adrian trank von seiner Kaffeetasse und schüttelte den Kopf. »Nein, erst mal nicht.«

Ich kramte meine Dokumente zusammen und stand auf. »Alles okay? Du siehst übernächtigt aus.«

»Ach, nur eine leichte Erkältung, das wird wieder. Hattet ihr noch einen schönen Abend?«

Ich grinste. »Ja, auf jeden Fall. Ihr auch, hoffe ich?«

»Hm, ich hab Kadir in die Wüste geschickt. Du hattest recht, das hatte keine Perspektive auf Dauer.«

»Oh, schade. Er war echt nett.«

Er schnaubte. »Echt nett ist der kleine Bruder von komplett entbehrlich.«

Ich verdrehte innerlich die Augen. »Okay ... Deine Sache.«

Adrian hob den Kopf und blickte mich an. Er sah fertig aus. Ob das stimmte mit der Erkältung? Oder steckte etwas anderes dahinter? »Wie sieht's mit Mittwoch aus? Um neun hier?«

Ich zögerte. Nach allem, was an diesem Wochenende und dem davor vorgefallen war, fühlte es sich schräg an, wieder zum Status quo zurückzukehren. Für mich hatte sich nicht viel verändert, aber ich konnte mich des Eindrucks nicht erwehren, dass das bei Adrian anders war.

Ich musste an Tobis Satz von Samstagabend denken: *Ich glaube, er steht auf dich.* War das so? Wollte Adrian mehr von mir als Sex? Wir hatten doch klare Regeln vereinbart, verdammt. Ich hatte keinen Bedarf an einer zweiten romantischen Beziehung und schon gar nicht mit Adrian, der so undurchsichtig war wie eine Betonwand.

»Ich weiß nicht«, begann ich zögerlich. »Vielleicht sollten wir … eine Pause machen. Erst einmal.«

Seine Miene verfinsterte sich. »Will Tobi das von dir?«

»Nein«, widersprach ich hastig. »Das hat nichts mit Tobi zu tun. Ich hab nur das Gefühl, dass … na ja. Wir hatten Regeln vereinbart und in den letzten zwei Wochen haben wir uns beide nicht daran gehalten. Das ist keine gute Basis auf Dauer.«

Adrian schwieg. Er wirkte angespannt, seine Finger schienen die Kaffeetasse noch fester zu umklammern. »Okay, du hast recht. Aber mal ehrlich, es war doch nett? Wir hatten ein schönes Wochenende am Dachstein – wenn man von meinem Bruder absieht – und am Samstag hatten wir auch unseren Spaß. Warum sollten wir uns dafür geißeln? Das sind unsere Regeln. Niemand zwingt uns dazu.«

»Doch«, erwiderte ich ernst, »ich tue das. Weil mir diese Grenzen wichtig sind.«

Adrian stand auf und trat neben mich, so nah, dass sich unsere Körper fast berührten und ich sein Parfum riechen konnte.

Instinktiv wich ich ein Stück zurück. »Das meinte ich mit Grenzen, Adrian.«

»Sorry.« Er hob die Hände und blieb stehen. »Lass uns Klartext reden, okay? Du bist heiß und ich genieße unsere speziellen Treffen. Klingt vielleicht bescheuert, aber für mich ist das wie Wellness. Es kann sein, dass ich unsere Regeln zuletzt ein bisschen überstrapaziert habe, weil ich dich gut leiden kann und das Gefühl hatte, dir noch was schuldig zu sein für die Hochzeit. Es war nicht meine Absicht, dich damit zu ärgern.«

Ich atmete tief durch. Manchmal konnte Adrian überraschend vernünftig sein. Warum passierte das nur so selten? »Du bist mir nichts schuldig, ehrlich. Das mit der Hochzeit war meine Entscheidung.«

»Ich weiß, trotzdem.« Er griff in eine Schublade seines Schreibtischs und zog einen Umschlag hervor. »Es ist nur ein Angebot, aber vielleicht hast du ja Lust. Du kannst Tobi natürlich mitbringen.«

Unschlüssig nahm ich den Umschlag entgegen, öffnete ihn und zog den kartonierten Zettel heraus. »Ein Segelkurs?«

Er zuckte mit den Schultern. »Ich kenn den Chef der Segelschule, ist ein alter Kumpel von mir. Du meintest ja, du würdest das ausprobieren wollen.«

»Schon, aber …« Ich unterbrach mich und schob den Gutschein zurück ins Kuvert. »Das ist echt nicht nötig. Es war ein Freundschaftsdienst.«

»Und das hier ist auch einer. Vor dem Frühling macht Segeln sowieso keinen Spaß, also hast du noch Zeit, es dir zu überlegen.«

»Na schön.« Ich lächelte dünn und steckte das Kuvert in die Innentasche meines Jacketts. »Ich denk drüber nach. Danke.«

»Nichts zu danken, wie gesagt, ich hatte irgendwie das Bedürfnis, mich zu revanchieren. Auch für das Missverständnis am Samstag. Damit sind wir quitt und wir können wieder bei null anfangen. Ist das okay für dich?«

»Sowieso. In meinen Augen warst du mir nie etwas schuldig.«

»Danke.« Er lächelte und es wirkte ausnahmsweise ehrlich erleichtert. »Bleibst du trotzdem dabei, dass du eine Pause willst, oder …?«

Ich ließ mir mit der Antwort Zeit und sagte schließlich: »Wenn ich mich darauf verlassen kann, dass wir ab jetzt wieder nach unseren vereinbarten Regeln spielen, steht unser Treffen. Mittwoch ist allerdings ungünstig, was hältst du von Freitag?«

Adrian runzelte die Stirn. »Ich dachte, das Wochenende hältst du dir frei?«

»Schon, aber Tobi ist auf seiner Weihnachtsfeier und kommt erst am Samstag. Von daher hab ich nichts vor und wir könnten uns früher treffen als sonst. Freitagabend ist hier eh nicht viel los.«

»Stimmt.« Adrian strahlte. »Um acht? Hier bei mir?«

»Ja, das passt. Dann bis später.«

Ich verließ Adrians Büro und fühlte mich angenehm erleichtert. Die Sache hatte Spuren hinterlassen, das merkte ich. Vor dem Hochzeitswochenende hatte ich keinerlei Schwierigkeiten damit gehabt, ihm ungezwungen in die Augen zu sehen oder mit ihm über Berufliches zu sprechen, egal, ob andere Kollegen dabei waren oder nicht. Mittlerweile bekam ich ein flaues Gefühl in seiner Gegenwart, hinterfragte meine Äußerungen und meine Vorschläge und wusste manchmal nicht, wie ich mich verhalten sollte. Die klare Trennung zwischen Job und Privatleben war uns ein halbes Jahr lang hervorragend gelungen, ich wollte wieder dorthin zurück. Andernfalls blieb mir nichts anderes übrig, als unsere Liaison zu beenden, und, ich wollte mir nicht ausmalen, was das für meine weitere Arbeit in der Kanzlei und in Adrians Team bedeuten würde. Hoffentlich war die Sache jetzt wirklich abgehakt.

In meinem Büro widmete ich mich, wie geplant, dem *Vibrant*-Fall. Ich wollte heute pünktlich Schluss machen, um wenigstens noch einen kurzen Abstecher in die Innenstadt unternehmen und nach Weihnachtsgeschenken Ausschau halten zu können. Tobi und ich schenkten uns nur Kleinigkeiten, weil wir keine Lust hatten, uns irgendwann gegenseitig in der Wertigkeit unserer Geschenke zu übertrumpfen. Zum Glück war ich schon vor einigen Wochen online auf einen besonders hässlichen *Doctor-Who*-Weihnachtspullover gestoßen, den ich sofort in den Warenkorb gepackt und gut in meiner Wohnung versteckt hatte. Damit fehlte mir nur noch ein Geschenk für meine Mutter und eines fürs Wichteln in der Kanzlei, danach war der stressige Teil erledigt und ich konnte mich entspannt auf die Feiertage freuen.

Am Freitag schloss ich um kurz vor acht meine Bürotür ab und machte mich auf den Weg zu Adrian. Wie üblich waren die meisten Kollegen gegangen, nur in ein oder zwei Zimmern brannte noch Licht. Vor dem Wochenende machten alle pünktlich Schluss, sofern keine wichtigen Fristsachen oder Vertragsabschlüsse anstanden, die dringend erledigt werden mussten. Auch das kam vor.

Im Gehen lockerte ich meine Krawatte, knöpfte das Jackett auf und genoss das anregende Kribbeln in meiner Magengegend. Es funktionierte immer noch. Nach fast einem halben Jahr – und trotz der Missverständnisse der letzten Wochen. Ich war froh, dass wir die Angelegenheit geklärt hatten, ich hätte diese Treffen zweifellos vermisst.

Vor Adrians Tür angekommen klopfte ich und drückte die Klinke. Verschlossen. Irritiert klopfte ich noch einmal. »Adrian?«

»Wer ist da?«

»Wer schon? Ich, Leon.«

»Ah, warte kurz.« Schritte ertönten, dann wurde der Schlüssel im Schloss gedreht. »Komm rein.«

Ich sah mich kurz im Gang um – niemand war zu sehen –, öffnete die Tür und trat ein. »Sie wollten mich –« Die Worte versiegten in meiner Kehle. Das Zimmer war dunkel, das Deckenlicht ausgeschaltet und die Jalousien heruntergelassen. Nur ein paar Kerzen brannten auf dem Beistelltisch zwischen den beiden Ledersesseln, daneben standen zwei Gläser und ein großer Teller mit Sushi.

Mit einem Plopp öffnete Adrian eine Flasche Sekt und lächelte mich an. Sein Jackett hatte er ausgezogen und das Hemd leicht aufgeknöpft. »Willst du dich nicht setzen?«

Ich starrte ihn an. »Was … soll das hier?«

»Ich dachte, das wäre eine nette Alternative zu unserem sonstigen Programm. Es ist Freitagabend, wir haben keinen Zeitdruck und keiner von uns muss morgen aufstehen. Das Sushi hab ich bei Kim's bestellt, die haben angeblich das Beste in der Stadt.«

Ich blinzelte ungläubig. Er meinte das ernst. Am Montag hatten wir noch über Regeln und Grenzen gesprochen, hatten uns darauf geeinigt, wieder zu dem zurückzukehren, was wir vereinbart hatten – und er warf das alles einfach über den Haufen. Ohne mich zu fragen, ohne auch nur mit der Wimper zu zucken. Unter anderen Umständen hätte ich mich über ein nettes Dinner im Büro wahrscheinlich gefreut, aber jetzt, in diesem Moment, war ich einfach nur stinksauer.

»Du bist … unfassbar. Ehrlich.«

Er runzelte die Stirn und stellte die Flasche beiseite. »Was ist los?«

»Was los ist?« Meine Stimme überschlug sich. »Hast du sie nicht mehr alle? Wozu rede ich überhaupt noch mit dir über Regeln oder Grenzen, wenn sie dir offensichtlich scheißegal sind?«

Adrians Miene gefror. Das war nicht sein Ernst, meine Reaktion konnte ihn nicht ernsthaft überraschen? Hatte er wirklich geglaubt, mich so leicht um den Finger wickeln zu können? Wofür hielt er mich eigentlich?

»Es ist … nur ein Abendessen«, erwiderte er pikiert. »Ich dachte, du hast vielleicht Hunger und –«

»Nein.« Ich schüttelte den Kopf. »Hör auf mit der Scheiße. Wir hatten Regeln, Adrian. Klare Vereinbarungen. Nur Sex. Keine Geschenke, keine privaten Treffen, nichts dergleichen. Machst du das mit Absicht? Willst du sehen, wie weit ich gehe? War das alles nur ein Scheißspiel? Die Hochzeit, das Abendessen am Samstag, der Club – alles nur, um mich zu testen?«

»Nein«, widersprach Adrian lahm, »ich –«

»Ich bin deine verdammten Spielchen leid«, unterbrach ich ihn zornig. »Ich bin nicht dein Toyboy, der willenlos deine Fantasien befriedigt, okay? Ich habe auch Bedürfnisse, ich habe Grenzen, und ich habe sie sehr klar kommuniziert.«

»Wow.« Adrian starrte mich immer noch an, mit einem Blick, als hätte ich ihm die Sektflasche direkt über den Kopf gezogen. Er kapierte es nicht. Er kapierte es einfach nicht. »Andere Leute würden es romantisch finden, mit einem Candlelight-Dinner überrascht zu werden.«

»Komm mir nicht so«, knurrte ich erbost. »Ich sag's dir gerne noch einmal: Wir haben keine romantische Beziehung. Und wir werden auch nie eine haben. Abgesehen davon: Das hier ist nicht romantisch, das ist manipulativ. Du wusstest, was wir vereinbart haben, und worum ich dich gebeten hatte, aber es geht dir am Arsch vorbei. Genau wie am Samstag.« Ich reckte das Kinn vor. »Gib's zu, du hast das eingefädelt, oder? Von wegen Zufall.«

Adrians Adamsapfel zitterte. »Und wenn schon. Ich musste einfach wissen, was dieser Kerl dir bieten kann. Was er hat, das ich nicht habe.«

»Was er mit bieten kann?« Ich schnaubte. »Ehrlichkeit, zum Beispiel. Vertrauen und Respekt.«

»Wie pathetisch.« Adrian stieß einen höhnischen Laut aus. »Und trotzdem hast du dich auf mich eingelassen, immer wieder. Wie perfekt kann eure Beziehung schon sein?«

»Ja«, knurrte ich, »das begreifst du nicht, oder? Was es heißt, jemanden zu lieben und ihm zu vertrauen. Weißt du was? Dein Bruder hatte recht. Du bist wirklich ein narzisstisches Arschloch.«

Der Schlag hatte gesessen, Adrian stand da wie betäubt. Tja, damit musste er leben. Es war die Wahrheit – es war ihm die ganze Zeit nie um mich gegangen, immer nur um sich selbst. Endlich hatte ich es geschafft, die Maske von seinem Gesicht zu reißen und zu sehen, wer wirklich darunter steckte. Er brauchte mich, die Bestätigung, die ich ihm bot, meine Anerkennung und das Gefühl, mich nach Belieben kontrollieren zu können. Was ich wollte, interessierte Adrian kein bisschen.

»Ist das dein letztes Wort?«

»Mein allerletztes«, erwiderte ich brüsk. »Das war's mit uns. Endgültig. Ab morgen sind wir wieder Kollegen und sonst gar nichts.«

»Und deine Beförderung?« Adrians Unterlippe zitterte. »Glaub nicht, dass ich noch einmal für dich in die Bresche springe, wenn du so mit mir redest.«

»Dann lass es«, zischte ich zurück. »Ich brauche deine Fürsprache nicht. Entweder schaffe ich es allein oder gar nicht. Ich habe es nicht nötig, mich hochzuschlafen.«

»Das werden wir ja sehen.«

Ich unterdrückte einen wütenden Aufschrei. Ein Glück, dass gerade nichts in der Nähe war, das ich nach Adrian hätte werfen können. »Drohst du mir?«

Seine Miene wurde kälter, finsterer. »Das muss ich nicht. Du bist in dieser Kanzlei nichts ohne mich.«

»Fick dich, Adrian.« Ich wandte mich zum Gehen. Auf solche Scheiße hatte ich keine Lust. Verdammt,

hätte ich einfach die Finger von dem Kerl gelassen!
Wie bescheuert konnte man sein? »Und lass mich
ab jetzt bloß in Ruhe.«

ADRIAN

Leon warf die Tür hinter sich zu und ich stand da
wie gelähmt. Das Blut rauschte mir in den Ohren
und ich konnte nicht einmal einen Finger bewegen.
Fuck. War das gerade wirklich passiert? Es fühlte
sich so surreal an.

In meinem Kopf tobte ein Gefühlschaos, das mir
schier den Atem raubte. Wie konnte Leon es wagen? Wie konnte er es wagen, mich abzuweisen,
noch dazu so, auf diese Art? Wie konnte er mir all
diese Dinge ins Gesicht sagen, nach allem, was ich
für ihn getan hatte? Dieser miese kleine Bastard!

Du bist wirklich ein narzisstisches Arschloch.

Meine Knie wurden weich und ich sank in den
Ledersessel. Das konnte er mir nicht antun. Das
durfte er einfach nicht. Nein. NEIN. Ich ballte die
Faust, bis es wehtat. Alles tat weh. Meine Brust,
mein Kopf, ein Schmerz wie tausend Nadeln, ein
Gefühl des Ertrinkens. Wo war die Wut? Ich wollte
die Wut zurück. Den Wunsch nach Rache und Vergeltung, das Bedürfnis, es Leon heimzuzahlen –
doch das war schlagartig weg. Alles, was blieb, waren Leere und Schmerz.

Ich saß derart apathisch im Sessel, dass ich das
Geräusch zu spät realisierte. Ich sah hastig auf, als

sich die Tür öffnete, und blickte in Jürgens feixendes Gesicht.

»Ach, sieh einer an. Hat dein Liebchen dich versetzt?«

Ich konnte ihm nicht antworten, meine Lippen schienen aufeinander zu kleben. Scheiße, das konnte doch alles nicht wahr sein. Das war ein verdammter Albtraum.

Jürgen verschränkte zufrieden die Arme vor der Brust und betrachtete grinsend das Arrangement auf dem Tisch. »Ich wusste doch, dass du ihn vögelst. Hat er dir den Laufpass gegeben? Ist jetzt wieder eine Partnerstelle frei oder suchst du dir den nächsten Associate, der sich bereitwillig für dich bückt?«

»Verpiss dich, Jürgen«, stieß ich zwischen den Zähnen hervor. Instinktiv umklammerten meine Finger die Sektflasche. Gerade war mir alles egal und die Vorstellung, diesem Arschloch sein selbstgefälliges Grinsen mit einem Schlag aus dem Gesicht zu wischen und ihm dabei noch ein paar Zähne auszuschlagen, war verlockend. Lieber Wut und Hass als dieses Gefühl der völligen Leere.

Jürgen lachte und zog die Tür hinter sich zu. »Wie wär's mit einem Deal?« Er fixierte mich lauernd und ich gab mir keine Mühe, meine Abscheu zu unterdrücken.

»Ich sagte, du sollst dich verpissen.«

Jürgen reagierte nicht. Mit spöttisch hochgezogenem Mundwinkel betrachtete er den Beistelltisch und pickte ungeniert ein Stück Maki vom Teller. Ich hätte kotzen können. »Folgendes Angebot: Ich verrate den anderen nichts von eurer kleinen Liaison und im Gegenzug wirst du mich als Partner für die nächste Verhandlungsrunde vorschlagen.«

Ich lachte auf. »Vergiss es. Selbst wenn ich das täte, es brächte dir gar nichts. Du hast nicht das Zeug zum Partner.«

»So? Deinen kleine Toyboy hast du doch auch erfolgreich ins Rennen gebracht. Also, gib dir etwas Mühe. Sonst werden sämtliche Teilhaber erfahren, welche perversen Spielchen du nach Büroschluss mit deinen Untergebenen spielst.« Er nahm ein weiteres Stück Sushi und der Anblick machte mich derart wütend, dass ich nicht mehr an mich halten konnte. Ich sprang auf die Beine und stieß Jürgen zurück, so brutal, dass er fast das Gleichgewicht verloren hätte.

»Nur zu«, knurrte ich ihn an. »Mach doch. Denkst du, irgendjemand wird dir glauben? Erzähl ihnen ruhig, was du angeblich gesehen hast. Es wird dir gar nichts bringen.«

»So?« Jürgen tippte mit selbstgefälligem Grinsen auf seine Hemdtasche, aus der ein Handy hervorlugte. »Vielleicht hab ich unser kleines Gespräch ja mitgeschnitten. Inklusive deines hübschen Candlelight-Dinners, das du ganz umsonst angerichtet hast.« Er setzte ein widerlich heuchlerisches Lächeln auf. »Was war los, hm? Hatte Stelzer genug davon, sich für dich zu prostituieren? Oder hattest du wirklich was für ihn übrig und er hat dich abserviert?«

Meine Glieder zitterten so heftig, dass ich kaum noch stehen konnte. Dieses miese Arschloch. Der

Gedanke, ihm einfach die Flasche über den Kopf zu ziehen oder ihm direkt den Hals umzudrehen, wurde immer verlockender. Was hatte ich denn noch zu verlieren? Leon war weg. Meine Karriere ging den Bach hinunter. Ich hatte das Gefühl, auf einer Eisscholle zu treiben, irgendwo im Meer, im endlosen Nichts. Wenn ich sowieso erfror – was hielt mich davon ab, einfach zu springen?

»Fick dich«, hörte ich mich sagen. Es klang weit entfernt, wie durch eine Glaswand. »Verschwinde und lass mich in Ruhe, ehe ich dir die Fresse poliere.«

»Oho.« Jürgens Grinsen wurde breiter. »Da zeigt jemand sein wahres Gesicht, hm? Nur zu, trau dich. Dann fliegst du direkt hochkant aus der Kanzlei. Ich werde dir mit Freude zuwinken, wenn du gehst.«

Mein Körper reagierte, ehe ich wusste, was geschah. Ich machte einen Schritt nach vorne, direkt auf Jürgen zu, hob die Faust und schlug sie ihm mitten ins Gesicht. Er stieß ein Geräusch aus, irgendwo zwischen Überraschung, Schmerz und Entsetzen. Ich packte ihn am Kragen, riss das Handy aus seiner Hemdtasche und stellte fest, dass es nicht eingeschaltet war. Ein Bluff. Natürlich hatte er nicht einmal dafür die Eier in der Hose.

»Du … Arschloch«, keuchte Jürgen und wischte sich mit dem Hemdärmel das Blut aus dem Gesicht. Seine Nase schwoll binnen Sekundenbruchteilen an. »Du hast … du …«

»Ich sagte, du sollst verschwinden«, wiederholte ich, die Stimme bedrohlich leise. »Sonst brech ich dir nicht nur die Nase, sondern auch noch den Kiefer.«

Jürgen keuchte und machte einen Schritt rückwärts. »Du kranker Psycho. Ich jag dir die Polizei auf den Hals, verlass dich drauf!«

»Mach nur«, höhnte ich. Ganz allmählich fand ich in meine Form zurück. »Ich hab keine Angst vor einem erbärmlichen Würstchen wie dir. Ich hab genügend Geld und Kontakte, mir passiert gar nichts. Pass lieber auf, dass ich dich nicht wegen versuchter Erpressung anzeige. Wobei ...« Ich lachte. »Die Mühe ist es vermutlich nicht wert. In ein paar Monaten bist du sowieso hier raus und ich muss deine selbstgefällige Visage nie wieder sehen.«

»Mach dich nur wichtig.« Jürgen betastete seine geschwollene Nase und zuckte unter der eigenen Berührung zusammen. »Dein Papi ist nicht mehr da, um dir den Arsch zu pudern, und der Rest dieser Kanzlei weiß genau, was für ein Typ du bist. Du bist ein Nichts mit einem aufgeblasenen Ego und einer dicken Brieftasche. Niemand wird trauern, wenn du endlich weg bist. Im Gegenteil. Nicht mal dein kleiner Freund Stelzer scheint sich ja für deine Avancen zu interessieren. Offensichtlich hattest du recht und er ist wirklich cleverer, als ich dachte.«

Ich ballte die Hand zur Faust. »Verpiss dich, Jürgen. Oder ich schlag dir die Zähne aus.«

»Kannst du haben.« Er wandte sich zum Gehen – endlich. »Aber das hier ist noch nicht vorbei.«

Die Tür fiel hinter ihm zu und Stille trat ein. Ich atmete tief durch, schloss die Augen, öffnete sie wieder. Fuck. Immer noch derselbe beschissene Albtraum. Leon war weg. Jürgen würde garantiert zur Polizei gehen – und ich wusste genau, was dann passierte. In einem hatte Jürgen recht, keiner der Partner würde trauern, wenn ich weg war. Sie würden mir meinen Ausstieg aus der Kanzlei nahelegen, mich mit einer hübschen Geldsumme abspeisen und mich dann vor die Tür setzen. Nach über fünfzehn Jahren, in denen ich wie ein Irrer geschuftet hatte, in denen ich mehr erreicht hatte, als die meisten hier. *Verdammte Heuchler*.

Ich löschte die Kerzen, warf den Teller mit dem Sushi achtlos in den Müll und griff nach meinem Jackett und dem Mantel. Raus hier. Ich musste hier raus, ehe ich erstickte. Den Sekt steckte ich in den Kühlschrank, warf die Kerzen gleich mit in den Müll und schlug die Tür hinter mir zu. Ich nahm die Treppe, die Enge des Fahrstuhls konnte ich gerade nicht ertragen.

Raus. Durch die Lobby auf die Straße. Es war angenehm kalt, der Himmel verhangen, keine Sterne, kein Mond. Nur ein paar vereinzelte Schneeflocken, die auf meinem Haar oder der Haut zerflossen.

Meine Füße trugen mich instinktiv weg von der Kanzlei, ohne klares Ziel, ohne Richtung. Einfach nur weg. Meine Brust schmerzte, alles tat weh, selbst das Atmen. Ich überquerte die Straße, weiter nach Süden. Weiter. Einfach weg. Egal wohin.

Alles zerbrach, bröckelte unter meinen Fingern. Meine Karriere. Mein Job. Leon. Vor allem Leon. Wie konnte er es wagen, mich derart lächerlich zu machen? Ich hatte das alles nur für ihn inszeniert, um ihm zu beweisen, dass er mir wichtig war, dass er mehr für mich war als ein Feierabendfick. Und was war der Dank? Zurückweisung. Das konnte er nicht mit mir machen. Er hatte kein Recht dazu. Kein verdammtes Recht. Regeln, Bullshit! Ich wollte ihn, ich bekam ihn, *das* waren die Regeln! Sie hatten immer funktioniert. Ich bekam immer, was ich wollte. Jeden, den ich wollte.

Außer ihn. Außer diesen einen Kerl, der mir mehr bedeutete als alles andere. Fuck. Das war nicht fair. Meine Augenwinkel brannten. Es war nur die Kälte, der Wind, sonst nichts. Keine Tränen. *Kontrolle, Adrian.*

Ich konnte kaum atmen, so sehr presste der Schmerz alle Luft aus meinen Lungen, wie ein verfluchter Schraubstock, der sich zuzog, immer weiter, mit jedem Schritt.

Aufhören. Das musste aufhören. Vor mir ragte der Mercedes-Turm in die Höhe, ich marschierte schnurstracks weiter. Niemand beachtete mich. Weder die Nachtschwärmer auf dem Weg zur U-Bahn noch die Jogger und Fahrradfahrer. Ich sah die Welt durch ein Fenster, angelaufen und beschlagen. Alles bewegte sich, aber es war weit weg. Ich war kein Teil mehr davon.

Hinter der Kreuzung bog ich intuitiv in eine Seitenstraße ab und landete vor einer Cocktailbar. Ja, ein Drink, das war eine gute Idee. Den Kopf freikriegen. Die Gedanken irgendwie ersticken, das Karussell stoppen, sonst ... Ja, was sonst? Ich wusste es nicht. Ich wollte es auch nicht wissen.

Die Bar war angenehm warm, die Wände holzvertäfelt und ringsum standen einige Palmen in Tontöpfen. Für das Ambiente hatte ich allerdings wenig Interesse, sondern setzte mich direkt an die Bar. Noch ehe der Mann hinter dem Tresen fragen konnte, bestellte ich einen Cuba Libra und leerte das Glas in annähernd einem Zug, um sofort einen neuen zu bestellen. Der Barkeeper hob zwar die Augenbrauen, sagte aber nichts.

Aus dem zweiten Drink wurde ein dritter, doch das angenehm betäubende Gefühl stellte sich nicht ein. Im Gegenteil. Jeder Drink zerrte weitere Gedanken, Sorgen und Ärgernisse aus den Untiefen meines Bewusstseins hervor.

Bilder spukten durch meinen Kopf. Der Abend im Whirlpool. Der Sex danach. Der Brautstrauß in Leons Hand und sein jungenhaftes Grinsen dazu, als hätte er mir gerade einen besonders cleveren Streich gespielt. Neben ihm einschlafen. Neben ihm aufwachen. Ich ballte die Fäuste in kalter Wut. Es war seine Schuld. Leons verdammte Regeln hatten alles ruiniert. Es hätte so schön sein können. So perfekt. Fuck, er würde sehen, was er davon hatte, mich derart bloßzustellen.

Der Gedanke wogte eine Weile durch meinen Kopf. Er fühlte sich gut an, schmeckte nach Rache, nach Vergeltung, aber nur für einen Augenblick, dann war der Geschmack verflogen, wurde schal und bitter. Was wollte ich denn tun? Leon das Leben zur Hölle machen? Ihn feuern lassen? Wozu? Ich wollte ihm nicht wehtun. Er sollte mich lieben, verdammt!

Vince' Stimme erklang schneidend in meinem Ohr: *Muss scheiße sein, zu sehen, wie andere eine glückliche Beziehung führen, während man selbst nichts auf die Reihe kriegt.*

245

Ja. Ja, Vince, es fühlte sich scheiße an. Glückwunsch. Hol dir einen drauf runter.

Ich bestellte einen weiteren Drink – diesmal gleich on the rocks – und kippte ihn hinunter.

»Noch einen.«

Der Hipster-Barkeeper mit dem Vollbart nahm mir das leere Glas ab und schüttelte den Kopf. »Ich schätze, Sie hatten genug. Rufen Sie lieber jemanden an, mit dem Sie reden können.«

Ich musterte ihn finster. »Sind Sie Barkeeper oder Seelenklempner?« Ich zückte meine Kreditkarte. Meine Finger zitterten, hier machte sich der Alkohol bereits bemerkbar, also warum nicht in meinem verdammten Kopf. »Stimmt Sie das um?«

Der Hipster seufzte. »Einen können Sie noch haben, aber dann reicht's erst mal. Vielleicht wollen Sie stattdessen was essen? Heute ist Pizza-Nacht.«

»Nein, danke.«

Er goss mir einen weiteren Rum ein und schob ihn mir zu. »Stress in der Arbeit?«

»Das geht Sie einen Scheiß an, oder?«

»Wow, sorry.« Er hob abwehrend die Hände. »Ich wollte nur helfen. Das ist der letzte Drink, ich werd nicht zusehen, wie Sie sich ins Koma saufen.«

Ein Jammer, dachte ich wütend und kippte den Rum hinunter. Koma klang verdammt verlockend. Einfach die beschissenen Gedanken in meinem Kopf ausknipsen, nichts mehr denken, nichts mehr fühlen.

Eine Weile saß ich noch versunken auf meinem Hocker und starrte auf die Theke. Hitze brannte in meiner Brust und das Gedankenkarussell drehte sich unaufhörlich weiter, gönnte mir keine Pause. Was hatte Leon erwartet? Ich war nicht aus Stein, verdammt, auch, wenn er das zu denken schien. Ich hätte alles für ihn getan. Alles. Und trotzdem saß ich hier, allein, betrank mich sinnlos und hätte vor lauter Frust schreien können. Zumindest dann, wenn sich meine Brust nicht anfühlen würde wie von einem Schraubstock zusammengedrückt.

Ich presste die Fäuste auf meine Schläfen. Fuck, das musste aufhören. Ich schob dem Barkeeper wortlos meine Kreditkarte zu, zahlte und verließ die Bar.

Das Schneetreiben war dichter geworden. Ein dünner, weißer Film lag auf dem Bordstein und die Luft schmeckte klar und kalt. Eine Wohltat für meinen dröhnenden Kopf. Zu viel Alkohol in zu kurzer Zeit. Egal.

Ich marschierte die Straße hinunter und ließ die Mercedes-Niederlassung hinter mir. Die riesigen Schaufenster waren im Stil eines Adventskalenders gestaltet und allein der Anblick drehte mir den Magen um. Weihnachten – das fehlte mir gerade noch. Ich feierte Heiligabend schon seit Jahren in den Clubs, mit Drinks und hemmungslosem Sex. Alles andere war kitschiger Bullshit. Familie, Freunde, Fest der Liebe. Schwachsinn. Meine Familie war ein Albtraum und Liebe gab es nicht. Nicht für mich.

Ja. Das war die beschissene Wahrheit. Ich verdiente sie nicht. Ich verdiente Leon nicht. Ich verdiente es, allein zu bleiben.

Auf der Donnersbergerbrücke fegte mir der Wind ungehindert um die Ohren. Autos schossen an mir vorbei und in der Mitte der Brücke, hinter der S-Bahn-Haltestelle, blieb ich stehen und lehnte mich ans Geländer. Dutzende Schienen verliefen darunter, die komplette Stammstrecke zwischen Hauptbahnhof und Parsing. Und plötzlich wurde mir klar, warum ich hier stand. Es war kein Zufall. Ich hatte mich nicht treiben lassen, mein Unterbewusstsein hatte mich gezielt hierher geführt. Die Erkenntnis fühlte sich nicht so furchtbar an wie erwartet. Im Gegenteil. Es war die logische Konsequenz.

Wegen eines Notarzteinsatzes am Gleis kommt es zu Verzögerungen im Betriebsablauf.

Der Gedanke war eigentümlich befriedigend. Als letzte Tat ein paar Feierwütigen oder Pendlern den Abend versauen. Spektakulär abtreten. Eine Waffe wäre mir noch lieber, ein schöner, schwerer Colt, der mein komplettes Gehirn über eine Wand verteilte. Aber man konnte eben nicht alles haben.

Ich rieb die kalten Hände aneinander. Wie würde Leon reagieren, wenn er es erfuhr? Am Montag, wenn er ins Büro kam, nach einem ach so schönen Wochenende mit seinem Liebsten, und Eva ihm tränenüberströmt erzählte, was ich getan hatte. Würde er trauern? Sich Vorwürfe machen? Das sollte er auch, verfluchte Scheiße. Es war seine Schuld. Alles war seine Schuld.

Meine Finger umklammerten das Geländer. Es war nur konsequent. Ich war ohnehin nicht mehr da. Leon hatte mich in Stücke gerissen, in winzig kleine Fetzen. Da konnte ich es genauso gut beenden.

Die Vorstellung war melancholisch, aber schön. Weinende Menschen um meinen Sarg, alle schwarz gekleidet. Nadine würde weinen. Bestimmt. Der Rest … nein, vermutlich nicht. Sie würden es einfach nicht verstehen, würden sich fragen, wie das passiert war, wie sie es nicht hatten bemerken können. *Er war doch immer so lebensfroh,* würden sie sagen, *so erfolgreich. Er hat Pläne gemacht für die Zukunft.*

Fassungsloses Kopfschütteln, betroffene Gesichter und leises Schluchzen. Ich stand ein letztes Mal im Rampenlicht, alle Augen auf mich gerichtet. Applaus. Dann fiel der Vorhang – für immer.

»Entschuldigung«, vernahm ich plötzlich eine zögerliche Stimme, »geht es Ihnen gut?«

Ich drehte mich um. Eine rothaarige Frau stand hinter mir, vielleicht Anfang zwanzig, die Kopfhörer um den Hals gelegt. Widerwillig musterte ich sie. »Was wollen Sie von mir?«

»Nichts«, erwiderte sie hastig. »Ich dachte nur … also … ist alles okay bei Ihnen?«

»Was geht Sie das an?«

»Sorry. Ich wollte nur –«

»Verschwinden Sie. Lassen Sie mich in Ruhe.«

»Okay, wenn Sie meinen …«

Ich beachtete sie nicht länger, sondern stützte mich wieder aufs Geländer und starrte in die Ferne. Blöde Kuh, was fiel ihr ein, sich einzumischen und meine Komposition zu stören? Sie beobachtete mich immer noch, ich sah es im Augenwinkel. Was wollte sie schon tun? Mich heldenhaft vom Geländer zerren? Das fehlte gerade noch.

Mein Herzschlag war ruhiger geworden, seit ich hier stand, doch die Verzweiflung presste mir nach wie vor die Luft aus den Lungen. Es gab keinen anderen Ausweg. Wie sollte ich das Wochenende ertragen, die Stille in meinem Apartment, das Alleinsein, das Gedankenkarussell, ohne die Aussicht darauf, Leon wiederzusehen? Wie sollte ich ihm jemals wieder in die Augen sehen können? Oder den anderen Kollegen in der Kanzlei? Diese Schande würde ich niemals ertragen.

Die Frau ging weiter, ließ mich allein, und mir kam ein Gedanke. Leon sollte es wissen. Er sollte erfahren, was er angerichtet hatte. Es war fair. Seine letzte Chance. Seine allerletzte.

Kapitel Zwölf

Ich hatte die Musik auf den Ohren extra laut aufgedreht, das verlieh mir einen Hauch von Genugtuung. Die U-Bahn war gerappelt voll, kein Wunder, es war das vorletzte Wochenende vor Weihnachten und wer nicht ausging, der hatte zumindest noch ein paar Geschenke eingekauft oder machte sich auf den Weg zur Weihnachtsfeier.

Neben mir drapierte eine ältere Dame zwei randvolle Tüten mit Einkäufen vor ihrem Sitz und eine Gruppe junger Männer mit Nikolausmützen sang am anderen Ende des Wagens schief und laut *Jingle Bells*. Meine Wut verrauchte langsam, aber der Frust saß tief. Ich wusste gar nicht, worüber ich mich mehr ärgerte, über Adrian oder über mich selbst. Ich hätte es wissen müssen, verdammt. Ich war naiv gewesen und hatte mich von ihm genauso bereitwillig um den Finger wickeln lassen wie diese jungen Burschen, die er im Club abschleppte. Ein Glück, dass Tobi morgen kam, dann konnte ich mich bei ihm so richtig auskotzen. Heute Abend würde ich mir einfach ein Bad einlassen, einen Film gucken und dabei Pizza essen. Oder was Vergleichbares.

Zuhause angekommen schlüpfte ich in Pullover und Jogginghose, ließ mich auf die Couch fallen und bestellte Abendessen. Vierzig Minuten später klingelte der Lieferservice und ich scrollte mit einem fettigen Stück Pizza in der Hand durch das Streaming-Angebot. Heute brauchte ich einen Wohlfühlfilm, irgendeinen, den ich schon hundertmal gesehen hatte und der sich wie zuhause anfühlte. *Ocean's Eleven* vielleicht, das war einer meiner Lieblingsfilme. Neben mir vibrierte mein Handy und ich warf einen Blick darauf. Eine Voicemail von Adrian.

Nein. Nein, darauf hatte ich wirklich keinen Bock. Was auch immer er mir sagen wollte, es interessierte mich nicht. Er hatte seine Chance vertan.

Energisch steckte ich das Handy weg, doch schon nach einigen Momenten kitzelte mich die Neugier. Vielleicht würde Adrian sich wenigstens entschuldigen? Und wenn nicht, wenn er nur versuchte, nachzutreten oder mich fertigzumachen, dann verstärkte das nur meinen Entschluss, ihm künftig die kalte Schulter zu zeigen. Ich hatte nichts zu verlieren.

Eine Weile starrte ich auf die Nachricht, bis ich schließlich Play drückte.

»Hey Leon.«

Adrians Stimme zitterte. Im Hintergrund war Autolärm zu hören.

»Das wird die letzte Nachricht sein, die du von mir bekommst. Versprochen. Du musst auch nicht drauf antworten. Du hast recht, ich habe unsere Regeln gebrochen, und weißt du was: Ich würde es wieder tun. Ich wollte mehr von dir als diese belanglosen Ficktreffen. Was hätte ich tun sollen? Ich musste irgendwie reagieren. Und wenn du ehrlich bist, du hast dich auch nicht an deine heiligen Regeln gehalten. Oder willst du mir erzählen, da wäre nichts gewesen, an diesem Wochenende, im Whirlpool, danach?«

Ich hörte ihn schlucken, seine Stimme brach beinahe. Er hatte offensichtlich getrunken, denn er lallte beim Sprechen.

»Ich kapiere nicht, warum du mich so behandelst. Ich hätte alles für dich getan, verstehst du? Und jetzt weiß ich nicht einmal mehr, wie ich dir in die Augen sehen soll. Das hat alles keinen Sinn. Wahrscheinlich habt ihr recht, du und Vince. Ich verdiene es nicht. Ich reiße am laufenden Band Menschen in den Abgrund, das ist alles. Mich selbst am allermeisten. Ich kann nicht mehr.«

Er rang hörbar nach Luft und ich fühlte Beklemmung in mir aufsteigen. Der Autolärm ringsum, das Knacken von schneidendem Wind – wo war Adrian gerade? Klang nicht nach seinem Apartment.

»Ich schätze, es ist das Beste so. Du hast ja Tobi und … na ja. Egal. Ich bin dann weg. Mach's gut, Leon.«

Die Nachricht brach ab. Ich starrte mein Handy an, das Herz schlug mir in der Kehle. Er würde nicht …? Nein! Aber sein Tonfall, seine Wortwahl, das klang alles so – endgültig. Der Autolärm. Das ferne Geräusch eines Zuges. Schneidender Wind. Eine Brücke?

O Gott!

Meine Finger zitterten. War das nur wieder eines seiner Spiele? Wollte er mir auf diese Weise ein schlechtes Gewissen machen, damit ich ihm verzieh? Aber wenn nicht? Wenn das wirklich ein Hilfeschrei war? Wenn er … *Fuck!*

Hektisch sprang ich vom Sofa auf und wählte Adrians Nummer.

Komm schon, flehte ich panisch, *geh ran! Geh ran!*

Was sollte ich tun? Die Polizei rufen? Und dann? Wo konnte Adrian sein – und war es vielleicht schon zu spät? Die Voicemail war ein paar Minuten alt, genug Zeit, um …

Weggedrückt. Scheiße. Okay, egal, neuer Versuch. Ich würde ihn so lange nerven, bis er abhob. *Geh dran, verdammt! Geh dran!*

Es knackte in der Leitung.

»Adrian!« Ich schrie ihn fast an. »Wo bist du?«

Es kam keine Antwort, für einen Moment hörte ich nur den Autolärm um ihn herum. »Lass mich in Ruhe.«

»Hör zu, was auch immer passiert ist, wir können drüber reden.«

»Es gibt nichts mehr zu reden.«

»Doch, gibt es! Du bist verletzt, das verstehe ich, aber … mach jetzt nichts Dummes, okay?«

Er schwieg, ich hörte nur seinen Atem und die Geräuschkulisse ringsum. Die Hackerbrücke vielleicht? Oder die Donnersbergerbrücke? Beide waren nicht allzu weit vom Büro entfernt. »Das bringt doch nichts«, murmelte Adrian. »Jürgen hat uns gesehen. Er war bei mir im Büro, nachdem du weg warst. Er weiß alles.«

Meine Knie wurden weich. »Okay, das ist scheiße, aber –«

»Ich hab ihn geschlagen.«

»Du hast WAS?«

»Hab ihm die Nase gebrochen, glaub ich. Ist ja auch egal. Ich tu mir das nicht länger an, ich lass mich nicht so behandeln, ich –«

»Adrian!« Ich unterbrach seinen Redeschwall und spurtete hinaus in den Flur, um Jacke und Schuhe anzuziehen. Ich durfte nicht zulassen, dass Adrian sich gedanklich in eine Abwärtsspirale hineinmanövrierte. Ich musste ihm im Gespräch halten. So lange wie möglich. Etwas Besseres fiel mir zumindest nicht ein. »Wir reden über alles, okay? Aber du musst mir sagen, wo du jetzt bist.«

»Wozu?«

»Damit ich dich abholen kann. Ich … ich will nicht, dass du dir etwas antust. Wir reden, okay? Wir finden eine Lösung.«

»Es gibt keine Lösung.«

»Es gibt immer eine. Bitte, sag mir, wo du bist.«

Eine Weile hörte ich ihn am anderen Ende nur schwer atmen. Ich schlug die Wohnungstür hinter mir zu und sprintete die Treppe hinunter. Um ein Haar hätte ich meine ältere Nachbarin über den Haufen gerannt und entschuldigte mich mit einer Geste. »Adrian?«

»Ja, ich … bin noch dran.«

»Okay, gut.« Ich wiederholte meine Frage, sanft, aber eindringlich: »Wo bist du gerade?«

Ich biss mir auf die Unterlippe, wartete, hoffte, und dann kam tatsächlich eine Antwort. »Donnersbergerbrücke.«

Erleichtert atmete ich durch. Ich riss die Haustür auf, lief auf die Straße und spähte nach einem Taxi. Keins zu sehen. Verflucht. »Danke. Ich bin in ein paar Minuten da, warte auf mich, okay? Und leg nicht auf. Wehe, du legst auf.«

»Mach ich nicht.« Er lachte bitter. »Ich bin so ein Held. Ich krieg's nicht mal hin, abzutreten.«

»Zu sterben ist nicht heldenhaft«, erwiderte ich leise und allein der Gedanke ließ mich erschauern. So knapp. So verflucht knapp. »Aufzustehen, weiterzumachen, zu kämpfen – das ist heldenhaft.«

»Fühlt sich nicht so an.«

»Versteh ich. Wir finden eine Lösung, vertrau mir. Bleib einfach, wo du bist, ja? Ich – he! Taxi!« Ich streckte den Arm aus und wäre um ein Haar in den Wagen hineingelaufen. Glück gehabt! Ohne lange zu zögern, riss ich die Beifahrertür auf, als das Auto hielt.

Der Fahrer, ein älterer Herr mit brauner Haut, Stirnglatze und schwarzem Bart zog die Augenbrauen hoch. »Hammas eilig?«, fragte er mit breitem bayerischem Dialekt und ich nickte atemlos.

»Ja. Donnersbergerbrücke. Ich muss da jemanden abholen.«

Der Fahrer startete das Taxameter und rollte los. »Des kann jetz a weng dauern. Geht grod ziemlich zua.«

»Macht nichts«, erwiderte ich und hob das Handy wieder ans Ohr. »Adrian, bist du noch da?«

»Ja, sicher.« Gott, er klang so resigniert. Scheiße. Wie hatte die Situation derart eskalieren können?

»Super. Ich sitze jetzt im Taxi. Gib mir eine Viertelstunde oder so, dann bin ich auf jeden Fall da.«

»Okay.«

»Und bleib dran.«

Er seufzte. »Ja, verdammt.«

Der Taxifahrer warf mir einen irritierten Blick zu, sagte aber nichts. Tatsächlich floss der Verkehr zäh rund um den Stachus und ich verfluchte jedes einzelne Auto. Das Herz pochte mir in der Kehle.

»Wir fahren jetzt am Hauptbahnhof vorbei«, schilderte ich Adrian. »Kannst du bei einer der Bushaltestellen auf der Brücke warten? Wir kommen von Norden her.«

»Denk schon«, murmelte er. »Ich geh ein paar Schritte.«

»Danke. Hör zu, es tut mir leid, was ich vorhin gesagt habe, im Büro. Ich war einfach stinksauer. Ich wollte nicht … ich hatte nicht vor, dich so zu verletzen.« Adrian schwieg, ich konnte ihn aber am anderen Ende der Leitung atmen hören. »Hat Jürgen noch irgendwas zu dir gesagt?«

»Einiges.« Er schnaubte. »Angefangen damit, dass er mich erpressen wollte.«

»Ohne Scheiß?«

»Er sagte, er hält die Klappe, wenn ich ihm einen Partnerposten verschaffe.«

»Und dann hast du ihm eine runtergehauen.«

»Mehr oder weniger, ja.«

»Na gut, das … kann ich irgendwie verstehen. Ich sehe jetzt den Mercedesturm, wir sind gleich an der Brücke. Noch ein paar Minuten … Adrian?«

Stille. Ich starrte auf mein Display. Der Anruf war weg. *Fuck.*

Ich rief zurück. Mailbox. Hatte er …? Nein!

»Legen Sie 'nen Zahn zu«, schrie ich den Taxifahrer an. »Machen Sie schon!«

»San Sie narrisch? I ko doch ned –«

»Ich bin Anwalt«, unterbrach ich ihn hektisch, »wenn Sie geblitzt werden, hau ich Sie raus. Geben Sie Gas, verdammt!«

Es geht um Leben und Tod.

Ich sprach den Satz nicht aus, aber er lag mir auf der Zunge. Gott, bitte nicht. Bitte, bitte nicht! Ich grub die Fingernägel in meine Oberschenkel. Da war die Brücke. Die Bushaltestelle – und dort saß Adrian zusammengesunken auf der Bank.

»O Fuck.« Ein Stein fiel mir vom Herzen und ich holte tief Luft. »Können Sie kurz stehenbleiben, nur einen Moment?«

Der Taxifahrer zuckte mit den Schultern und ich sprang aus dem Auto. Adrian sah aus wie ein Häuflein Elend, blass, verfroren und apathisch. Er hatte nicht geblufft. *O Gott.*

Ich rannte auf ihn zu und kaum hatte ich ihn erreicht, zog ich ihn hoch und in meine Arme. »Scheiße. Warum hast du aufgelegt?«

»Akku war alle«, murmelte er. Sein Atem roch nach Alkohol. »Sorry.«

»Macht nichts. Komm, steig ein.«

Unzufriedene Autofahrer hupten bereits hinter uns und einer brüllte eine Beleidigung. Ich ignorierte sie, setzte mich zu Adrian auf den Rücksitz und nickte dem Taxifahrer zu. »Neureuther Straße, in der Maxvorstadt.«

Adrian blickte mich stirnrunzelnd an. »Was sollen wir dort?«

»Da ist meine Wohnung. Du bleibst heute bei mir, ich lass dich nicht allein nach Hause. Nicht so. Du kannst bei mir pennen und morgen … sehen wir weiter.«

»Das ist doch Schwachsinn. Ich bin in Ordnung, ich fahr nach Hause.«

»Nein, Adrian.« Ich fixierte ihn eindringlich. »Du kommst mit mir. Ich lass dich nicht allein, nicht in dem Zustand.«

»Gott.« Er verdrehte die Augen. »Sei nicht so dramatisch. Ich hätte nicht –«

»Dramatisch? Soll ich dir die Voicemail noch mal zeigen, die du mir geschickt hast? Es spielt für mich keine Rolle, was hätte passieren können. Ich möchte einfach, dass du in Sicherheit bist. Wenigstens fürs Erste.«

Adrian sagte nichts und starrte ins Leere, während sich mein Herzschlag langsam wieder beruhigte. Entspannen konnte ich mich noch nicht, aber ich war unfassbar erleichtert, dass das Schlimmste abgewendet war. Egal, was Adrian sagte, ich wurde das Gefühl nicht los, dass wir beide haarscharf an einer Katastrophe vorbeigeschlittert waren. Einer Katastrophe, deren Ausmaße ich mir gar nicht vergegenwärtigen wollte.

Wir schwiegen den Rest der Fahrt, bis das Taxi vor meinem Haus anhielt. Das Taxameter zeigte vierunddreißig Euro an, doch ich drückte dem Fahrer einfach einen 50-Euro-Schein in die Hand. »Das stimmt so. Schöne Feiertage.«

Der Fahrer beäugte den Schein überrascht. »Öha, danke. Ihnen auch.«

Ich komplimentierte Adrian aus dem Wagen und führte ihn die Treppe nach oben zu meiner Wohnung. Er musste sich an mir festhalten, um nicht zu stolpern. Es waren höchstens zwei Stunden vergangen, seit wir uns im Büro getrennt hatten, wie viel hatte er in der Zeit getrunken?

Bei mir im Wohnzimmer setzte ich Adrian erst einmal aufs Sofa. Meine Knie waren weich wie Butter und ich musste darum kämpfen, meine Fassung zu bewahren. Am liebsten hätte ich einfach losgeheult, so ausgelaugt fühlte ich mich gerade. Und ich wollte mir gar nicht vorstellen, was in Adrian vorging.

Ich sah ihn fragend von der Seite an: »Willst du was trinken?«

»Hm. Ja, warum nicht.«

Ich stand auf, ging in die Küche und brühte zwei Tassen Kräutertee auf. Spöttisch sah Adrian mich an, als ich ihm eine Tasse reichte und eine Zuckerdose daneben auf den Couchtisch stellte. »Was Stärkeres hast du nicht?«

»Ich fürchte nein.«

»Wenigstens ein Schuss Rum?«

»Keine gute Idee. Wenn ich dich so ansehen, hast du heute Abend genug getrunken.«

»Schon gut, Mama.« Er rührte zwei Löffel Zucker in seinen Tee und sah mich mit einem seltsamen Ausdruck in den Augen an. »Danke, dass du angerufen hast. Ich weiß nicht, ob ... keine Ahnung. Es war auf jeden Fall wichtig.«

Ein Schauer lief mir über den Rücken. Gott, wenn ich die Nachricht gelöscht oder sie einfach ignoriert hätte ... »Gern geschehen. Danke, dass du mir die Chance dazu gegeben hast.«

Adrian umklammerte stumm seine Tasse. Er sah so erschöpft aus, dass es mich nicht überrascht hätte, wenn er einfach an Ort und Stelle zusammengebrochen wäre. Der Alkohol trug wahrscheinlich auch seinen Teil dazu bei.

»Willst du ... über irgendwas reden?«, fragte ich leise. »Ich hör zu. Versprochen.«

Adrian schüttelte den Kopf und schwieg. Unschlüssig blickte ich ihn von der Seite an. Was sollte ich tun? Was war das Richtige in einer solchen Situation?

»Dann ... richte ich dir das Schlafzimmer her, okay? Da bist du ungestört.«

Er legte die Stirn in Falten. »Das ist nicht nötig. Mir geht's gut, ich war nur ... keine Ahnung. Zu viel getrunken. Ich hätte nicht wirklich ... also ...«

»Das spielt keine Rolle. Allein, dass du verzweifelt genug warst, es in Erwägung zu ziehen, ist, nun ja, beunruhigend.«

»Das war nur so dahergeredet.«

»Erzähl mir nichts, Adrian, ich bin kein Idiot. Abgesehen davon ist es mir egal. Du bleibst heute Nacht hier, ruhst dich aus und morgen sehen wir weiter. Ehrlich gesagt, hab ich den Eindruck, dass du eine Mütze Schlaf dringend nötig hast.«

»Hm. Kann sein.«

»Ich richte dir das Bett her. Brauchst du was zum Anziehen? T-Shirt oder Pulli oder so?«

Er schüttelte den Kopf. »Nicht nötig. Du hast nicht zufällig … irgendwas zur Entspannung?«

»Du meinst Medikamente? Nein. Ibuprofen, das war's. Der Tee hat aber auch beruhigende Wirkung, angeblich. Erscheint mir gerade klüger als Tabletten.«

»Ich werd mir nichts antun, hab ich doch gesagt.«

»Versprichst du es mir?«

»Ja, verdammt. Ich werd dir schon nicht den Teppich versauen.«

»Darum geht es nicht.« Ich fixierte ihn mit ernster Miene, doch er wich meinem Blick aus. »Ich will nicht, dass dir was passiert. Ja, ich hab dir einen Korb gegeben, aber das heißt nicht, dass du mir egal bist.«

»Das klang vorhin noch ganz anders.«

»Ja, weil ich sauer war. Wir hätten über all das in Ruhe reden können, wenn du …« Ich unterbrach mich. Nein, die Vorwürfe mochten berechtigt sein, aber hier und jetzt hatten sie keinen Platz. Ich musste Adrian stützen, wenigstens für den Moment, und die Aussprache auf später verschieben. »Egal, das ist jetzt nicht wichtig. Wichtig ist, dass du wieder auf die Beine kommst.«

Er stieß ein freudloses Lachen aus. »Unwahrscheinlich.«

»Es gibt immer einen Weg. Weißt du … ich glaube, was du im Moment dringend brauchst, ist kein Liebhaber, sondern ein Freund.«

Er zog die Augenbrauen hoch.

»Ich weiß, das ist nicht das, was du dir gewünscht hast, aber es ist das beste Angebot, das ich dir machen kann.«

Adrian nippte erneut an seinem Tee. Er war ruhiger geworden, seit er hier saß, schläfriger. Hoffentlich war das ein gutes Zeichen. »Ich denk drüber nach.«

»Tu das. Ich geh kurz das Schlafzimmer herrichten.«

Mit zitternden Knien stand ich auf, bezog eine Garnitur Gästebettwäsche und legte frische Handtücher aufs Bett. Meine Bettwäsche – und Tobis – trug ich rüber ins Wohnzimmer. Adrian saß noch immer auf dem Sofa, den Blick gesenkt und die Hände auf die Oberschenkel gepresst. Was wohl gerade in seinem Kopf vorging? Egal, ich durfte ihn nicht drängen. Erst einmal brauchte er eine Mütze Schlaf.

»Das Bett ist fertig. Ich hab dir auch Handtücher hingelegt, falls du duschen willst.«

»Vielleicht«, murmelte er. »Danke.«

»Nichts zu danken. Oh und … Tobi kommt wahrscheinlich morgen, irgendwann vormittags. Nur dass du Bescheid weißt.«

Adrian sah mich mit schwermütigem Gesichtsausdruck an. »Wirst du's ihm erzählen?«

»Würde ich gerne, wenn das für dich okay ist.«

Er seufzte tief und zuckte mit den Schultern. »Mir egal. Mach, was du willst.«

»Ich hab dich gefragt.«

»Wie gesagt, ist mir egal. Erzähl's ihm ruhig.« Er leerte die Tasse Tee und stand auf. Es fiel ihm sichtlich schwer, die wenigen Schritte bis zur Tür zurückzulegen. Er wankte wie ein angeschossenes Tier. »Ich leg mich dann hin. Gute Nacht.«

»Gute Nacht. Sag Bescheid, wenn du was brauchst.«

»Mach ich.«

Eine Weile blieb ich stumm auf dem Sofa sitzen und lauschte in die Stille. Ich hörte die Badtür auf- und wieder zugehen, später die Schlafzimmertür. Sollte ich sicherheitshalber noch einmal nach Adrian sehen? Oder wirkte ich dann wie ein irrer Kontrollfreak?

Je länger ich nur da saß und auf das Rauschen meines Blutes in den Ohren hörte, desto mehr löste sich die Anspannung und hinterließ ein Gefühl der totalen Erschöpfung. Das Adrenalin flaute ab und ich fühlte mich so ausgelaugt, als hätte ich einen Dauerlauf hinter mir.

Unschlüssig starrte ich auf mein Handy. Tobi war garantiert noch auf der Weihnachtsfeier seines Kollegiums. Sollte ich ihn trotzdem anrufen? Ihn vorwarnen? Er musste schließlich wissen, was passiert war, wenn er morgen hier ankam. Vielleicht wollte er lieber direkt zuhause bleiben. Ich konnte verstehen, dass es Adrian unangenehm war, Tobi mit ins Boot zu holen, aber es ging eben nicht anders. Allein schaffte ich das nicht.

Ich öffnete WhatsApp und tippte eine Nachricht an ihn. Ich musste fast jedes Wort korrigieren, weil meine Finger nicht anständig gehorchten. *He Schatz. Sorry, dass ich störe. Wenn du kurz Zeit hast, kannst du mich anrufen? Es ist wichtig. :-**

Es dauerte keine fünf Minuten, da kam schon der Rückruf. Tobi war einfach der Beste.

»Hey du.« Im Hintergrund hörte ich gedämpfte Weihnachtsmusik und ein Gewirr von Stimmen. »Was gibt's denn?«

Ich kaute auf meiner Unterlippe. Scheiße, ich war kurz davor, in Tränen auszubrechen, aber das wollte ich Tobi nicht antun. »Hey. Es ist … nicht so einfach. Hast du einen Moment, also … kannst du gerade reden?«

»Ja, klar.« Seine Stimme klang schlagartig besorgt. »Was ist passiert?«

In möglichst kurzen Worten erzählte ich Tobi vom Verlauf des Abends und merkte, wie meine Stimme immer höher und brüchiger wurde. Insbesondere, als ich an den Punkt kam, an dem ich Adrian auf der Brücke eingesammelt hatte.

»Scheiße«, murmelte Tobi und holte tief Luft. »O Gott, das tut mir so leid. Wie geht's dir jetzt?«

»Dreckig«, erwiderte ich erstickt. »Aber es geht schon. Ich wollte nur, dass du … also … wenn du morgen kommst …«

»Ich komme gleich«, unterbrach mich Tobi bestimmt. »Ich hatte nur zwei Tassen Kinderpunsch. Ich fahr sofort los und bin in einer Stunde da.«

»Das musst du nicht«, widersprach ich, »ehrlich. Genieß deine Party und –«

»Nichts da. Du solltest jetzt nicht allein sein mit all dem. Und so toll ist die Party auch wieder nicht.«

Ich schniefte und hätte Tobi am Liebsten durch das Telefon hindurch geküsst. »Danke.«

»Alles gut. Halt noch ein bisschen durch, in einer Stunde bin ich da und dann kannst du dich auskotzen, okay?«

»Danke«, wiederholte ich atemlos. »Ich liebe dich.«

»Ich dich auch. Falls was ist, ruf an. Soll ich noch schnell bei der Tanke eine Tafel Schokolade mitnehmen?«

»Ja, das klingt gut.«

»Alles klar. Halt die Ohren steif, okay. Ich bin gleich bei dir.«

Lächelnd legte ich das Handy beiseite. Tobi war einfach großartig. Das Telefonat hatte mein Gemüt ein wenig beruhigt, trotzdem fand ich keine Ruhe und zappte unruhig durch das Streaming-Angebot. Ich würde mich sowieso auf nichts konzentrieren können. Neben mir lag immer noch der Karton mit der halben Salamipizza, aber ich hatte keinerlei Appetit. Nach einer Weile schlich ich auf leisen Sohlen hinüber zum Schlafzimmer – nur, um auf Nummer sicher zu gehen – und schielte hinein. Adrian war eingeschlafen, er schnarchte sogar leise. Wahrscheinlich eine Folge des Alkohols.

Ich kehrte ins Wohnzimmer zurück und entschied mich doch für *Ocean's Eleven*, obwohl ich den Film von vorne bis hinten mitsprechen konnte. Ich hatte ihn als pubertärer Leon im Kino gesehen und hatte damals einen totalen Crush auf Matt Damon.

Rund eine Stunde später ging die Haustür auf und ich sank erleichtert in Tobis Arme. Er drückte mir einen Kuss auf die Wange und hielt mich fest. »Ist alles okay? Was ist mit ihm?«

»Er schläft, hab ihm das Bett gegeben. Wir müssen eben auf dem Sofa kuscheln.«

»Hab ich kein Problem mit.« Er lächelte, legte die frisch gekaufte Tafel Schokolade beiseite und strich mir sacht über die Wange. »Wie geht es dir?«

Ich zuckte mit den Schultern. »Fühl mich immer noch ziemlich beschissen, ehrlich gesagt. Aber es wird langsam. Als ich dich angerufen habe, dachte ich echt, ich krieg 'nen Nervenzusammenbruch.«

»Kann ich mir vorstellen.« Wir gingen gemeinsam ins Wohnzimmer, Tobi zog die Tür hinter uns zu und wir kuschelten uns auf dem Sofa aneinander. »Du hast das klasse gemacht. Ehrlich. Ich bin stolz auf dich.«

Ich lächelte müde. »Danke. Ohne mich wäre es aber auch gar nicht so weit gekommen.«

»Nein, hey, das hat nichts mit dir zu tun.« Er küsste mich auf die Schläfe. »Du hast nichts falsch gemacht. Adrian hat offensichtlich ein massives psychisches Problem und er braucht dringend Hilfe.«

Ich nickte schwerfällig. »Ich fürchte, das wird morgen ein ziemlich hartes Gespräch.«

»Mach dir keine Sorgen, ich bin für dich da. Du kannst nicht die Verantwortung für ihn übernehmen, Leon, das kann er nur selbst tun. Gibt es noch andere Menschen in seinem Leben, die helfen könnten? Familie oder so?«

Ich seufzte und schüttelte den Kopf. »Adrian hasst seine Familie. Wobei, seine Schwester vielleicht. Die kam mir nett vor.«

»Okay. Das regeln wir alles morgen. Schauen wir den Film fertig und dann schlafen wir?«

Ich legte uns beiden die Decke um die Schultern und schmiegte mich an Tobi. »Guter Plan.«

Kapitel Dreizehn

ADRIAN

Ich schlug die Augen auf und brauchte einen Moment, um zu begreifen, wo ich war. Das Bett war etwas kleiner als meins, die Möbel nicht so hochwertig, eher funktional. Ein angelesener Krimi lag auf dem Nachttisch und über einem Stuhl hingen einige Hemden und Krawatten, alle schlampig aufgehängt.

Typisch Leon.

Ich schälte mich aus der Bettdecke und rieb mir die pochenden Schläfen. Der gestrige Abend fühlte sich an wie ein schlechter Traum und je mehr Details mein schläfriger Verstand rekonstruierte, desto lauter pochte mir das Herz in der Kehle. Hätte ich das wirklich getan? Mich von der verdammen Brücke gestürzt? Ich konnte es nicht mehr sagen. Da war immer noch diese nagende Leere in meinem Inneren, dieses Gefühl des Ertrinkens, das ich einfach nicht abschalten konnte. Ich war ein beschissener Versager. Und spätestens am Montag würde das die ganze Welt wissen. Oder zumindest mein gesamtes Umfeld. Fuck.

Zitternd setzte ich einen Fuß aus dem Bett, stand auf und zog mich an. Alles fühlte sich so surreal an, als stünde ich immer noch neben mir. Meine Bewegungen waren mechanisch, wie einstudiert. Als probte ich für ein Stück auf der Bühne.

Der erste Weg führte mich ins Bad. Ich vermied es bewusst, in den Spiegel zu sehen, wusch mir stattdessen das Gesicht und gurgelte mit Leons Mundwasser. Erst danach wagte ich den Blick in den Spiegel. Gott, wie hundserbärmlich ich aussah. Wie ausgekotzt. Angewidert wandte ich mich ab. Ein Glück, dass es Leons Spiegel war, da hatte ich Skrupel, ihn einfach vor Frust mit der Faust zu zerschlagen.

Ich trottete nach draußen in den Flur und hinunter zur Küche, an die sich eine kleine Diele mit Esstisch anschloss. Dort saßen Leon und Tobi beim Frühstück. Allein der Anblick zog mir den Magen zusammen. Ja, ich hatte geahnt, dass der Kerl hier auftauchen würde, aber ihn zu sehen, war doch eine Spur unangenehmer. Die Sache war so schon schmerzhaft genug, auch ohne seine Anwesenheit.

»Guten Morgen.« Leon lächelte zaghaft und deutete auf einen freien Stuhl. »Möchtest du Kaffee?«

Ich nickte stumm und nahm Platz. Leon hatte bereits Teller und Tasse für mich mitgedeckt und schenkte mir Kaffee ein. Wie viel hatte er Tobi erzählt? Über gestern? Über die Voicemail und alles andere? Wahrscheinlich alles, so wie ich die beiden einschätzte. Leon bot mir ein Brötchen an, doch ich lehnte ab. Ich hatte keinerlei Appetit und das Gefühl, mein Magen würde jeden Bissen wieder hergeben. Kaffee musste genügen.

»Wie fühlst du dich?«, fragte Leon behutsam, nachdem ich ein paar Schluck getrunken hatte. »Geht's dir besser?«

Ich zuckte mit den Schultern. Was sollte ich dazu sagen? Der Schmerz war nicht mehr so brüllend laut und brutal wie gestern Abend, aber er rumorte immer noch in mir. Es hatte sich schließlich nichts verändert. Leon war nach wie vor unerreichbar, meine Karriere ging den Bach runter und es gab nichts, um das Gefühl des völligen Versagens zu mindern.

Leon schwieg eine Weile und kaute auf seinem Brötchen, ehe er fragte: »Hast du einen Plan, was du als Nächstes tun willst?«

»Was soll ich schon tun?«, gab ich zurück. »Ich fahre nach Hause und hoffe, dass am Montag kein Inferno über mich hereinbricht.«

Leon seufzte. »Adrian, du … wir können nicht so weitermachen wie bisher. Nicht nach allem, was gestern passiert ist.«

»Es ist gar nichts passiert«, erwiderte ich brüsk. »Ich war nur frustriert und betrunken, das ist alles.«

»Du weißt, dass das nicht stimmt. Wie ich gestern schon sagte, es spielt keine Rolle, ob du es getan hättest oder nicht. Es war in jedem Fall ein Hilferuf. Ich hab ihn gehört, aber du musst mir auch eine Chance geben, dir zu helfen.«

»Es war kein Hilferuf. Es war einfach nur … idiotisch.«

»Adrian, hör auf.« Leon fixierte mich eindringlich. »Das ist das Problem, weißt du. Ich kann dir nicht vertrauen. Du sagst das eine und tust das andere. Gestern Abend, da ... hatte ich zum ersten Mal das Gefühl, dich wirklich vor mir zu sehen. Ohne diese Maske, die du jeden Tag aufsetzt. Und jetzt, einen Tag später, machst du wieder komplett dicht? Ich will dir einfach nur helfen, verstehst du?«

Ich schnaubte und schob die Tasse weg. »Du kannst dir dein geheucheltes Mitleid sparen. Ich brauche deine Hilfe nicht.«

»Oh, komm schon. Willst du mir sagen, du seist glücklich? Mit dir, mit der Situation?«

»Natürlich nicht. Aber daran lässt sich kaum etwas ändern oder? Das Leben ist eben kein Ponyhof.«

Leon seufzte und legte sein Brötchen beiseite. »Adrian, du hast gestern gedroht, dich umzubringen, wegen eines Korbs, der vorhersehbar war. Ich gebe zu, ich war sauer und hab ein paar unschöne Dinge gesagt, aber du kanntest unsere Abmachung und unsere Regeln.«

»Und?« Meine Unterlippe zitterte. Die alte beschissene Leier. »Ich hätte dich haben können.«

»Nein«, erwiderte Leon sanft. »Nicht auf diese Weise, und das wusstest du. Verdammt, du hättest ... einfach mit mir über deine Gefühle reden können. Stattdessen hast du mich belogen und bewusst meine Grenzen missachtet. Natürlich war ich da sauer, zumal du mein Mentor bist. Für mich geht es hier auch um meine berufliche Zukunft.« Er warf Tobi einen verstohlenen Blick zu und fuhr dann fort: »Dieses Spiel um Macht und Dominanz war in sexueller Hinsicht reizvoll. Aber ich will diesen Scheiß nicht in meinem echten Leben.«

Ich nickte langsam. Das konnte ich sogar verstehen. Leon war als Associate von mir abhängig, für ihn hätte ein schmutziges Ende unseres Arrangements weit schwerere Konsequenzen gehabt als für mich. Wobei, nach der Sache mit Jürgen war ich mir da nicht mehr so sicher.

»Das Ganze hat sich in eine echt eklige Richtung entwickelt«, fuhr Leon fort. »Du hast mir nachspioniert, du hast dich in meine Freizeitplanung eingemischt und du hast meine Wünsche nicht respektiert. Ich musste einen Schlussstrich ziehen, damit es nicht völlig eskaliert.«

Ich verzog das Gesicht. »Andere würden es romantisch finden, wenn jemand sich so um sie bemüht.«

»Das war nicht romantisch, Adrian, das war übergriffig. Glaub nicht alles, was du im Fernsehen siehst.«

Ich kaute auf meiner Unterlippe. »Und? Was soll ich jetzt deiner Meinung nach tun?«

Leon seufzte. »Was wäre dir am liebsten? Ganz ehrlich, ohne Wenn und Aber. Wenn es keine Einschränkungen gäbe, was würdest du tun?«

Ich sah Leon nicht an. Fuck, ich wusste genau, was ich wollte. Ihn. Nur ihn. Ich wollte, dass er Tobi in die Wüste schickte, dass er mit mir zusammenkam, dass wir all diese Dinge gemeinsam unternahmen, die ich mir ausgemalt hatte. Dass er mich liebte. Nicht nur bewunderte, sondern liebte. Dass es endlich einen Menschen in meinem Leben gab, dem ich etwas bedeutete. Der diese Leere in meinem

Inneren füllte und mir das Gefühl verlieh, liebenswert zu sein. Dennoch sprach ich die Worte nicht aus, ich wollte mich ja nicht vollständig erniedrigen. Nein, so tief würde ich nicht sinken. Schlimm genug, dass ich mich mit der ganzen Aktion vor Leon und seinem Macker komplett lächerlich gemacht hatte.

»Komm schon. Es ist nur ein Gedankenspiel. Niemand hier verurteilt dich für irgendwas.«

»Ich weiß es nicht«, brummte ich. »Ich würde gerne wieder von vorne anfangen. Es war doch … alles okay, bis vor ein paar Wochen. Oder nicht?«

»Keine Ahnung, sag du es mir. Ich hab nicht das Gefühl, dass bei dir alles okay ist, ehrlich gesagt. Oder dass du meine Entscheidungen ernst nimmst. Wir hatten dieses Gespräch schon einmal, falls du dich erinnerst: letzten Montag. Und du hast mich angelogen und unsere Abmachungen ignoriert.«

»Ich konnte nicht anders!«, brach es aus mir heraus. Meine Stimme überschlug sich beinahe und ich sah, wie Leon kurz zusammenzuckte. »Was hätte ich tun sollen? Einfach ignorieren, was zwischen uns war? Ich dachte, ich hätte wenigstens eine Chance verdient. Nach allem, was ich für dich getan habe.«

Tobi, der bisher nur zugehört hatte, gab ein abfälliges Geräusch von sich. »Okay, das reicht, ich hab keinen Bock mehr auf diese Scheiße. Rede nicht über Leon als wäre er dein verdammtes Haustier.«

»Halt du dich da raus«, knurrte ich, »das geht dich gar nichts an.«

»Oh doch, das geht mich einiges an. Du hast versucht, mir meinen Freund auszuspannen, du hast Leon verarscht und erwartest jetzt, dass wir dafür Verständnis haben? Überraschung – nein, haben wir nicht. Du bist nicht das Opfer in dieser Geschichte, okay?«

»Tobi, lass gut sein«, beschwichtigte ihn Leon. »Ich hab jetzt keinen Bock zu streiten.«

»Lass ihn doch.« Ich verschränkte die Arme vor der Brust und verengte die Augen zu Schlitzen. Tobis Wut fühlte sich weit weniger unangenehm an als Leons Versuche, in meinem Kopf und meiner Psyche zu kramen. »Ich begrüße Menschen, die Klartext reden. Also, nur zu. Was hast du noch auf der Pfanne?«

»Du willst, dass ich Klartext rede?« Tobi stand auf und reckte das Kinn vor. »Das kannst du haben, aber ich glaube nicht, dass es dir gefallen wird.«

»Das reicht jetzt.« Leon stand auf und bugsierte Tobi auf seinen Stuhl zurück. Seine Augen funkelten wütend. »Ihr kriegt euch wieder ein, klar, ich hab keinen Bock auf diese Cowboy-Mentalität. Ihr seid mir beide wichtig, sonst säßen wir jetzt nicht hier. Mir ist scheißegal, wer, woran Schuld hat, die Vergangenheit ist sowieso gelaufen. Ich will eine Lösung für die Zukunft finden, mit der wir alle leben können.« Er sah mich aus ernsten Augen an. »Willst du wissen, was ich mir wünschen würde?«

»Hm. Wenn es sein muss.«

»Okay. Sei nicht sauer deswegen, ja?«

»Mal sehen.«

»Na schön.« Er atmete tief durch und mein Herz schlug schneller. Leon hatte eine beschissen gute Auffassungsgabe und ich fürchtete mich ein bisschen vor dem, was jetzt kommen würde. »Ich sag dir, was ich denke. Nach allem, was du mir über deine Familie und deinen Vater erzählt hast, glaube ich, dass du eine Menge Ballast mit dir herumträgst. Du hast gelernt, vor anderen keine Schwäche zu zeigen, und du hast nie mit jemandem über all das geredet, was dich belastet. Das ist auch der Grund, warum du diese Beziehung mit mir so unbedingt wolltest: Du kannst dich selbst nicht ausstehen und du brauchst jemanden, der dir zeigt, dass du etwas wert bist. Auch dann, wenn du nicht mit deiner Platinkreditkarte, deinem Maserati oder deinem Sixpack angeben kannst.«

Meine Kehle zog sich zu. Ich wollte Leon widersprechen, seine Worte mit einer läppischen Bemerkung beiseite wischen, aber ich konnte es nicht. Er hatte ja recht, verfluchte Scheiße. Er hatte mit allem recht. Der Job, die One-Night-Stands, die Affäre mit Leon – alles diente nur dem einen einzigen Zweck, mich für eine Weile nicht wie ein erbärmliches Stück Scheiße zu fühlen. Ohne die anerkennenden Blicke, ohne die Komplimente war ich nichts.

Stumm starrte ich auf den leeren Teller vor mir und ballte die Fäuste im Schoß. Fuck, plötzlich war alles wieder da, der ganze Schmerz von gestern Abend, das Gefühl der völligen Aussichtslosigkeit und der unendlichen Leere, die sich vor mir auftat.

Danke, Leon, toll gemacht.

Unversehens fühlte ich eine Hand auf meinem Arm. Leons. »Weißt du, das meinte ich, als ich sagte, du brauchst dringend einen Freund. Du musst mir nichts beweisen, du musst deinen Wert nicht vor mir rechtfertigen, wir könnten einfach Freunde sein. Und als dein Freund wünsche ich mir, dass du dir Hilfe suchst. Professionelle Hilfe.«

Ich schnaubte. Endlich fand ich meine Sprache wieder, obwohl ich immer noch das Gefühl hatte, ein Schraubstock würde meinen Brustkorb zusammenpressen. »Ein Seelenklempner? Das fehlt mir gerade noch.«

»Es ist keine Schande, sich Hilfe zu suchen, Adrian. Im Gegenteil. Es zeugt von Stärke.«

»Das sagst du. Ich bezweifle, dass andere das auch so sehen.«

»In der Kanzlei meinst du? Du würdest dich wundern. Ich kenne drei Leute, die schon in therapeutischer Behandlung waren oder immer noch sind.«

Ich runzelte die Stirn. »Echt? Wer?«

»Das ist nicht wichtig. Entscheidend ist, dass du nicht der Einzige bist, der mit Problemen zu kämpfen hat.«

Ich schwieg und ging in Gedanken die Belegschaft in der Kanzlei durch. Bei niemandem konnte ich mir vorstellen, dass er oder sie psychische Probleme hatte. Ob Leon log, um mich zu motivieren? Oder stimmte es wirklich?

»Danke«, brummte ich schwerfällig, »aber ich hab kein Interesse. Ich brauch keine Hilfe.«

»Wäre nicht meine Einschätzung«, erwiderte Leon ernst. »Sei ehrlich: Bis du glücklich? So, wie es jetzt ist?«

»Glücklich.« Ich spuckte das Wort regelrecht aus. »Überholtes Konzept.«

»Das hab ich befürchtet.« Ich spürte Leons Blick auf mir, sah ihn aber nicht an. Das Mitgefühl in seiner Stimme war schwer zu ertragen. Einerseits fühlte es sich gut an, andererseits wollte ich sein verdammtes Mitleid nicht, weil ich mir dadurch noch erbärmlicher vorkam. »Du hast das in der Hand, weißt du«, fuhr Leon fort. »Es muss nicht so sein. Du hast genauso verdient, glücklich zu sein, wie alle anderen Menschen auch. Aber es ist eine Scheißidee, andere dafür zu manipulieren oder anzulügen. Wenn du wirklich eine Beziehung führen willst, musst du erst einmal mit dir selbst ins Reine kommen.«

Ich wollte etwas Schnippisches erwidern, doch die Worte versiegten in meiner Kehle.

Bist du glücklich?

Die Frage ertönte wieder und wieder in meinem Kopf. Wann war ich je glücklich gewesen? Es gab diese Phasen der Euphorie oder des Hochgefühls, wenn ich durch die Clubs zog, wenn ich mich im Studio auspowerte, ein Top-Geschäft an Land zog oder einen attraktiven Typen abschleppte. Diese Momente wirkten wie Drogen: Sie machten high, doch der Kater danach war die Hölle.

Wann hatte mir jemals eine Person zu verstehen gegeben, dass ihr mein Glück am Herzen lag? Ich konnte mich nicht daran erinnern. Gut, ich hatte mir auch alle Mühe gegeben, solche Beziehungen zu vermeiden oder mir einzureden, dass ich sie nicht brauchte. Dass ich gut allein zurechtkam. Scheiße, ja, im Lügen war ich gut. Vor allem, wenn es darum ging, mich selbst zu belügen.

Ich presste die Lippen aufeinander, damit sie aufhörten zu zittern. Sinnlos. Gerade zitterte alles an mir. Ich vergrub das Gesicht in den Händen, versuchte, ruhig weiter zu atmen und nicht zu hyperventilieren. Das fehlte mir noch. Vor Leon und seinem Macker in Tränen auszubrechen.

»Hey.« Leon legte mir den Arm um die Schulter. Ich fühlte seine Wärme und roch den dezenten Duft seines Shampoos. »Es ist okay. Lass es raus.«

Fuck, das war nicht fair! Warum war der Kerl so verdammt süß, warum war ich so verdammt verliebt und warum konnte ich nicht einmal im Leben das haben, das mir wirklich etwas bedeutete? Unvermittelt glitten mir die Worte über die Lippen. »Ich liebe dich.«

Tobi machte ein abfälliges Geräusch, doch Leons Miene blieb unbewegt. »Das tust du nicht«, sagte er weich. »Du willst mich besitzen, mich für dich allein haben. Das ist es doch. Du willst, dass ich *dich* liebe, nicht umgekehrt. Hättest du wirklich Gefühle für mich, wärst du ehrlich zu mir gewesen und hättest mich nicht manipuliert und gestalkt. So funktioniert Liebe nicht, Adrian.«

Ich öffnete den Mund, um ihm zu widersprechen, aber es kamen keine Worte. Er hatte recht,

was verstand ich schon von Liebe oder von Gefühlen? Gar nichts. Ich war einfach nur von vorne
bis hinten verkorkst. Und trotzdem, seine Nähe tat
mir gut, ich genoss die Zeit mit ihm – das musste
doch irgendetwas wert sein, verdammt noch mal?

Eine ganze Weile saß ich nur so da, den Kopf
zwischen die Schultern gezogen, das Gesicht in den
Händen vergraben, und kämpfte gegen die Tränen,
während Leon sacht meinen Rücken streichelte.

»Wir machen das so«, schlug er vor. »Du meldest
dich krank und ich rede am Montag mit Jürgen.
Wenn er unbedingt will, ziehe ich mich aus der
Bewerbung um den Partnerposten zurück und
sage, ich brauche noch ein bisschen Zeit zum Nachdenken.«

»Jürgen ist keine Konkurrenz für dich«, murmelte ich, froh, meine Stimme wieder gefunden zu
haben. »Du hast nichts zu befürchten, ich bin derjenige, den sie loswerden wollen.«

Leon runzelte die Stirn. »Wen meinst du mit
›sie‹?«

»Die anderen Partner natürlich, wer sonst?«

Verwirrt schüttelte Leon den Kopf. »Wieso sollten die dich loswerden wollen? Du bist gut, du
bringst der Sozietät eine Menge Geld ein und du
bist nicht ohne Grund so jung zum Teilhaber geworden. Gut, vielleicht hattest du einen Bonus,
wegen deines Vaters, aber nach allem, was du mir
über ihn erzählt hast, bezweifle ich das.«

Ich schwieg und kaute auf der Innenseite meiner Wange. Leons Worte klangen so einfach und

pragmatisch, aber mein Gefühl sagte etwas anderes. Ich bildete mir das doch nicht ein verdammt, ich kannte ihre missgünstigen Blicke, das Naserümpfen, wenn ich in der Nähe war, all diese subtilen Kleinigkeiten.

Noch ehe ich zu einer Erwiderung ansetzen konnte, fuhr Leon fort: »Ich glaube, du spinnst dir da was zusammen. Die Partner haben keinen Grund, irgendwas gegen dich zu haben. Jürgen dagegen schon.«

»Der ist mein Problem, nicht deins.«

»Das sagst du so leicht. Ich hab jedenfalls keine Lust auf Stress und deswegen bereinige ich die Sache am Montag. Und du«, er deutete nachdrücklich mit dem Finger auf mich, »kümmerst dich um einen Termin bei einem Psychotherapeuten.«

»Muss man da nicht ewig warten?«

»Sag deinem Hausarzt, dass es dringend ist. Dass du eine akute Krise hast und sofort Hilfe brauchst. Vielleicht kannst du zumindest zu einem Erstgespräch kommen.«

»Hm.«

»Das ist kein Witz, Adrian.« Leon fixierte mich eindringlich. »Das ist eine Abmachung, die wir treffen. Ich halte meinen Teil ein und du deinen.«

»Schon wieder Regeln?«

»Ohne geht es eben nicht. Ich muss mich auf dich verlassen können. Ich will mir nicht jeden Tag Sorgen machen müssen, dass dir was zugestoßen ist. Oder dich mit Anrufen terrorisieren.«

»Musst du nicht. Ich … ich kümmere mich darum.«

»Gut. Abgesehen davon«, Leon zögerte, »wäre es für dich in Ordnung, wenn du jemanden aus deiner Familie hinzuziehst? Ich fühl mich nicht wohl damit, der Einzige zu sein, der weiß, was passiert ist. Was hältst du von Nadine? Du vertraust ihr doch, oder?«

»Wir haben in den letzten Jahren kaum geredet. Ich glaube nicht, dass sie mir zuhören würde.«

»Sie ist deine Schwester und ich hatte das Gefühl, dass du ihr etwas bedeutest. Ich bin mir sicher, sie würde wissen wollen, wie es dir geht. Vielleicht kann sie dir sogar helfen, ein paar Dinge klarzukriegen.«

Ich seufzte. Der Gedanke, meine Familie in dieses ganze Desaster hineinzuziehen, gefiel mir gar nicht, obwohl er verdammt naheliegend war. Eigentlich war meine Familie doch an all dem hier schuld. Wobei, nicht meine ganze Familie, vor allem mein Vater.

Vielleicht wäre aus mir ein psychisch stabiler, emotional ausgeglichener Mensch geworden, wenn er mich nicht einfach aus seinem Leben gestrichen hätte, als hätte ich nie existiert. Manchmal wünschte ich mir, er hätte sich wenigstens irgendwie mit mir beschäftigt, mich angeschrien, beleidigt, geschlagen, was auch immer. Irgendwas, damit ich ihn so richtig hassen konnte. Der Schmerz, trotz aller Mühen, ignoriert und ausgeschlossen worden zu sein, wog schlimmer als jede Form von Zorn. Und alles nur, weil ich ihm keine Schwiegertochter und nette Enkelkinder in Aussicht gestellt hatte.

»Ja, du hast recht«, antwortete ich schließlich. »Ich rede mit Nadine.« Ich holte tief Luft und fühlte, wie mich eine gewisse Ruhe überkam. Leons pragmatische Art, die Sache zu handhaben, entspannte mich ein wenig. Die Zukunft sah immer noch düster aus, aber ich konnte nur einen Schritt nach dem anderen gehen, oder nicht? Hinter mir lagen fast vierzig verkorkste Jahre, diese aufzuarbeiten, würde dauern. Es würde verflucht hart werden und wahrscheinlich würde ich es sowieso nicht schaffen und in ein paar Monaten wieder zu meinem Schlummertrunk und den One-Night-Stands zurückkehren. Aber vielleicht hatte ich wirklich eine Chance, diese ganze Scheiße hinter mir zu lassen. In meinem Kopf aufzuräumen.

Vielleicht.

Kapitel Vierzehn

Das Wochenende zog vorbei, ohne, dass ich es richtig realisierte. Im Laufe des Samstags war ich in meine stille, einsame Wohnung zurückgekehrt und es war das passiert, was vielleicht schon vor Wochen hätte passieren müssen: Ich brach heulend auf meinem Sofa zusammen. Vor Leon und seinem Freund hatte ich mich der Tränen geschämt, jetzt war mir alles egal. Der Schmerz war nicht mehr so brennend, bohrend und unerträglich wie am Freitag, aber er war immer noch da. Er war sogar noch ein bisschen schlimmer geworden, jetzt, wo mir klar war, dass ich Leon verloren hatte, dass es keine Chance mehr gab, ihn für mich zu gewinnen. Ich wagte nicht einmal, ins Bad zu gehen, weil ich den Blick in die Spiegel nicht ertragen konnte.

Leons Worte erklangen in meinem Kopf: *Du brauchst keinen Liebhaber, du brauchst einen Freund.*

Nein. Nein, das war es nicht, was ich wollte. Ich wollte ihn für mich. Ich brauchte ihn. Seine Nähe, den Sex, die kleinen Sticheleien – alles. Er war der einzige Grund, warum ich nicht in diesem Meer aus Apathie und Selbstzerstörung ertrank.

Mein Blick wanderte zur Bar, sie zog mich regelrecht an. Ein Drink, um die Nerven zu beruhigen. Nur einer. Was war schon dabei? Ich –

NEIN!

Ich ballte die Hände zur Faust, bis es wehtat. Kontrolle. Ich brauchte wieder Kontrolle über mich, über mein Leben, über meine Gefühle. Der Alkohol half dabei nicht, im Gegenteil, er war ein Zeichen von Schwäche. Leon hatte recht, ich musste mich selbst freistrampeln. Schließlich hatten wir einen Deal, und diesmal würde ich die Regeln einhalten. Das war ich Leon schuldig.

Aus meiner Hausapotheke kramte ich ein paar rezeptfreie Beruhigungsmittel auf Pflanzenbasis, doch die halfen nur bedingt beim Einschlafen. Nach einigen Stunden Wachliegen, Gedankenkreisen und grassierendem Selbsthass griff ich doch zum Schnapsschrank und verachtete mich dafür, aber immerhin schlief ich für ein paar Stunden und tilgte die Gedanken an die Brücke und die Bahngleise aus meinem Kopf.

Sonntagmittag gelang es mir endlich, Nadine anzurufen.

»He, Adrian.« Sie klang freudig überrascht. »Schön, von dir zu hören. Was gibt's?«

Ich trommelte nervös mit den Fingerspitzen auf die Glasplatte des Esstischs, an dem ich hockte, und suchte nach den richtigen Worten. Wie erklärte ich Nadine, dass ihr Bruder ein durchgeknallter Psycho war? Wobei, wahrscheinlich wusste sie das schon längst. »Hast du ein bisschen Zeit?«, fragte ich behutsam. »Könnte länger dauern.«

»Klar.« Jetzt vernahm ich Unsicherheit in ihrer Stimme. »Was ist los?«

Ich kaute auf meiner Unterlippe. »Leon meinte, es wäre gut, dich anzurufen. Es ist so, ich ... ich hatte am Freitag so was wie – keine Ahnung – einen Nervenzusammenbruch.«

»Ach du scheiße. Was ist denn passiert?«

»Leon hat ... mit mir Schluss gemacht«, antwortete ich. »Das heißt ... na ja, nicht wirklich. Wir waren eigentlich nie richtig zusammen. Wir hatten nur eine Affäre. Ich ... wollte mehr, aber er nicht. Am Freitag hat er mir einen Korb gegeben und das hat mich ziemlich aus der Bahn geworfen.« Ich schluckte, unschlüssig, ob ich die ganze Geschichte erzählen sollte. Nun ja, jetzt waren wir schon hier. Wenn ich es ihr jetzt nicht sagte, wann dann? »Hör zu, Naddie, ich will dir keine Angst machen, es geht mir wieder besser, aber ... na ja, am Freitag war ich ganz schön im Arsch und hatte vor ... was ziemlich Dummes zu tun.«

Ich hörte, wie Nadine am anderen Ende der Leitung scharf die Luft einsog. »Was meinst du damit?«

»Ich stand schon auf der Brücke, um ehrlich zu sein.«

»O Gott, Adrian!« Nadines Stimme zitterte, einen langen, atemlosen Moment sagte sie nichts. Dann stieß sie hervor: »Kann ich irgendetwas für dich tun?«

»Ich komm klar«, erwiderte ich nüchtern. »Wie gesagt, es geht mir schon wieder besser. Leon meinte nur, es wäre gut, wenn ich ... irgendjemanden aus meiner Familie informiere.«

»Okay. Gott, ich weiß gar nicht, was ich sagen soll. Du kannst immer mit mir reden, ja? Ich weiß, unser Verhältnis könnte besser sein, aber … ich bin für dich da.«

Ich schluckte hart, umklammerte das Handy in meiner Hand fester und konnte erst einmal nicht antworten. »Danke«, murmelte ich schließlich. »Das ist lieb von dir. Ich schätze, das mit Leon war nur die Spitze des Eisbergs. Ich hab da eine Menge Ballast, den ich loswerden muss. Wegen … du weißt schon, Papa und dem ganzen Mist. Ich dachte, du könntest mir vielleicht dabei helfen. Irgendwie.«

»Klar. Scheiße, Adrian, es tut mir so leid.« Ein Schluchzen begleitete ihre Worte, die nur so aus ihr heraussprudelten. »Ich hätte viel früher etwas sagen sollen. Ich meine, ich hab gewusst, wie er dich behandelt hat. Wie er über dich geredet hat, nachdem du out warst. Ich hab das alles gesehen und ich hab nie etwas gesagt und jetzt –«

»Naddie.« Ich unterbrach sie sanft. »Das ist nicht deine Schuld. Du warst nur ein Teenager und du hättest ohnehin nichts ändern können.«

»Kann sein.« Sie schniefte vernehmlich. »Es tut mir trotzdem leid. Wenn du was brauchst, du kannst mich jederzeit anrufen. Ich will nicht, dass du dir was antust, ich … ich hab dich lieb, okay?«

Der Kloß in meiner Kehle wurde so schwer, dass ich kaum noch atmen konnte. »Ich dich auch«, flüsterte ich heiser und kämpfte mit den Tränen. »Ich komm schon klar. Ich wollte nur, dass du Bescheid weißt.«

»Was wirst du jetzt tun?«

»Leon will, dass ich einen Seelenklempner anrufe. Also werde ich das wohl tun.«

»Ja, gute Idee. Du musst da nicht allein durch. Willst du … Weihnachten vielleicht mit uns verbringen? Das Haus ist noch nicht ganz fertig, aber zum Wohnen reicht's und wir können dir ein Gästebett herrichten.«

»Schon gut, ihr wollt sicher unter euch bleiben, so als frisch Vermählte.«

»Iwo«, widersprach Nadine, »Janniks Bruder und seine Familie kommen auch. Du wärst herzlich willkommen. Ehrlich.«

Zögerlich kaute auf meiner Unterlippe. Spießige Weihnachten mit meiner Schwester und ihrer Familie, mit Tannenbaum, Weihnachtsliedern und all dem Kitsch? Wollte ich das wirklich? Andererseits, was war die Alternative? Allein in meiner tristen Bude sitzen, bis spät in die Nacht arbeiten, mich dann mit fremden Kerlen betrinken und am nächsten Morgen verkatert mit einem Filmriss aufwachen? Mich so lange in Selbsthass und Frust wälzen, bis mir wieder die Sicherungen durchbrannten? Keine gute Idee.

»Okay«, sagte ich schließlich. »Ich … würde gern mit euch feiern. Wenn ich darf.«

»Na klar, wir freuen uns. Sag einfach Bescheid, wann du kommst.«

»Willst du nicht vorher deinen Mann fragen?«

»Der hat sicher nichts dagegen – und sein Bruder kommt schließlich auch. Mach dir keinen Kopf

deswegen. Du kannst gerne über die Feiertage bleiben, alles kein Problem.«

»Danke.« Ein Lächeln huschte über meine Lippen. »Ich freu mich auf euch.«

Das Telefonat hinterließ einen seltsamen, schalen Geschmack in meinem Mund. Einerseits tat es
gut, Nadines Wertschätzung zu spüren, andererseits fühlte ich mich schon wieder wie ein Versager.
Ich bettelte meine kleine Schwester um Mitleid an,
weil ich mein eigenes Leben nicht mehr im Griff
hatte. Wegen eines einzigen beschissenen Kerls, der
mir den Boden unter den Füßen weggezogen hatte.

Mit donnerndem Herzen starrte ich aus dem
Fenster hinaus in den verregneten Tag. Der Gedanke, morgen wieder in die Kanzlei zu gehen, bereitete
mir Magenschmerzen. Ich fühlte mich nicht bereit
dazu. Die Arbeit selbst hätte mir sicher gutgetan,
genau die nötige Ablenkung, die ich gerade brauchte. Aber die ganzen Gesichter, Leon, Jürgen … Nein.
Allein der Gedanke daran trieb meinen Puls in die
Höhe.

Freitagabend war auch noch unsere bescheuerte
Weihnachtsfeier. Sollte ich mich wirklich krank-
melden, wie Leon geraten hatte? Ich musste irgendwie wieder auf die Füße kommen. Meine Gedanken sortieren. Schlafen. Vielleicht eine Runde
Joggen oder ins Fitnessstudio, um zumindest für
einen Moment wieder Kontrolle über mein Leben
zu kriegen.

Leon hatte recht. Wie konnte ich erwarten, dass
andere Menschen mich liebten oder eine Beziehung

mit mir wollten, wenn ich mich nicht einmal selbst ausstehen konnte? Ich war ein Arschloch, ich hatte nichts zu bieten außer einem schönen Körper und Geld. Fuck. Ich spürte, wie die Dunkelheit um mich herum schon wieder begann, mich aufzusaugen und in die Tiefe hinabzuziehen. Nein. Ich hatte es Leon versprochen. Und dieses eine Versprechen würde ich halten.

LEON

Jedes Mal, wenn mein Handy vibrierte, zuckte ich zusammen. Nach dem Aufstehen bestand meine erste Amtshandlung darin, Adrian eine Message zu schicken und abzuwarten, bis sich die Häkchen erlösend blau färbten. Er hatte mir sein Wort gegeben und ich musste darauf vertrauen, dass er es hielt. Denn wenn nicht, wusste ich nicht, wie ich weitermachen sollte. Ich konnte Adrian ja nicht dazu zwingen, sich Hilfe zu holen, und nach allem, was passiert war, konnten wir nicht zur Normalität übergehen. Nicht einmal als Kollegen.

Sonntagnachmittag recherchierte ich mit Tobis Unterstützung ein wenig im Internet. Obwohl wir uns bewusst waren, dass Diagnosen von *Doktor Google* keine gute Idee waren, kamen wir zu dem Schluss, dass sich Adrians Situation wohl am besten als narzisstische Krise beschreiben ließ. Entgegen der landläufigen Meinung hatten viele Narzissten kein übertrieben stark ausgeprägtes Selbstwertgefühl, sondern ein sehr instabiles, das extrem abhängig von der Wertschätzung und der Anerkennung anderer war. Genau wie bei Adrian. Er brauchte diese jungen Kerle, die er im Club aufriss, er brauchte die Komplimente über sein Aussehen und die Erfolge in seinen Fällen, um nicht komplett in Selbsthass zu zerfließen.

Als ich ihn am Freitag zurückgewiesen hatte, war das ganze Konstrukt zusammengebrochen. Adrian hatte keine Strategien für solche Fälle, er konnte damit nicht umgehen. Deswegen war er auch so überzeugt davon, andere würden ihn beneiden, selbst wenn es keine Anzeichen dafür gab.

Je mehr ich zu dem Thema las, desto eher befürchtete ich, dass seine Drohung am Freitag nicht nur ein Hilfeschrei gewesen war. Hätte ich nicht reagiert, wäre alles denkbar gewesen. Auch das Schlimmste. Fuck, irgendwas musste sich ändern, dringend. Ich konnte Adrians Leben nicht für ihn überwachen, ich konnte nicht immer zur Stelle sein, um ihn aufzubauen und sein Ego zu füttern, damit es nicht implodierte. Wenn wieder eine solche Krise eintrat und er mich nicht erreichte ... Ich wollte gar nicht daran denken.

Als ich Montagmorgen in die Kanzlei kam, war Adrian, wie vereinbart, krankgeschrieben. Ich übernahm an seiner Stelle die Koordination unserer Teamsitzung und bekam von ihm per Mail minutiös alle nötigen Anweisungen für den Tag. Niemand schien Verdacht zu schöpfen, es war Dezember und immer wieder fielen Kollegen kurzfristig wegen einer Erkältung oder eines grippalen Infekts aus. Der Einzige, der mir auf dem Gang schräge Blicke zuwarf, war Jürgen. Am frühen Nachmittag, am Ende meiner Mittagspause, klopfte ich bei ihm am Büro.

»Hast du einen Moment?«

Er musterte mich lauernd und lehnte sich in seinem Stuhl zurück. Seine Nase war einbandagiert und ein paar Hautstellen waren übers Wochenende blau angelaufen. Er sah wirklich aus wie das Opfer einer Schlägerei. Auf seinem Schreibtisch stand zwischen Bergen von Akten und Papierstapeln ein kleiner kitschiger Weihnachtsbaum mit bunten LED-Lichtern, der hektisch blinkte. »Worum geht's?«

»Ich schätze, das kannst du dir denken.«

»Ah.« Er grunzte höhnisch. »Schickt der feine Herr Greifrath seinen Lakaien zur Verhandlung?«

»Adrian ist krank, und nein, er hat mich nicht geschickt. Ich will diese Sache aus der Welt schaffen.«

Jürgen seufzte und deutete auf einen Stuhl ihm gegenüber. »Meinetwegen, setz dich. Einen Schluck Tee?«

Ich schüttelte den Kopf und nahm Platz. Im Sitzen bemühte ich mich um eine aufrechte Haltung. Das verlieh mir Selbstbewusstsein und stärkte meine Position, zumindest optisch. »Wie geht's deiner Nase? Hast du noch Schmerzen?«

»Etwas«, brummte er. »Geht schon.«

»Tut mir leid, dass die Sache so eskaliert ist. Das war scheiße von Adrian.«

Jürgen gab ein missmutiges Geräusch von sich, schwieg aber.

»Wirst du ihn deswegen anzeigen?«

»Soll ich ihn davonkommen lassen? Er hat mich geschlagen, das dumme Arschloch.«

»Nein, ich … verstehe das. Ehrlich.« Ich knetete nervös meine Hände im Schoß. Jürgen durfte nicht erfahren, was Freitag nach ihrem Streit passiert war, aber wenn er den Konfrontationskurs weiter fuhr, machte ich mir um Adrian große Sorgen. Scheiße. Warum hatte er auch zuschlagen müssen, der Idiot? »Überleg es dir einfach noch mal, okay? Ich hab mit Adrian gesprochen und ihm tat das wirklich leid. Er –«

»Oh, komm schon, spar dir das.« Jürgen schnaubte. »Greifrath und Schuldgefühle, das ist ein Widerspruch in sich. Wenn er mit mir reden will, soll er selber kommen, und nicht seinen Toyboy schicken.«

»Da wären wir schon beim nächsten Thema.« Ich atmete tief durch. »Ja, Adrian und ich hatten eine Affäre, allerdings erst seit ein paar Monaten. In dieser Firma bin ich mittlerweile seit fast sieben Jahren und davon war ich ein Jahr im Ausland. Meine Karriere hat also nichts mit Adrian zu tun, sondern damit, dass ich hart arbeite. Das nur vorweg, weil ich genau weiß, was du darüber denkst.«

Jürgen hob einen Mundwinkel. »Wundert dich das? Du warst immer der Underdog hier und plötzlich stehst du ganz oben auf der Partnerliste?«

»Nicht plötzlich«, korrigierte ich ihn barsch, »sondern als Resultat von vielen Jahren Arbeit und einigen sehr guten Geschäftsabschlüssen. Denkst du wirklich, die anderen Partner würden meine

Beförderung ins Auge fassen, wenn ich nichts zu bieten hätte? Adrian ist nur einer von vielen. Er ist nicht der Boss hier und auch nicht der Typ, der andere wegen persönlicher Animositäten bevorzugt.«

»Er ist der Sohn des Gründers, ich wette, er hat eine Menge Einfluss.«

»Da irrst du dich. Adrian hatte ein ziemliches mieses Verhältnis zu seinem Vater, er wurde nicht wegen ihm Partner, sondern trotz ihm. Weil er gut ist in dem, was er tut, und die anderen Teilhaber so von sich überzeugt hat. Aber ehrlich gesagt, hab ich keine Lust, darüber zu streiten. Es würde mich tierisch nerven, zum Büroklatsch Nummer eins zu werden, deswegen wäre ich dir dankbar, wenn du für dich behältst, was du am Freitag gesehen hast. Wir haben das Ganze sowieso beendet, von daher braucht es dich nicht mehr zu interessieren.«

Jürgen verzog das Gesicht. »Und was hab ich davon, wenn ich den Mund halte?«

»Meine Wertschätzung. Und du bewahrst deine Integrität. Ganz ehrlich, Jürgen, was erwartest du von mir? Denkst du, ich krieche deswegen vor dir zu Kreuze? Ich hab mir nichts vorzuwerfen.«

»So?« Jürgen rümpfte die Nase. »Na dann hast du ja auch nichts zu befürchten. Heute Nachmittag, nach Dienstschluss, gehe ich zur Polizei und werde deinen feinen Freund wegen Körperverletzung anzeigen. Wenn du wirklich so top bist, wie du behauptest, kriegst du den Partnerstatus garantiert auch ohne Adrians Hilfe. Denn der wird erst mal auf der Straße sitzen.«

Mein Herz pochte mir in der Kehle. Trotz meiner Abneigung gegen Jürgen fixierte ich ihn eindringlich und rang die Hände. »Komm schon, Jürgen, tu uns das nicht an. Das wird ohnehin nur auf eine Geldstrafe und Schmerzensgeld rauslaufen. Vor allem, wenn man berücksichtigt, dass du Adrian mit Erpressung gedroht hast.«

»Was mir niemand beweisen kann.«

»Du wirst auch nicht beweisen können, dass Adrian dich geschlagen hat. Du könntest genauso gut eine Treppe runtergefallen sein.«

»Das wird wohl ein Richter entscheiden.« Jürgen grinste breit. »Sonst noch was? Ich hab hier zu tun.«

Ich holte tief Luft und sammelte meine Gedanken. Wut brachte mich nicht weiter – Jürgen war im Recht. Adrian hatte zugeschlagen, nicht ganz grundlos, aber er war zu weit gegangen. Unter anderen Umständen wäre ich wahrscheinlich dafür gewesen, Adrian die Konsequenzen seines Tuns spüren zu lassen, doch im Moment machte mir der Gedanke Angst. Adrians Psyche war zu instabil, um weitere Belastungen zu ertragen, und ich war der Einzige, der ihn beschützen konnte.

»Okay«, murmelte ich, »ich verstehe. Ich hatte gehofft, du wärst vielleicht zu einem Kompromiss bereit, aber wenn nicht … meinetwegen. Du kriegst, was du willst. Ich verzichte auf den Partnerposten.«

Jürgen glotzte mich an. »Was?«

»Das wolltest du doch, oder nicht? Ich kann nicht versprechen, dass du ihn stattdessen bekommst, ich kann nur meinen Teil beitragen. Wenn du willst, erledigen wir das sofort.«

Jürgen blinzelte irritiert, damit hatte er offenbar nicht gerechnet. Meine Vermutung traf also ins Schwarze, es war ihm nie darum gegangen, mir zu schaden, sondern er wollte Adrian treffen. Selbst dann, wenn es ihm keine Vorteile verschaffte. »Das … würdest du tun? Für Greifrath?«

»Ja. Ich verdanke ihm viel. Nicht so viel, wie du vielleicht glaubst, aber er hat mich als Mentor immer unterstützt und dafür gesorgt, dass ich meine Stärken ausspielen konnte. Außerdem habe ich ihn am Freitag abserviert und dieses ganze Chaos erst verursacht. Also, wenn du den Posten unbedingt willst, bitte, ich überlasse ihn dir. Lieber bleibe ich noch ein paar Jahre Associate, als dass sich alle in der Kanzlei das Maul über mich zerreißen und mein Mentor eine unnötige Anzeige kassiert.«

Jürgen schwieg und nippte behutsam an seinem Tee. »Greifrath hat enormes Glück«, brummte er. »Mehr als er verdient. Ich hoffe, dir ist klar, wie gefährlich der Kerl ist. Wenn ich du wäre, würde ich möglichst bald auf Abstand gehen. Irgendwann knallt ihm die Sicherung durch und er jagt sich eine Kugel in den Kopf – oder allen anderen ringsum.«

Ich schluckte, mein Brustkorb zog sich in heftiger Beklemmung zusammen. Jürgen hatte ja keine Ahnung, wie akkurat seine Beschreibung war. »Das ist … meine Sache. Oder?«

»Ja, schon klar. Hör zu, Stelzer, ich hab kein Problem mit dir. Greifrath hat recht, du bist clever, du machst einen guten Job und im Gegensatz zu deinem Mentor bist du kein egomanes Arschloch. Greifrath ist das Problem. Er ist so geil auf Macht und Anerkennung, dass ihm alles andere egal ist. Und er kommt mit der Scheiße auch noch durch.«

»Adrian mag ein Arschloch sein, aber er ist trotzdem ein guter Anwalt.«

Jürgen schnaubte. »Er muss echt ein Hengst im Bett sein, wenn du so wohlwollend über ihn sprichst.«

Ich verzog das Gesicht. »Können wir das lassen?«

»Na schön. Ich gebe zu, ich hätte dem Mistkerl gerne eins reingedrückt, aber ich bin nicht wie er. Ich gehe nicht willkürlich über Leichen.« Ein dünnes Lächeln zerrte an seinen Mundwinkeln. »Und um ehrlich zu sein, ich hab heute Morgen ein lukratives Angebot aus der freien Wirtschaft bekommen und bin zum neuen Jahr hier weg. Dann kann mich Greifrath kreuzweise.«

Ich blinzelte überrascht. »Und das ... wusstest du am Freitag noch nicht?«

Jürgen zuckte beiläufig mit den Schultern. »Greifrath hat mir schon vor Wochen zu verstehen gegeben, dass es mit dem Partnerstatus nichts wird, und die anderen Teilhaber waren ähnlich vehement. Ich hatte keine Lust mehr, zu warten, und heute kam endlich eine Zusage.«

»Glückwunsch«, erwiderte ich und atmete verhalten auf. Das war gut. Damit hatte Jürgen keinen Grund, mich oder Adrian zu erpressen, von schnöder Rache abgesehen. »Heißt das, wir sind quitt? Du wolltest nur Adrian eins auswischen?«

Jürgen schnaubte. »Jetzt bin ich der Buhmann oder was? Er hat zugeschlagen, nicht ich.«

»Schon klar«, erwiderte ich hastig. »Ich möchte ihn auch nicht in Schutz nehmen, das war eine Scheißaktion. Ich will nur wissen, ob die Sache für dich erledigt ist.«

Jürgen hob seufzend die Arme. »Ja, meinetwegen. Du kannst Greifrath ausrichten, dass er das dir zu verdanken hat.«

»Werde ich. Danke. Und viel Erfolg mit der neuen Stelle.«

Jürgen rümpfte die Nase. »Mal sehen, ob du das hier irgendwann bereust. Greifrath ist vielleicht nur ein Teilhaber von vielen, aber er hat ein Gespür dafür, wie er andere vernichtet. Ich hoffe für dich, dass er dich jetzt nicht ins Visier nimmt, nachdem du ihn abgeschossen hast.«

»Nett von dir«, erwiderte ich dumpf, »aber lass das meine Sorge sein.« Ich wandte mich zum Gehen. »Danke für dein Entgegenkommen. Falls du noch mal was brauchst, sag Bescheid.«

Jürgen gab nur ein schwer verständliches Brummen von sich und ich verließ mit weichen Knien sein Büro. Ob er wirklich Wort hielt? Oder würde er die Gelegenheit doch noch ergreifen, um Adrian fertigzumachen? Ich traute Jürgen nicht. Er hatte seinen Hass auf Adrian über Jahre kultiviert und ich bezweifelte, dass er den Schlag auf die Nase so einfach vergeben würde. Andererseits, wenn er die Kanzlei sowieso verließ, was hätte er davon? Nichts. Höchstens Genugtuung. Egal, ich musste das Ganze vergessen. Der *Vibrant*-Fall lag jetzt komplett in meinen Händen und es gab einiges zu erledigen. Es wurde Zeit, allen zu beweisen, dass ich zum Partner taugte.

◆▶▶◀◀◆

Auch am Dienstagmorgen kam Adrian nicht ins Büro. Nervös rief ich sofort Eva an, die mir bestätigte, dass er die ganze Woche krankgeschrieben war.

»Muss was Ernstes sein«, erklärte sie. »Ich glaube, Greifrath war in all den Jahren keinen Tag krank. Er meinte aber, er hätte dir Anweisungen per Mail geschickt. So wie ich ihn kenne, arbeitet der noch mit vierzig Grad Fieber vom Bett aus.«

»Wahrscheinlich.« Ich gab mir Mühe, mir die Anspannung nicht anmerken zu lassen. »Danke für die Info. Hat er persönlich angerufen?«

»Ja, sicher. Hat mir auch die Krankmeldung gefaxt. Wieso?«

»Ach, nur so. Danke, Eva. Falls irgendwer nach Greifrath fragt, stell ihn zu mir durch, ich vermittle weiter.«

Eva lachte. »Spielst du jetzt seinen Privatsekretär?«

»Ach was. Ich kenne nur seine Projekte ganz gut und weiß, wer wofür zuständig ist.«

»Ich zieh dich doch nur auf, Leon. Aber dann weiß ich Bescheid. Ah, wie ist das mit der Weihnachtsfeier am Freitag, ich hab dich hier noch mit plus eins und Fragezeichen stehen. Kommt dein Liebster mit?«

»Oh, stimmt, sorry.« Ich rieb mir verlegen den Nacken. »Das hatte ich ganz vergessen. Ja, Tobi kommt mit.«

»Alles klar, dann wünsch ich dir noch einen schönen Tag.«

»Danke. Dir auch.«

Ich legte auf und atmete tief durch. Gott, diese verdammte Anspannung brachte mich um. Einerseits war ich froh, dass Adrian sich eine Auszeit nahm, andererseits konnte ich so kein Auge auf ihn haben. Und die Angst, dass er sich etwas antun könnte, war immer noch sehr präsent. Letzte Nacht hatte ich sogar davon geträumt, er hätte mich vom Auto aus angerufen, um mir seine Liebe zu gestehen, während er mit dreihundert Stundenkilometern auf irgendeine Bergschlucht zugerast war.

Ich öffnete meine Mails und fand tatsächlich eine lange Liste von Anweisungen, die Adrian mir geschickt hatte, sorgfältig nach »sehr dringend«, »dringend« und »eilt nicht« sortiert. Am wichtigsten allerdings war der Absatz am Ende der Mail:

PS: War gestern beim Arzt und bin die restliche Woche krankgeschrieben. Hab außerdem mit Nadine telefoniert, sie weiß jetzt Bescheid. Wenn irgendwas ist, ruf mich an. Ich erledige das Notwendigste im Home Office. AG.

Ich musste schmunzeln, selbst die privaten Notizen signierte er mit seinen Initialen. Die Nachricht beruhigte meine aufgewühlten Nerven ein bisschen und die Arbeit half mir, mich von den schweren Gedanken abzulenken. Ohne Adrians Führung blieb das *Vibrant*-Projekt fast vollständig an mir hängen, es gab ein paar Fristsachen zu erledigen, auch aus anderen Fällen, und einige Vertragsunterlagen mussten dringend vor Weihnachten fertiggestellt sein. Zumindest dann, wenn niemand von uns Lust hatte, an Heiligabend bis um Mitternacht zu arbeiten oder direkt am ersten Feiertag ins Büro zu kommen.

Am Freitag, vor unserer Weihnachtsfeier, machte ich etwas früher Schluss, um nach Hause zu fahren und mich umziehen zu können. Tobi erwartete mich dort bereits. Die Schulferien begannen am Montag und für morgen Abend hatten wir Karten für Mamas Theaterstück. Heiligabend würden wir zu zweit bei mir in der Wohnung verbringen, Mama feierte mit ihrem Freund und dessen Sohn und Tobis Eltern verreisten traditionell über die Feiertage. Das war uns ohnehin recht. Ein kleiner Weihnachtsbaum, Punsch, Raclette und ein paar Weihnachtsfilme wie *Stirb langsam* oder *Kevin allein in New York,* mehr brauchten wir gar nicht. Und heute Abend nach der Feier … nun ja. Ich hatte da noch was zu erledigen.

Tobi hatte sich extra für die Weihnachtsfeier einen grauen Tweedanzug mit Fischgrätmuster gekauft, in dem er ein bisschen nach britischem Professor aussah. Nur ohne die ledernen Patches am Ellbogen.

Grinsend legte ich ihm die Arme um die Taille, noch ehe ich mich selbst umgezogen hatte, und zog ihn an mich. »Du siehst scharf aus.«

»Danke. Gut genug für dein Löwenrudel aus Staranwälten?«

»Auf jeden Fall.« Ich gab ihm einen Kuss auf die Nase. Garantiert hätte Adrian an Tobis Arrangement noch irgendwas auszusetzen gehabt, aber es war schließlich nur eine Weihnachtsfeier, nicht der Opernball. »Ich schlüpf kurz in meine Sachen, dann können wir los.«

Für die Weihnachtsfeier hatte die Kanzlei die Räumlichkeiten eines Vier-Sterne-Hotels im Münchener Westen gebucht, inklusive Catering, Bar und einer kleinen Bühne. Das Hotel war totschlagmodern eingerichtet mit schlichten, eleganten Designer-Möbeln und einem riesigen Aquarium, in dem exotische Fische schwammen. Die Weihnachtsdekoration war dezent in Weiß und Silber gehalten und auf den einzelnen Tischen fanden sich rustikale Holzsterne und kleine Baumstämme als Teelichthalter.

Tobi hatte mich schon früher zu Firmenfeiern begleitet, trotzdem verspürte ich einen Hauch von Nervosität, als wir den Saal betraten. Bislang hatte ich in der Kanzlei nie offene Queerfeindlichkeit erlebt, aber die Sorge, dass sich das ändern könnte, war immer vorhanden. Und was hinter meinem Rücken geredet wurde, wusste ich schließlich nicht.

An den Tischen herrschte eine feste Sitzordnung, natürlich überließ man hier nichts dem Zufall. Es konnte ja nicht angehen, dass sich die Partner einen Tisch mit Frischlingen teilen mussten. Tobi und ich saßen mit den restlichen Associates meines Teams und ihren Begleitungen zusammen.

Am Partnertisch war genau ein Platz frei, der von Adrian. Natürlich fiel das auch den anderen Associates auf, aber da er schon die ganze Woche krank gewesen war, hielt sich das Getuschel in Grenzen.

Bevor das Buffet eröffnet wurde, trat eine Person an das Pult auf der erhöhten Bühne, ein Herr Mitte sechzig mit gepflegtem, schneeweißem Haar, glattrasiertem Gesicht und einem perfekt sitzenden Anzug. Maximilian Löw, der zweite Kanzleigründer neben Adrians Vater. Er tippte zweimal gegen das Mikrofon und begann mit seiner Ansprache. Auf der Leinwand hinter ihm baute sich die Titelfolie einer Präsentation mit dem Kanzleilogo auf.

»Meine sehr verehrten Damen und Herren, liebe Kolleginnen und Kollegen. Wie üblich möchte ich an dieser Stelle den kurzen, offiziellen Teil unserer Weihnachtsfeier eröffnen.«

Kathi mir gegenüber verdrehte die Augen und schenke sich Wein nach. »Das kann dauern.« An Tobi gewandt fügte sie hinzu: »Löw wird ein bisschen mit dem aktuellen Jahresumsatz prahlen, ein paar salbungsvolle Worte über die besonderen Erfolge der Kanzlei verlieren und die Ruheständler verabschieden. Alles in allem todlangweilig.«

»Dann schenk mir mal nach.« Tobi schob Kathi sein Glas zu. »Damit ich das in Würde ertrage.«

Tatsächlich präsentierte Löw zunächst einige Folien mit dem aktuellen Jahresumsatz der Kanzlei – der verglichen mit dem Vorjahr erneut gestiegen war – und ich sah Tobi neben mir fassungslos den Kopf schütteln. Kein Wunder, das waren Summen in einer Größenordnung, mit der Normalsterbliche niemals in Berührung kamen.

»Ihr seid unheimlich«, brummte Tobi, nippte an seinem Weinglas und zwinkerte mir zu. »Ich bin echt froh, dass ich dich schon vorher kannte.«

Ich knuffte ihn sacht unter dem Tisch und widmete meine Aufmerksamkeit wieder Löws Rede. Er verabschiedete Jürgen, der – wie angekündigt – im Januar als Syndikusrechtsanwalt in eine Pharmafirma wechseln würde, drei weitere Associates und einen der Partner, Ludwig von Stein, der demnächst in den Ruhestand ging.

Als der höfliche Applaus verklungen war, räusperte sich Löw vernehmlich. »Ich weiß, Sie alle sind hungrig und warten auf das Buffet, aber diesen einen Punkt werden Sie mir noch gestatten. Nachdem uns unser langjähriger und sehr geschätzter Kollege von Stein bald verlassen wird, haben wir als Sozietät entschieden, noch in diesem Jahr einen neuen Partner zu ernennen.«

Mein Herz schlug mir plötzlich bis zum Hals. Die Verhandlungen waren schon vorbei? Fuck, darauf hatte mich niemand vorbereitet. Tobi schien meine Reaktion zu bemerken und legte unter dem Tisch seine Hand auf meine. Ich griff zu.

»Die Ernennung zum Partner geht mit zahlreichen Möglichkeiten, aber auch mit Verpflichtungen einher«, fuhr Löw fort. »Wir erwarten ein hohes Engagement, ein unbedingtes Commitment für die Sozietät und überdurchschnittliche Kompetenz im Umgang mit unseren Mandanten. Nur wenige, die in dieser

Kanzlei anfangen, schaffen es auf diese Stufe. Wir freuen uns daher, Herrn Leon Stelzer fortan als Junior Partner bei *Greifrath & Löw* begrüßen zu dürfen.«

Der Mund klappte mir auf und ich schloss ihn hastig wieder. Um mich herum brandete Applaus auf, Kathi stieß sogar einen leisen Jubelruf aus und strahlte von einem Ohr zum anderen. Junior Partner. Ich konnte es kaum fassen.

»Komm schon.« Tobi stieß mich sacht von der Seite an und grinste. »Geh nach vorne.«

Erst jetzt wurde mir klar, dass Löw mir mit einer Geste zu verstehen gab, aufzustehen. Mit weichen Knien erhob ich mich und marschierte auf die Bühne. »Herzlichen Glückwunsch, Herr Stelzer.« Löw reichte mir die Hand und ich ergriff sie energisch. »Sie haben in den letzten Jahren hervorragende Arbeit geleistet und ich bin mir sicher, Sie sind eine Bereicherung für unsere Kanzlei. Im Januar findet das nächste Meeting statt, dann stellen wir Sie den anderen Partnern vor und sprechen über die Details ihrer Beförderung.«

»Danke«, stieß ich hervor. »Das bedeutet mir wirklich viel.«

»Sie haben es sich verdient.« Gönnerhaft klopfte mir Löw auf die Schulter. »Genießen Sie den Abend.«

Als ich zum Tisch zurückkam, hatte mein Team bereits eine Magnum-Flasche Champagner bestellt und Kathi füllte die Gläser. Mit großer Geste erhob sie ihre Champagnerflöte. »Auf Leon.«

»Auf euch«, erwiderte ich strahlend, »auf den wunderbaren Mann an meiner Seite«, dabei schenkte ich

Tobi ein dankbares Lächeln, »und auf die weitere Zusammenarbeit.«

»Hört, hört.«

Wir leerten unsere Gläser und nur wenige Augenblicke später wurde das Buffet eröffnet. Während sich die anderen schon in die Schlange einreihten, kamen einige Partner auf mich zu, um mir zu gratulieren und mich in ein kurzes Gespräch zu verwickeln. Kein besonders gutes Timing, immerhin war ich hungrig, aber sie abzuwimmeln, kam mir auch unhöflich vor. Wenigstens verkürzte sich damit die Schlange am Buffet.

Gerade wollte ich mich endlich dem Essen zuwenden, da entdeckte ich eine Gestalt an der Tür zum Speisesaal. Adrian. Er war leger gekleidet, nur in Hemd und Jeans, nicht so, als habe er vor, der Party beizuwohnen.

Unschlüssig warf ich einen Blick in Tobis Richtung, stellte aber fest, dass er sich gerade mit zwei meiner Kolleginnen unterhielt, und verließ den Speisesaal.

Adrian lehnte einige Meter entfernt im Gang an einer Säule und schenkte mir ein dünnes Lächeln. Irgendetwas an ihm war seltsam und es dauerte eine Weile, bis mir klar wurde, dass ich ihn zum ersten Mal ohne perfektes Styling, Make-up und teure Klamotten sah.

»Herzlichen Glückwunsch.«

»Hast du es gewusst?«

»Löw hat mich vor zwei Tagen angerufen, um es mir zu sagen. Ich dachte, ich schau wenigstens vorbei, um dir zu gratulieren.«

»Danke.« Unschlüssig musterte ich ihn. Er sah mitgenommen aus, aber nicht so erschöpft und ausgezehrt wie letzte Woche. »Wie geht's dir?«

»Bin okay. Mein Hausarzt hat mir Medis verschrieben, damit kann ich wenigstens schlafen und das Gedankenkreisen wird besser.« Er atmete tief durch und blickte konzentriert an mir vorbei zu Boden. »Ich hab noch ein paar Urlaubstage übrig, die hau ich jetzt auf den Kopf, und … Anfang Januar hab ich einen Klinikplatz.«

»Ehrlich?« Meine Augen weiteten sich. »So schnell?«

»Ist 'ne schicke Privatklinik am Alpenrand, sauteuer, aber man gönnt sich ja sonst nichts. Mein Hausarzt war ziemlich vehement, wegen … na ja. Freitag. Du weißt schon.«

Ich nickte. Ein Glück, dass Adrians Arzt die Situation richtig eingeschätzt hatte und nicht zu denen gehörte, die psychische Erkrankungen einfach herunterspielten. »Das ist super. Die Klinik wird dir bestimmt guttun. Wie lange wirst du bleiben?«

»Erst mal für vier Wochen. Wahrscheinlich langweile ich mich nach zwei Tagen sowieso zu Tode und schmeiß alles hin.«

»Versprich mir, dass du das nicht machst«, flehte ich. »Gib dem Ganzen eine Chance.«

»Wieso ist dir das so wichtig?«

Ich verdrehte die Augen. »Weil *du* mir wichtig bist, Idiot. Ich bin dein Freund, schon vergessen?«

Adrian zog einen Mundwinkel hoch, doch sein Lächeln wirkte traurig. Er war noch nicht darüber hinweg, dass ich ihn endgültig abserviert hatte. »Deinetwegen sitze ich jetzt in dieser Scheiße.«

Ich sog scharf die Luft ein und verschränkte die Arme vor der Brust. »Du weißt, dass das nicht stimmt. Eine Beziehung mit mir hätte dein Problem nicht gelöst. Du wolltest nur mit mir zusammen sein, damit du dich besser fühlst, das ist eine beschissene Basis für eine Beziehung.«

»Und für eine Freundschaft nicht?«

»Doch, aber als Freund kann ich dir vergeben. Sofern du an dir und dem Grundproblem arbeitest.«

Er nickte ernsthaft. »Hab ich vor. Kommst du mich mal besuchen?«

»Klar, wenn du willst. Ich find's gut, dass du das durchziehst. Ehrlich.«

Er grinste schief. »Mal sehen, ob du das immer noch sagst, sobald dir die Arbeit als frisch gebackener Junior Partner in ein paar Wochen über den Kopf wächst.«

»Ich werd das schon irgendwie schaffen.« Unschlüssig legte ich den Kopf schief. »Was hast du den anderen in der Kanzlei erzählt?«

»Burn-out«, erwiderte Adrian schulterzuckend. »Erschien mir naheliegend. Aber ich will dich nicht länger vom Buffet abhalten. Genieß den Abend und … frohe Weihnachten.«

»Danke, das wünsch ich dir auch. Was machst du an Weihnachten?«

»Ich fahr morgen zu Nadine und bleib über die Feiertage dort.«

Ich atmete auf. »Das ist gut. Grüß sie von mir.«

»Mach ich.« Er nickte mir zu und wandte sich in Richtung Aufzug.

Einen Augenblick sah ich ihm hinterher, dann rief ich ihm nach. »Adrian?«

»Hm?«

»Danke für alles. Dass ich den Posten bekommen habe, verdanke ich vor allem dir.«

»Ach was.« Er winkte ab. »Dafür hast du mich nicht gebraucht.«

»Mag sein, aber du hast mich immer wieder motiviert und zu Höchstleistungen angespornt. Du warst ein echt guter Mentor.«

Diesmal wirkte sein Lächeln aufrichtig. »Danke. Du wirst den Laden schon schmeißen, bis ich zurück bin. Und wenn es Ärger gibt, weißt du ja, wo du mich findest.«

»Den Teufel werd ich. Du hast erst mal genug mit deiner Therapie zu tun. Nimm das nicht auf die leichte Schulter, ja?«

»Na schön. Mach's gut.«

Ich sah ihm nach, wie er im Aufzug verschwand, und kehrte in den Saal zurück. Es erfüllte mich mit Erleichterung, dass Adrian seine Probleme angehen wollte und sogar einen Therapieplatz ergattert hatte. Das nahm eine Menge Druck von meinen Schultern. So würde ich Weihnachten definitiv entspannter genießen können – und meine Party auch.

Kapitel Fünfzehn

LEON

Ziemlich angetrunken stolperten Tobi und ich später aus dem Hotel. Nach dem offiziellen Teil hatten wir bei Punsch, Schaumwein und Spirituosen noch bis Mitternacht gefeiert und ich hatte annähernd mit jedem Kanzleimitglied auf meine Beförderung angestoßen. Selbst mit Jürgen, dessen Gratulation überraschend ehrlich gewirkt hatte.

Das Wetter war mild und trocken, ich hakte mich bei Tobi ein und wir beschlossen, durch den Westpark zur U-Bahn-Haltestelle Harras zu laufen. Entlang der Hauptwege standen Straßenlaternen und der klare Sternenhimmel spiegelte sich auf der Oberfläche des kleinen Sees, der in der Mitte des Parks angelegt war. Auf einer schwimmenden Insel am nördlichen Seeufer befand sich zudem eine geschmackvoll beleuchtete Pagode im nepalesischen Stil.

Unbehelligt, wie wir hier waren, legte ich den Arm um Tobis Taille und er tat es mir gleich. »Soll ich dir was sagen«, raunte Tobi, »ich bin echt stolz auf dich.«

Ich lächelte geschmeichelt. »Danke. Ich bin froh, dass du da bist und dass du das alles mit mir durchgemacht hast.«

»War ja wohl das Mindeste. Jetzt muss nur das mit der Versetzung irgendwann klappen.«

»Fehlt es dir?«, fragte ich. »Zusammen zu wohnen?«

»*Du* fehlst mir«, erwiderte er sacht. »Ich genieße meine Freiheiten, klar, aber ich genieße es noch mehr, Zeit mit dir zu verbringen.«

Ich schmiegte meine kalte Wange an seine und genoss das Gefühl seiner Bartstoppeln auf meiner Haut. »Jetzt haben wir ja zwei Wochen für uns. Übrigens, Adrian war da, auf der Feier. Nur kurz, um mir zu gratulieren. Er hat im Januar einen Klinikplatz bekommen.«

»Echt?« Tobi sah mich erstaunt an. »Das überrascht mich, ehrlich gesagt. Also, dass er sich darum bemüht hat.«

Ich seufzte. »So schlimm ist er nicht.«

Tobi hob die Augenbrauen. »Na ja. Egal, lass uns darüber nicht diskutieren. Ich bin froh, wenn er wieder auf die Beine kommt. Und dich in Ruhe lässt.«

Ich verdrehte die Augen. »Mann, Tobi.«

»Sorry, ich bin schon still.« Er zog mich liebevoll an sich. »Ich bin ihm nur immer noch böse, dass er vor zwei Wochen einfach so in unser Date gecrasht ist.«

»Verstehe ich.« Wir schlenderten Arm in Arm weiter, entlang am malerischen, von Schilf gesäumten Seeufer. Verschmitzt sah ich Tobi von der Seite an. »Weißt du, eigentlich hatte ich ja vor zwei Wochen Pläne für den Abend.«

»Pläne?« Er blinzelte überrascht. »Welcher Art?«

»Na ja …« Ich löste mich von ihm, griff in die Tasche meines Anoraks und zog die leere Ringschatulle heraus.

Tobis Augen weiteten sich. »Ist das … dein Ernst?«

311

»Absolut.« Ich räusperte mich gewichtig und überlegte kurz, auf ein Knie zu sinken, entschied mich dann aber dagegen – es sollte ja nicht pathetisch werden. Außerdem war der Boden ziemlich schlammig. Stattdessen sah ich Tobi mit ernster Miene in die Augen. »Tobias Benedikt Rauschmann, du bist der Mann meines Lebens und ich liebe dich. Willst du mich heiraten?«

Tobi lachte weich. »Hat dich die Hochzeit neulich auf Ideen gebracht?«

»Möglich.« Ich öffnete die Schatulle. »Die ist noch leer, aber wenn du Lust hast, könnten wir zusammen einen aussuchen. Für uns beide. Oder so.« Ich lächelte verlegen. »Es war nur eine alberne Idee von mir. Ich brauche keinen Ehering, um zu wissen, dass du der wichtigste Mensch in meinem Leben bist. Ich dachte nur, es wäre …«

»Ja.« Tobi grinste, ergriff meine Hände und sah mir fest in die Augen. »Ja, ich will. Also hör auf zu quatschen.«

Noch ehe ich etwas sagen konnte, zog er mich an sich und küsste mich. Ich schlang die Arme um ihn und hielt ihn fest, schmeckte seine Lippen, roch seinen Duft und fühlte, wie mein Herz in der Brust flatterte. Ja. Die verdammt beste Entscheidung meines Lebens.

Tobi löste sich aus unserem Kuss, biss mir sacht in die Unterlippe und raunte mir zu: »Und wie feiern wir das jetzt?«

Ich lachte. »Ich fürchte, ich hab den Champagner vergessen. Aber zuhause hab ich sicher noch eine Flasche Wein.«

»Scheiß auf den Wein«, brummte Tobi und fuhr mit den Fingerspitzen meinen Hals hinunter. »Ich will dich.«

»Hier und jetzt? Oder schaffen wir's noch nach Hause?«

»Hm.« Tobi hauchte mir einen Kuss auf den Hals. »Den Versuch ist es wert.«

ADRIAN

»Sie haben Ihr Ziel erreicht«, quäkte das Navigationsgerät und ich parkte meinen Wagen am Straßenrand, direkt vor Nadines Adresse. Es war ein schönes, modernes Holzhaus mit traditionellem Satteldach, hohen Fenstern und einem großen Garten, der noch recht leer wirkte. Auch Außenlichter fehlten und die geräumte Zufahrt war nur teilweise gepflastert. Trotzdem, zusammen mit dem halben Meter Neuschnee wirkte das Haus mit den hell erleuchteten Fenstern und den Lichterketten wie ein Weihnachtsidyll.

Hier war ich also. Jetzt gab es kein Zurück mehr. Wahrscheinlich war das eine Scheißidee. Ich war kein Familienmensch. Nie gewesen. Schlimmer noch, das Wort *Familie* hatte in mir bislang nur Ekel und Abscheu hervorgerufen. Und jetzt würde ich ein kitschiges Weihnachtsfest mit meiner Schwester feiern, von der ich mich in den letzten zwanzig Jahren zunehmend entfremdet hatte. Fuck, alternativ könnte ich jetzt zuhause in München die Clubs unsicher machen, ein paar hübsche Jungs abschleppen und bis in die Puppen feiern. Leon vergessen. Alles vergessen. Einfach nur den Moment genießen und ein bisschen Freude empfinden. Hey, ich hatte sogar eine Packung verschreibungspflichtiger Psychopharmaka in der Tasche – völlig legal.

Stöhnend ließ ich den Kopf aufs Lenkrad sinken. Nein. Es konnte nicht so weitergehen. Ich war seit gerade mal einer Woche trocken und das Verlangen nach Alkohol und den hingebungsvollen Blicken eines jüngeren Kerls war jetzt schon kaum zu ertragen. Bisher hatte ich mir meinen Lifestyle schöngeredet, hatte mich als Hedonisten gesehen, als jemanden, der jeden Moment auskostete und das Leben in vollen Zügen genoss. Bullshit. Ich machte mir nur selber etwas vor. Ich war Sklave meiner Sehnsüchte und meiner kaputten Psyche, mehr nicht. Das musste aufhören. Und allein schaffte ich das nicht.

Neben mir öffnete sich die Haustür und ich glaubte, Nadines Silhouette zu erkennen. Schwerfällig schälte ich mich aus dem Wagen, holte mein Gepäck aus dem Kofferraum und folgte dem Weg zum Haus.

»Hey!« Mit einem strahlenden Lächeln zog mich Nadine in ihre Arme. »Es ist so schön, dass du da bist.«

»Ja«, murmelte ich zögerlich. »Danke für die Einladung.«

»Gern geschehen.« Sie ließ mich los und betrachtete mich eindringlich. »Wie geht es dir?«

»Bin okay. Wir können nachher reden, wenn du willst.«

»Gerne. Aber komm erst mal rein, das Abendessen ist gleich fertig, Jannik macht Risotto.«

Ich betrat den Windfang, stellte meine Schuhe beiseite und hängte den Mantel an die Garderobe. »Nett habt ihr's hier.«

Nadine strahlte. Sie trug einen tailliert geschnittenen grauen Rollkragenpullover und Jeans, dazu auffällig kitschige Häschen-Pantoffeln. »Ja, oder? Ich bin auch ganz verliebt. Noch ist nicht alles fertig, aber zum Wohnen reicht's. Komm, ich führ dich rum.«

Durch den Flur traten wir in die modern geschnittene Küche, in der Jannik mit hochgekrempelten Ärmeln am Herd hantierte. Rechter Hand lag ein rustikales Esszimmer und daneben eine Wohnstube mit offenem Kamin.

»Hervorragendes Timing«, begrüßte mich Jannik, »Essen ist gleich fertig.« Er schmeckte das Risotto ab, wusch sich die Finger und schüttelte mir anschließend die Hand. »Willst du was trinken? Bier, Wein, Wasser?«

»Wasser«, antwortete ich zügig. »Ich verzichte auf Alkohol.«

Nadine warf mir einen wissenden Blick zu und holte eine Flasche Mineralwasser aus dem Kühlschrank. »Da sind wir schon zwei.«

Ich legte den Kopf schief. »Da du vermutlich kein Alkoholproblem hast, nehme ich an, das hat andere Gründe?«

»Jap.« Sie strahlte und schenkte Wasser in zwei Gläser. »Noch ganz frisch, sechste Woche etwa. Am Dienstag war ich bei der Frauenärztin.«

»Glückwunsch.« Ich prostete ihr zu und nahm einen tiefen Schluck. So viel Familienidyll auf einem

Haufen, das war schwer zu ertragen. Gott, ich war echt ein Arschloch, dass ich mich nicht einmal für meine Schwester freuen konnte.

Während des Abendessens plauderten wir über allerlei Belanglosigkeiten, das Wetter, unsere Jobs und die Skisaison. Ich hatte keine Ahnung, wie viel Nadine ihrem Mann erzählt hatte, doch schließlich schnitt Jannik das Thema selbst an: »Das heißt, du und dein Freund, ihr feiert Weihnachten nicht zusammen?«

Nadine neben mir straffte sich merklich und gab ihrem Mann mit aufgerissenen Augen ein stummes Zeichen. »Schon okay«, murmelte ich und leerte mein Glas. »Wir haben Schluss gemacht.«

»Oh, Shit.« Jannik sank pikiert auf seinem Stuhl zusammen. »Tut mir leid, ich wollte keine Wunden aufreißen. Das ist ja echt scheiße. So kurz vor Weihnachten.«

Ich zuckte mit den Schultern. »Dafür müsst ihr mich jetzt ertragen.«

Jannik lachte. »Ach was, es ist schön, dass du da bist. Außer Hannah kenne ich eigentlich niemanden aus Naddies Familie.«

»Das hat seine Gründe«, murmelte ich und Nadine stieß mich neckisch mit dem Ellbogen an.

»Alter Griesgram. Wie sieht's aus, Schatz, holst du den Nachtisch?«

Jannik nickte, sammelte die Teller ein und trug sie in die Küche, sodass Nadine und ich einen Moment allein blieben. »Ich hab's ihm nicht erzählt«, erklärte sie leise. »Ich dachte, du willst das vielleicht nicht.«

»Danke. Ich denke, es ist besser, wenn mich dein Mann nicht für einen durchgeknallten Psycho hält.«

Nadine verdrehte die Augen legte ihre Hand auf meine. »Red nicht so von dir. Ist das jetzt schon fix? Mit der Klinik?«

Ich nickte. »Am siebten Januar soll ich dort aufschlagen.«

»Sehr gut.« Sacht drückte Nadine meine Hand. »Ich bin stolz auf dich. Ehrlich. Und ich bin für dich da, wenn du mich brauchst.«

Ich schwieg, es gelang mir nicht, die Dankesworte über meine Lippen zu bringen. Eine Mischung aus Schuldgefühlen, Selbsthass und Verunsicherung schnürte mir die Luft ab.

Herausforderungen war ich gewohnt, ich hatte sie jahrelang mit Begeisterung angenommen. Aber das, was jetzt vor mir lag, kam mir so viel schwerer vor als jede Verhandlung und jedes Projekt, das ich im Laufe meiner Karriere gemeistert hatte. Und wenn ich scheiterte … nun ja … diesmal stand mehr auf dem Spiel als Geld.

Egal. Ich atmete tief durch und straffte die Schultern. Neues Spiel. Neue Regeln. Ich nahm die Herausforderung an.

Danksagung & Schlusswort

Dieser Roman war eine besondere Erfahrung für mich. Die Geschichte von Leon und Adrian ist deutlich ernsthafter und schwermütiger als meine vorherigen und hat mich damit auch vor neue Herausforderungen gestellt. Ich hoffe, dieses Experiment ist mir gelungen und du kannst die Geschichte trotzdem mit einem guten Gefühl zur Seite legen.

Ein besonderes Dankeschön geht an meine Betaleserinnen Andrea, Elisa, Julia und Doris für ihre Unterstützung und ihr konstruktives Feedback. Das tolle Cover hat dieses Mal Constanze von »Coverboutique« gezaubert, vielen Dank dafür. Außerdem möchte ich mich herzlich bei Annette für die Gestaltung des Printbuchs bedanken.

Ich möchte diese Gelegenheit nutzen, um noch ein paar Worte zu einem Thema zu verlieren, das in dieser Geschichte nur eine fiktive Rolle spielt, aber sehr reale Ausmaße hat. In Deutschland sterben pro Tag etwa 25 Menschen durch Suizid, überdurchschnittlich oft trifft es dabei Männer und queere Personen. Auch psychische Erkrankungen wie Depressionen, Suchterkrankungen oder Persönlichkeitsstörungen können das Suizidrisiko erhöhen. Zugleich ist aber nicht jeder Mensch, der Suizidgedanken hat, psychisch krank, auch Partnerschaftsprobleme, Schulden oder chronische Erkrankungen können Suizidgedanken auslösen. Betroffenen hilft es oft, mit anderen Menschen über ihre Probleme zu sprechen, das können Freunde oder Verwandte sein, es gibt aber auch spezielle Hilfsangebote. Die Telefonseelsorge ist anonym, kostenlos und rund um die Uhr unter 0800/111 0 111 und 0800/111 0 222 erreichbar. Jungen Menschen bis 25 Jahre hilft auch die Initiative U25 der Caritas, die anonyme E-Mail-Beratung anbietet.

Vielen Dank, dass du bis hierhin gelesen hast. Wenn du gerade ein bisschen Zeit hast, würdest, du vielleicht eine kurze Rezension verfassen, z.B. auf Amazon, Goodreads oder einer anderen Plattform? Du würdest mir damit sehr helfen! Wenn du möchtest, kannst du auch auf meiner Homepage vorbeischauen: www.tomke-bekker.de.

Ich freue mich, von dir zu hören.

Liebe Grüße,
Tomke

MEHR VON TOMKE BEKKER

»Drei erste Dates«

Nach einem schweren Schicksalsschlag flieht der Arzt Karim aus dem Trubel der Großstadt aufs Land, um dort eine Praxis zu übernehmen. Zwischen Milchkühen, Dorftratsch und dem Duft von frischem Heu hofft er auf einen Neuanfang – und vielleicht auf eine neue Liebe. Als er mitten in der Nacht ein Reh anfährt, ist es ausgerechnet der attraktive Kfz-Mechaniker Hannes, der ihm aus der Misere hilft. Bei den zwei Männern funkt es gewaltig, zumal sich ihre speziellen Vorlieben im Schlafzimmer perfekt ergänzen. Doch ein medizinischer Notfall, Hannes' grimmiger Vater und eine doppelläufige Schrotflinte machen den beiden einen Strich durch die Rechnung. Ob da drei erste Dates genügen?

Leseprobe   *Auf Amazon*
& Infos   *kaufen*

LESEEMPFEHLUNGEN

VIVIAN REDWOOD

»Vinserdis – eine neue Welt«

Der junge Gelehrte Tylas hat seinem Vater an dessen Totenbett versprochen, einen guten Abschluss an der Universität zu erreichen und mit seiner Verlobten eine Familie zu gründen. Für seine Studien reist er versehentlich ins falsche Land – nach Vinserdis. Eine ganz neue Welt eröffnet sich ihm, als er die Einheimischen Leander und Silwie kennenlernt, mit denen er sinnliche Freuden erlebt, die in seiner prüden Heimat undenkbar wären. Schon bald steht er vor einem Dilemma: Soll er in Vinserdis bleiben, oder das Versprechen an seinen Vater einhalten?

Ab 18 Jahren. Ein in sich abgeschlossener Erotic-Fantasy-Kurzroman über Polyamorie zwischen zwei Männern und einer Frau. Darüber hinaus gibt es auch Erotikszenen mit zwei Männern. Dieser Roman enthält zwei Neopronomen bei Nebenfiguren, das ist so beabsichtigt und es sind keine Rechtschreibfehler.

Auf Amazon kaufen

Svea Lundberg

»F***ing Real – Beyond Price«

»Ich war sein. Sein Goldjunge. Sein Engel, den er so oft benutzen konnte, wie er wollte.«

Fünf Jahre nachdem Mason seine Karriere bei den Black Tail Studios aufgrund einer HIV-Infektion beenden musste, zieht es ihn zurück ins Rampenlicht. Bei CC Cocks wagt er einen Neuanfang, doch manche Wunden können nicht heilen, wenn der Mann, dem Mason sowohl seine Karriere als auch seinen Absturz verdankt, diese immer wieder aufs Neue aufreißt.

Mit seiner unbefangenen Art erinnert Elliot Mason schmerzlich an den jungen Mann, der er selbst einmal war – und nie wieder sein möchte. Elliot hingegen muss sich erst noch selbst finden, doch nach einer Trennung nagen Selbstzweifel an ihm. Was er im Moment am allerwenigsten brauchen kann, ist ein neuer Drehpartner, der ihm durch seine distanzierte Art das Gefühl gibt, er sei nichts wert. Irgendetwas an Masons unnahbarer Art jedoch weckt einen Kampfgeist in Elliot, von dem er nicht einmal wusste, dass er in ihm steckt.

Bei *F***ing real – Beyond price* handelt es sich um den 3. Band der Reihe rund um das fiktive Label CC Cocks. Alle Bände der Reihe sich in sich abgeschlossen und unabhängig voneinander lesbar.

Der Roman erscheint im April 2021

ELISA SCHWARZ

»Liebe kennt kein Handicap«

Es liegt klar auf der Hand: Jemanden zu heiraten, den man nicht liebt, ist sicher weniger beschissen, als jemanden wie mich in sein Leben zu lassen.

You only live once! Nach diesem Motto lebt Nathan seit Jahren mit seiner Krankheit. Entscheidungen trifft er grundsätzlich unter dem Aspekt, voll dahinter zu stehen und niemals etwas zu bereuen. Jede Minute ist kostbar und jeder Tag steht unter dem Stern, das Leben zu genießen. Denn an seinem Handicap kann er nichts ändern und mit der Diagnose Hirntumor hat er sich ausgesöhnt.

Doch nachdem ein Clubabend schlecht für Nathan endet und er von Devin, einem verhassten Bekannten seines besten Freundes, unerwartet Hilfe erhält, gerät sein bisheriges Leben ins Wanken. Nicht nur, dass er sich plötzlich wieder um seine Gesundheit sorgen muss, übt Devin eine Faszination auf ihn aus, der er sich nur schwer entziehen kann. Dabei hat Devin seine eigenen Baustellen und in seinem Leben keinen Platz für eine Liebesbeziehung. Hinzu kommt, dass Nathan es kaum mit seinem Gewissen vereinbaren kann, jemanden emotional an sich zu binden. Ist es fair, Devin von sich zu überzeugen, in dem Wissen, ihn irgendwann zurücklassen zu müssen?

Content Notes

▶ Alkohol- und Drogenmissbrauch
▶ Grenzüberschreitendes Verhalten (u.a. Stalking, Übergriffigkeit)
▶ Kinks (Rollenspiel mit Non-Con, KEIN Rape Play)
▶ Psychische Erkrankung (Persönlichkeitsstörung, Suchterkrankung)
▶ Queerfeindlichkeit (erwähnt)
▶ Suizidgedanken und Suizidversuch (explizit, Kapitel 11 und 12)
▶ Sex und Erotik (explizit, mehrere Szenen)
▶ Tod eines Angehörigen (erwähnt)